DIE AUFFORDERUNG

ROLF SCHMIDT

Die Aufforderung

ISENSEE VERLAG

Umschlagabbildung
Titelillustration mit freundlicher Erlaubnis der Stadt Gießen und
des Oberhessischen Museums in Gießen
Illustration S. 235
Jürgen Schmitz
Gestaltung
Ulla Schmidt – tho aspern design
Druck
Druckerei Isensee, Oldenburg
1. Auflage, Oktober 2017

Bibliografische Information Der Deutschen Bibliothek
Die Deutsche Bibliothek verzeichnet diese Publikation in der Deutschen
Nationalbibliografie; detaillierte bibliografische Daten sind im Internet un-
ter <http://dnb.ddb.de> abrufbar.

ISBN 978-3-7308-1391-1

FÜR MARINA UND LUDWIG
UND PETER

Inhaltsverzeichnis

1. WACHENSTURM

Es war sehr spät, Mitternacht vorüber, als ein junger polnischer Reiter in höchster Eile durch die nächtliche Wetterau jagte. Eine alarmierende Botschaft und ein kalter, stürmischer Südostwind trieben ihn voran. Seit er vor knapp zwei Stunden die Freie Reichsstadt Frankfurt, unter Umgehung der Wachen am Friedberger Tor, verlassen hatte, gönnte er sich und seinem Pferd keine Pause. Unermüdlich starrte er mit weit aufgerissenen Augen in die Dunkelheit, um den Weg nicht zu verfehlen. Der Wind war heftig, aber sie hatten ihn im Rücken. Dunkle Wolkenfetzen zogen rasch über den nächtlichen Himmel. Wenn eine Wolkenlücke einen Mondlichtschimmer in die Landschaft ließ, gab er der Stute die Sporen und trieb sie zum Gallop. Nur hier und da flackerte eine Laterne, wenn sie durch die schlafenden, hessischen Dörfer eilten. Immer wieder trieb er sein Pferd an: „Dalej, Wisienka, Dalej!" schrie er und klopfte den Hals der Stute.

Sie jagten zwischen den kahlen Feldern die Chaussee hinunter, als ginge es um Leben oder Tod.

Aber genau darum ging es ja auch. Er mußte um jeden Preis der Erste sein, der die schreckliche Nachricht überbrachte: den Verschwörern in Friedberg, Butzbach und Gießen, den Mitwissern in Wetzlar und Marburg. Wie ein Lauffeuer mußte sich von dort die Kunde weiter verbreiten und dennoch geheim bleiben. Er mußte den Kurieren und Fahndern der Staatsmacht zuvorkommen. Von seiner Botschaft hing für manchen die Zukunft ab.

Bislang war er niemandem begegnet. Aber auch Polizei und Militär hatten schnelle Pferde.

„Dalej, dalej, Wisienka! Nie być zmęczona!"* Der Reiter gab seinem Gaul einen heftigen Tritt mit den Hacken. „In Gießen ruhen wir aus. Dort sind wir in Sicherheit. Dort warten Wasser und Heu und ein Stall auf dich, mein Mädchen. Du mußt jetzt noch durchhalten, Wisienka."

Auch das Pferd hatte den Kopf weit vorgestreckt und Schaum vor dem Maul. Es tobte keuchend die Chaussee hinunter in das Tal der Wetter. Es schien zu spüren, daß Tod und Teufel hinter ihnen her waren.

Eine Schar aufgescheuchter Enten stob kreischend auseinander. Hunde verbellten sie ins nächste Dorf. Die Straße tauchte in einen Buchenwald.

Den Reiter kümmerten weder Enten noch Hundegebell, er hatte keinen Blick für die ersten Obstbaumblüten in den Vorgärten. Er hatte die schrecklichen Bilder vom Vorabend im Kopf. Er hörte das Geschrei und die Schüsse und er sah immer noch das verzerrte Gesicht des Mannes, dem er sein Bajonett in den Leib stieß. Wegweiser huschten an ihnen vorbei: „Vilbel", „Karben", „Wöllstatt".

Wisnia schnaufte heftig. Ihr Fell glänzte schweißnaß. Die leichte Anhöhe in der Ferne, das könnte das Schloß von Friedberg sein. Sie fielen in leichten Trab und Alexander beugte sich hinunter und redete freundlich und beschwörend auf die Stute ein.

Bald führte sie die Breite Straße direkt in den Ort hinein. Aus der Brusttasche seines Uniformrockes fingerte Lubanski einen zerknitterten Zettel: Nummer 6, richtig! Dort war auch schon die Trappsche Apotheke „Zum Mohren". Im Laden brannte Licht. Er sprang ab und zog die Nachtglocke. Das sei normal und unverdächtig, hatte Bunsen gesagt. Der Apotheker öffnete selbst, erst die Klappe, dann aber rasch die Tür.

„Lubanski! Mein Gott, was ist los? Du siehst nicht gut aus. Bringst Du schlechte Nachrichten?"

„Dr. Bunsen schickt Euch dies." Der Bote atmete hastig.

Trapp nahm den Brief und öffnete ihn. „Komm doch erst mal rein.

Wir versorgen dein Pferd."

„Ich kann nicht – muß sofort weiter nach Gießen. Es eilt."

„Aber einen Imbiß und einen Schluck? Etwas Heu? Dein Pferd ist total erschöpft. Du mußt erzählen."

„Nur kurz, das Wichtigste", kam eine kräftige Stimme aus dem Hintergrund. Ludwig Weidig legte ein paar Papiere aus der Hand, griff einen Becher und kam durch den Laden. Er reichte dem Polen einen Schluck Apfelwein. Durch die offene Tür zur Stube sah Lubanski einen beleuchteten Tisch voller Pläne, Listen und Briefe. Offenbar hatten die beiden Männer des Nachts an Planungen für die Revolution gearbeitet.

„Ich muß weiter, bevor es Tag wird, sonst wissen es die falschen Leute zuerst", sagte Alexander.

„Aber dein Pferd?"

„Wir kommen schon klar."

Weidig hatte nun auch die Botschaft von Bunsen gelesen. „Der Anschlag ist also gescheitert. Ich hatte es geahnt und eindringlich davor gewarnt, jetzt schon loszuschlagen. Das konnte gar nicht gut gehen."

Alexander hatte keine Zeit und Lust, jetzt eine lange Besserwisserei anzuhören.

„Verzeiht, ich muß weiter."

„Gab es Verluste?"

„Vielleicht so sechs bis acht Tote und ein Dutzend Verwundete."

„Verhaftungen?"

„Ja, Becker und Scriba aus Gießen, glaube ich."

„Und Bunsen?"

„Ein Streifschuß am Bein. Wir sind schnell zu ihm in die Münzerei, wo er eilig ein paar Nachrichten schrieb und uns ein Reisegeld gab. Dann ist die ganze Gruppe in alle Winde auseinander. – Es wird bald hell. Komm, Wisnia!" Er saß auf und Weidig sagte: „Dank Dir und behüt' Dich Gott!" „Wir werden die Nachricht sofort weitergeben nach Butzbach und Wetzlar!" rief der Apotheker. Der Reiter verließ Friedberg in ruhigem Trab. Die Chaussee führte in einem sanften Bogen, vorbei an den ewig tropfenden Salinen, durch das schlafende Nauheim. Dann ging es nur noch im Schritt voran. Wisnia war zum Gallopp nicht mehr zu bewegen. Dort, wo die Straße dicht an der Wetter verlief, bogen sie ab zum Flussufer.

Der Pole führte sein Pferd ans Wasser. Es trank mit langen, ruhigen Zügen. Den Futtersack mit dem Heu aus der Packtasche wollte es nicht, aber grasen an der Uferböschung, wo es schon frische Halme gab. Lubanski kramte einen harten Kanten Brot aus der Satteltasche. Er setzte sich ins Gras. Langsam kaute er jeden Bissen gründlich. Sie waren wohl in der Nähe von Gambach. Selbst wenn er mit Rücksicht auf Wislas Kräfte den letzten Teil des Weges ruhiger anging, konnte er in knapp zwei Stunden in Gießen sein. Wie würde wohl Follenius auf die Botschaft reagieren? Die Katastrophe von Frankfurt mußte auch die Pläne der Verschwörer in Gießen völlig über den Haufen werfen.

Der Morgen dämmerte, als Alexander aus dem Schlaf hochfuhr. Er fröstelte. Seine Kleidung war feucht. Auch die Schwarzbraune war sofort auf den Beinen, weil sie begriff, daß es weitergehen sollte. Sie waren beide aufeinander eingespielt. Mit Ausdauer und Vertrauen hatte sie ihn durch das Chaos der polnischen Revolution und auf der Flucht durch halb Europa bis nach Hessen getragen. Sie waren aufeinander angewiesen.

Hinter ihnen weit in der Ferne war nun die graue Bergkette des Taunus zu erkennen.

Das Selterstor war unbesetzt, der Schlagbaum stand offen und Roß und Reiter betraten den Seltersweg, eine neu gepflasterte Straße, in deren schmucken Häusern vornehmlich höhere Beamte, Juristen und Ärzte residierten. Hart klapperten die Hufe auf den Kopfsteinen. Lubanski erkannte das Haus des Advokaten Follenius schon von weitem. Es war die Ecke zum „Teufels Lustgärtchen" auf der linken Seite. Hier hatte er selbst nach der Flucht aus Polen, zusammen mit dem Kapitan Neyfeld, für ein paar Wochen logiert. Viele Gießener Familien hatten den durchziehenden Polen mit Kost, Logis, Kleidung und Geld geholfen. Eine Woge der Empathie und Hilfsbereitschaft hatte das Land erfaßt. Wie auch in anderen hessischen Städten war ein sogenannter Polenverein entstanden, der schnell auf 120 Mitglieder anwuchs. Den Oppositionellen im absolutistischen Deutschland ging der verzweifelte Freiheitskampf der Polen gegen die russische Herrschaft sehr nahe. Sie hatten hier plötzlich eine Aufgabe gefunden, die sie einte und ihnen Kraft zu geben schien für ihren eigenen Kampf um ein freies, geeintes und demokratisches Deutschland, ein Kampf, der noch gekämpft werden mußte.

Erschöpft stieg Lubanski vom Pferd, band es an einen Ring in der Mauer und betätigte den Türklopfer. Im Fenster über der Haustür bewegte sich eine Gardine. Eilige Schritte kamen die Treppe herunter, der Schlüssel drehte sich im Schloß. In der Tür stand der Advokat Follenius, ein großer, kräftiger Mann mit wirren, blonden Haaren in einem hellgrünen Morgenrock. Er sah den Boten aus klaren, wachen Augen freundlich an: „Alexander! Schnell, komm rein." Sie umarmten sich kurz und der Hausherr rief die Treppe hinauf: „Bettina, wir haben einen wichtigen Gast. Kannst Du Dich bitte um sein Pferd kümmern!"

Er zog den Besucher rasch ins Haus und warf noch einen kurzen, prüfenden Blick den Seltersweg hinunter, bevor er die Tür wieder abschloß. „Setz dich in die Stube, ich sorg' für ein Frühstück."

Der Gast übergab ihm ein Botschaft, die er sofort öffnete und auf dem Wege zu Maries Kammer überflog. Auf der Treppe blieb er stehen:

„Lieber Follenius.
Leider eine Hiobsbotschaft! Unser Anschlag auf die Wachen
ist total gescheitert. Du hattest recht: Es war noch zu früh zum
Losschlagen. Außerdem war Verrat im Spiel.

Jetzt heißt es dringend untertauchen. Warne sofort alle Freunde! Ich melde mich wieder aus dem Versteck.
   Seid mit allem vorsichtig. B.

Maria war bereits in der Küche und hatte den Wassertopf auf den Herd gesetzt. Sie schnitt Brot, Käse und Schinken in handliche Portionen und sortierte alles auf einem Tablett, füllte noch ein Schälchen mit Butter und eins mit Marmelade und stellte schließlich die Kaffee- und die Milchkanne dazu. Im Türspalt erschienen zwei neugierige Kindergesichter. „Marsch, zurück ins Bett. Ihr seid erst später dran."

„Es ist Alexander. Er kommt aus Frankfurt", sagte Paul leise „und es sieht nicht gut aus." Marie hielt das Tablett mit beiden Händen und sah ihn erschrocken an: „Oh Gott, was soll das bedeuten? Was bringt der uns?" „Er wird es uns schon erzählen. Jetzt braucht er erst einmal Ruhe."

In der Küchentür erschien nun ein verschlafenes halbwüchsiges Mädchen. Sie trug ein schlichtes, helles Kleidchen und abgetragene Pantinen. Ihre dunkelbraune Haarfülle hatte sie in Eile unter einer Haube zusammengestopft. In ihre müden Augen kam sofort ein lebendiger Glanz, als Follen sagte: „Lubanskis Pferd, – kannst Du dich darum kümmern?"

Bettina liebte Pferde und sie mochte Lubanski. Voller Bewunderung hatten sie und ihre Freundin Charlotte den aufregenden Schilderungen vom Warschauer Aufstand zugehört, die der junge Husaren-Leutnant im Gießener Polenverein zusammen mit dem Major Neyfeld gegeben hatte. Die polnischen Freiheitskämpfer hatten die Gießener Schüler und Studenten sehr beeindruckt. Sie nannten diese Polen nur noch „die Helden". Besonders die Damenwelt geriet ins Schwärmen, denn diese „Helden" machten auch äußerlich etwas her in ihren schmucken, geschnürten Uniformen mit den silbernen Tressen, der Pelzmütze und dem wilden Schnurrbart.

Das Mädchen schlang ein großes, wollenes Tuch um die Schultern, verknotete es vor der Brust und ging vor die Tür. Sie band das Pferd los, streichelte seine Nase und führte es durch einen Torbogen des Nachbargebäudes in den Hof der Gastwirtschaft „Zum Hirsch". Hier befanden sich ein Stall und eine Remise. Thaddeusz, der Stallbursche, nahm ihr den Gaul ab. Auch er war ein polnischer Flüchtling, der hier geblieben war, um zu arbeiten. Gegen ein ordentliches Handgeld leistete er für den Gastwirt und den Follenius-Haushalt gute Dienste in Haus und Hof. „Das ist Pferd von Lubanski", sagte er in seinem holperigen Deutsch. „Ist Alex chier?" Bettina nickte. Gemeinsam schirrten sie Wisnia ab, striegelten, tränkten und fütterten sie. Bettinas Blick fiel auf die Embleme in den Ecken der Satteldecke: ein silberner Adler und ein Reiter.

Paul und Marie Follen frühstückten mit dem Gast, mochten ihn aber nicht zum Rapport drängen. Doch nach einer Weile hielt es Paul nicht mehr aus: „Der Aufstand ist also gescheitert – wie konnte das passieren?"

Alexander schluckte einen Bissen hinunter: „Sie haben uns von allen Seiten regelrecht zusammengeschossen. Jemand muß uns verraten haben, denn in den Nebenstraßen wartete schon das Linien-Militär." Er trank hastig einen Schluck. Marie sah Paul fragend an: „Wir müssen doch die Nachricht so schnell wie möglich weitergeben?" „Ja, ja sicher", sagte Paul, „hier in Gießen vor allem an Vogt, von Buri, Hundeshagen, auch Ricker und Dr. Bansa… Sie sind doch alle in Gefahr und müssen gewarnt werden." „Auch mein Bruder Fritz in Niedergemünden", ergänzte Marie. „Ja, ja sicher, wir sollten heute noch zu Münchs fahren. Es gibt Wichtiges und Dringendes zu besprechen."

Paul blickte fragend zu Lubanski: „Was ist mit Weidig und Trapp?" Der Gast nickte: „Ich hatte auch für Friedberg eine Botschaft mit und traf die beiden in der Apotheke."

Bettina kam herein, unsicher, ob sie bei dem Gespräch erwünscht war. Doch der Hausherr sagte sofort: „Komm, setz dich zu uns, Betty, Du könntest uns eine große Hilfe sein. Es gibt schlechte und dringende Botschaften und Du bist genau die richtige Botschafterin. Ein junges Mädchen ist nicht so verdächtig. Ich schreibe gleich ein paar kurze Briefchen und gebe Dir eine Adressenliste mit. Aber das alles muß mit der größten Verschwiegenheit geschehen, verstehst Du?"

„Was ist denn mit den Freunden in Wetzlar und Marburg?" fragte Maria. „Ihr könnt mir Botschaften mitgeben, ich reite am Nachmittag weiter", sagte Lubanski. „Du solltest aber erst einmal ordentlich ausschlafen", meinte Maria.

„Was ist denn mit den anderen Combattanden in Frankfurt geschehen?" wollte Follenius wissen.

Alexander trank seinen Becher aus und kam nun ins Erzählen: „Die sind in alle Richtungen geflohen. Neyfeld wollte noch in der Nacht über den Rhein nach Straßburg. Dr. Bunsen ist bei Freunden in Frankfurt untergetaucht. Skriba und Becker wurden gefangen genommen."

„Gab es Verluste, Verwundete?"

„Ja, zu Beginn des Sturms bei den Wachen, später auch in unseren Reihen. Es müssen wohl so acht bis zehn Tote gewesen sein. Dabei gelang zunächst die Überrumpelung. Wir hatten uns in einem nahen Gasthof gesammelt und Waffen und Fahnen, Schärpen und Armbinden in Schwarz-Rot-Gold verteilt. Major Neyfeld übernahm das Kommando und wie verabredet stürmten wir dann um halb zehn Uhr los und besetzten die Konstabler-Wache. Die Schildwachen gaben auf uns ein paar Schüsse ab, aber bevor sie wieder laden konnten, hatten wir sie niedergemacht und die übrige Besatzung von ihren Waffen in der Eingangshalle abgeschnitten."

„Und genau das Gleiche spielte sich bei der Hauptwache am anderen Ende der Zeil ab? Zeitgleich?" wollte Follenius wissen.

„Ja genau, so war es verabredet und gelang auch anfangs, unter dem Kommando von Bunsen, der auch die Waffen besorgt hatte. Dort stürmten die Burschen aus Darmstadt sofort in den Keller und öffneten die Gefängniszellen und die Rüstkammer. Dazu kam von der Domkirche sofort das Sturmgeläut und hörte nicht

16

wieder auf, als verabredetes Zeichen für die Revolutionäre draußen vor der Stadt."

„Und die Frankfurter? Ich meine die Bürger auf der Straße?" fragte Marie.

„Da sammelte sich natürlich schnell eine ganze Menge auf der Zeil, aber nur um zu glotzen. In den Fenstern der Häuser zündeten sie Fackeln an, um das Spektakel besser zu beleuchten."

„Aber es war doch geplant, die Bürger auch zu bewaffnen?" sagte Paul.

„Ja sicher, wir boten ihnen die erbeuteten Gewehre an und schrien unsere Parolen, um sie mitzureißen:

„Vivat! Es lebe die deutsche Republik!"
„Nieder mit den Tyrannen!"
„Freiheit und Einheit für alle Deutschen!"

Wir brüllten aus Leibeskräften – auch um uns selbst Mut zu machen. Aber nur ein paar der Gefangenen nahmen die Gewehre. Die andern wollten nur glotzen. Endlich war mal was los!"

Bettina hatte sich in eine Ecke der Bank neben den großen Kachelofen gehockt. Sie zog die Knie hoch unter das Kinn und das Kleid darüber. Sie sah und hörte mit Schaudern die Szene des Frankfurter Wachensturms vor sich entstehen: die Schüsse, die Uniformierten, die Revolutionäre mit Bajonetten und Beilen, Fahnen und Schärpen, den Pulverdampf und die flackernden Fackeln in der Menschenmenge. Das Geschrei, die Sterbenden am Boden. Sie schüttelte sich und legte ihren Kopf auf die Knie. So also fing eine deutsche Revolution an. Ob es in Frankreich auch so war? Oder noch grausamer? Und daraus sollte ein besseres Deutschland entstehen?

„Was ist denn mit den Bauernhaufen, die in Bonames und Sachsenhausen organisiert waren? Sie sollten doch zu euch stoßen?" fragte Paul.

Alexander überlegte einen Moment: „Vielleicht hatten sie sich wie geplant in Marsch gesetzt, aber die Frankfurter Miliz besetzte bei dem heftigen Gebimmel der Domglocken sofort die Stadttore, so daß die Bauern nicht hinein konnten.

Wir hätten jede Unterstützung gebrauchen können, aber wir fühlten uns schließlich im Stich gelassen. Nach der geglückten Eroberung der Wachen an der Zeil rückte plötzlich aus den Nebenstraßen reguläres Militär heran. Sie standen dort regelrecht bereit zum Gegenschlag. Sie gingen schnell vor den Wachgebäuden in Stellung und feuerten aus allen Rohren auf uns. Schon bei der ersten Salve rannten die deutschen Studenten verschreckt auseinander. Major Neyfeld forderte sie mehrfach zur Gegenwehr und zum Durchhalten auf. Aber sie hatten keine Kampferfahrung und liefen im Kugelhagel ängstlich davon. Leider kamen wir an die Kanonen im Zeughaus nicht heran.

„Wieviele wart ihr denn?"

„Knapp dreißig an der Konstablerwache und um die vierzig an der Hauptwache. Es waren vor allem Männer von den Universitäten und einige junge Handwerker. Von Gießen kannte ich nur Eduard Scriba und Ernst Schüler vom Ansehen. Einige flohen zu Bunsen in den Münzhof. Ich hatte mein Pferd dort angebunden. Bunsen schrieb eilig ein paar Nachrichten, die er uns in alle Richtungen mitgab. Er selbst hatte wohl einen Streifschuß am Bein und wollte bei Freunden in der Nähe von Frankfurt untertauchen."

Follenius versuchte nun, mehr für sich, eine Deutung des Mißerfolgs: „Es lag also am schlechten Zusammenspiel, an zu flüchtiger Vorbereitung und fehlender Erfahrung, wenn ich das richtig verstehe."

Lubanski stöhnte: „Ach, es war so viel geplant, was da zusammenwirken sollte.

Aus Frankreich wollten etwa dreihundert meiner Landsleute durch die Schweiz in Richtung Stuttgart vorrücken, um sich dort mit den Württemberger Republikanern zu vereinigen. Angeblich formieren sich dort auch die Bauern für den Aufstand. Ich weiß nicht, was mit all denen ist. In diesem Deutschland ist die schnelle

Verständigung so schwer. Diese vielen kleinen Staaten. An jedem Schlagbaum gibt es Kontrollen." Der Pole war müde und resigniert. Er gähnte.

„Du kannst dich in die Kammer zum Hof zurückziehen. Hier wird dich niemand vermuten. Hier bist Du sicher. Ich schreibe derweil ein paar Botschaften für die Gießener", sagte Paul und nickte Bettina zu. Sie sollte sich bereit halten. Maria räumte den Tisch ab und trug das Tablett in die Küche.

Aus der Schublade seines Schreibsekretärs holte Follenius ein paar leere Kanzleiblätter. Er bekritzelte hastig ein Blatt nach dem anderen. Bettina saß an einem Nebentisch, nahm die beschrifteten Blätter, faltete sie, hielt den Siegellack über die Kerze und versiegelte sie. Einmal hatte er die Feder zu tief eingetaucht, sie klekste auf dem Papier. Seine Hand zitterte etwas. Er sah aus dem Fenster hinaus auf den Seltersweg. Vom Tor kommend schob ein Bäuerchen eine zweirädrige Karre mit Milchkannen hinunter in Richtung Markt.

Pauls Gedanken schwirrten hin und her. Wen mußte er noch warnen? Wie sehr war er selbst in Gefahr? Und seine Familie? Auf welchen Listen würde sein Name auftauchen? Wer konnte über ihn aussagen? Vielleicht unter Folter? Bis jetzt war es ihm doch gelungen, das Bild des loyalen, biederen Advokaten über jeden Verdacht zu erheben. Stets war er mit den anderen Gießener „Älteren", wie die Studenten sie nannten, im Hintergrund geblieben. Sie hatten nie an den Treffen der radikalen Studenten teilgenommen, wie es Ludwig Weidig tat. Der bewaffnete Kampf war nicht ihre Aufgabe. Und dennoch waren sie tief in die ganze Verschwörung verstrickt.

Er nahm ein neues Blatt und kritzelte zittrig weiter, dann aber schob er das Blatt zu Bettina rüber: „Hier, Du hast so eine schöne Schrift. Meine Hand ist zu unruhig. Bitte schreib Du, ich diktiere:
Herrn Medizinalrath Prof. Dr. Wilhelm Vogt.
Allhier. Seltersweg 5
Lieber Vogt, in Eile nur dies: der Frankfurter Aufstand ist fehlgeschlagen. Wir sollten alle Unterlagen und Korrespondenzen

sofort vernichten. Ich fahre heut noch zu Friedrich Münch und melde mich übermorgen gleich nach der Rückkehr.
  Dein F."

Dann skizzierte er flüchtig noch einen kleinen Plan für die Reihenfolge der Adressen und übergab das Briefbündel an Bettina. „Du mußt sie unbedingt persönlich abgeben. Und kein Wort zu jemand anderem. Wenn Du zurück bist, fahren wir sofort nach Niedergemünden."
  Bettina ging auf den Flur, zog die Schnürstiefel an und stopfte das Bündel in die Manteltasche. Dann war sie aus der Tür.

Paul begab sich langsam in die Küche. Marie stand am Herd und wärmte die Milch für die Kinder. „Wie groß ist die Gefahr nun für uns?" wollte sie wissen. Sie sah ihn an: „Bitte antworte mir offen und ehrlich."
  „Sie werden jetzt den Druck auf alle Oppositionellen erhöhen. Die Schnüffelhunde werden wieder ausschwärmen. Die Kommission für demagogische Umtriebe in Mainz wird ihre alten Listen hervorkramen. Am liebsten würden sie wohl alle, alle sofort verhaften, die sich jemals geräuspert haben. Aber es wird eine Welle von Verhören und Durchsuchungen geben."
  „Aber Du, Du bist doch nicht auf diesen Listen!?
  „Doch, die alten Geschichten aus der Studentenzeit, als wir noch zu den rebellischen Schwarzen gehörten, die später verboten wurden. Meine Brüder August und Karl, dein Bruder Friedrich; diese Verhörprotokolle und Listen gibt es noch in den Kanzleien. Das verjährt nicht. Einmal verdächtig – immer verdächtig."

„Ja, aber mit diesem Frankfurter Abenteuer hattest Du doch nichts zu tun? Du bist ein angesehener Mann, seit zwei Jahren ein ehrbares Mitglied des Gießener Gemeinderates."
  „Das ist es ja!"
  „Was ist?"

„Fast der ganze Gemeinderat ist verstrickt in diese Geschichte!"

„Wie bitte? Das mußt Du mir erklären!"

„Ja, das sollte ich nun tun: Unser Plan im Hintergrund war kompliziert – aber auch raffiniert, wie ich finde. Es war abgesprochen, daß die jungen Leute hier, also Gießener Studenten und Gesellen Tumulte und Aufruhr vortäuschen sollten. Als Gemeinderat wollten wir dann sofort eine Bürgerwehr ins Leben rufen und bewaffnen. Angeblich zur Aufrechterhaltung der öffentlichen Ordnung. Diese Bürgerwehr aber sollte beim Sturz des alten Regimes die Fronten wechseln und hier in Oberhessen die Regierungsgewalt übernehmen, das heißt Schlüsselpositionen besetzen: Rathäuser, Polizeiwachen, Kasernen, Gefängnisse, Arsenale."

„Oh Gott! Was erzählst Du da? Das klingt viel zu phantastisch. Das glaubt Dir doch kein Mensch, Paul. Und der ganze Gemeinderat steckt mit drin?"

„Es sind die vier wichtigsten Leute, die eingeweiht sind. Die anderen Drei ziehen wir mit, wenn es so weit ist."

„Ich wußte ja, daß Du diesen Staat ablehnst, Paul, aber nicht, daß Du bereits an seinen Wurzeln sägst. Weiß denn Fritz davon?"

„Ja, aber er ist nicht an der Verschwörung beteiligt. Nicht an den Planungen."

Aber auf den alten Listen der Gießener Schwarzen ist er mit drauf. Und sie wissen natürlich, daß wir alle miteinander verwandt sind."

„Dann wäre es gut, sich so schnell wie möglich mit ihm zu besprechen."

„Ich denke auch. Laß uns heute noch nach Niedergemünden fahren."

„Und die Kinder?"

„Ja gerade die nehmen wir mit. Sie könnten mit Pauline und Adolph spielen. Es würde äußerlich wirken wie ein harmloser Familienbesuch zu den Osterfeiertagen. Tatsächlich aber haben wir gemeinsam wohl schwere Entscheidungen zu treffen."

Follenius schrieb noch zwei Briefchen, die er unterwegs abgeben wollte. Dann nahm er seine Reisetasche aus dem Schrank und legte ein Nachthemd, etwas Wäsche, eine Hose und einen bequemen Hausrock hinein. Sein Blick fiel auf das Buch auf seinem Nachttisch, in dem einige Zettel, eng beschrieben mit Notizen, steckten. Er nahm es langsam auf und stopfte es ganz unten in die Tasche. Es war der Bericht eines gewissen Gottfried Duden über eine Reise nach Missouri.

Alexander Lubanski stellte seine Satteltaschen in der Kammer neben das Bett und ging dann über den Hof in den Stall. Wisnia lag im frisch aufgeschütteten Stroh und hob sofort den Kopf, als er kam. „Bleib liegen und ruh dich aus. Ich leg mich dazu."

Bevor er einschlief, sagte er noch leise fluchend zu seinem Pferd: „Do diabła z tymi Niemcami, może dobrzy politycy i myśliciely, ale prowadzić rewolucji nie potrafią!" **

<hr>

* „Weiter, weiter, Wisienka! Nicht müde werden!"

** „Zum Teufel mit diesen Deutschen, vielleicht sind sie gute Politiker und Denker, aber eine Revolution können sie nicht machen!"

2. Gießen

Die Lahn hatte es nicht eilig. Langsam und gemächlich floß sie dahin. Ihr ruhiges Temperament hatte sich im Laufe der Zeit auch auf die Anwohner übertragen. Die Gießener liebten es gemütlich und bedächtig. Dennoch waren sie keine humorlosen, verspießerten Schlafmützen und keine angepassten Untertanen. Dafür sorgte schon die Universität mit ihrem wachen und offenen Klima. Es war ein ständiges Kommen und Gehen von Dozenten und Studenten, die wachsam und kritisch die politischen Verhältnisse wahrnahmen und sich nicht selten kontrovers damit auseinandersetzten. Die kritische Wachsamkeit der Akademiker ging an den Gießener Bürgern nicht vorbei. Sie konnte gelegentlich auch in Protest und Aufmüpfigkeit münden.

Gießen war mit seiner Universität eng verbunden. Von der Alma Mater lebten sie fast alle in dieser Stadt: die Gastwirte und Fuhrleute, die Händler und Handwerker, die Beamten und Vermieter. Jede zweite Gießener Familie hatte eine Studentenbude vermietet.

Bettina schritt rasch den Seltersweg hinunter und blieb dann nach wenigen Schritten vor einem stattlichen Haus stehen. Sie zog das knisternde Briefbündel aus der Manteltasche, blätterte es schnell durch und zog den Brief mit der Anschrift „Herrn Medizinalrath Prof. Dr. Wilhelm Vogt" heraus. Sie kannte die Vogt-Familie und das Haus, denn die Follens und die Vogts waren eng befreundet, ja sogar verwandt. Wilhelm Vogt war mit einer Schwester von Paul verheiratet. Er hatte schon vor Jahren Haus, Hof und Garten der Familie Follenius gekauft, als die Mutter plötzlich gestorben war und der Vater eine Stelle in Friedberg annahm. Paul und sein Bruder Karl waren noch klein und verbrachten dann ihre Kindheit bei den Großeltern in Romrod im Vogelsberg, unweit der Familie Münch.

An der Haustür stieß Betty fast mit Karl Vogt zusammen, der in die Schule mußte. Er besuchte das städtische Gymnasium und stand kurz vor dem Abschluß. Karl grüßte höflich und sagte mit Blick auf den Brief, den sie in der Hand hielt: „Mein Vater hält gerade Vorlesung. Ich könnte den gleich auf seinen Schreibtisch legen." „Es ist sehr dringend", sagte sie. „Gut", meinte er, „dann reiche ich ihn direkt in die Kollegstube." Er verschwand mit dem Schreiben im Haus und die Botin setzte ihren eiligen Weg fort.

Sie kam jetzt nur langsam weiter, denn sie mußte einer Schweineherde ausweichen, die etwas chaotisch die ganze Breite des immer enger werdenden Seltersweges beanspruchte. Anders als Schafe oder Kühe, die jeweils zu ihrer Zeit auch vor die Tore der Stadt getrieben wurden, blieben die Borstenviecher nicht bei einer Richtung, sondern paddelten, schnüffelten und grunzten in alle Ecken. Die Müll- und Misthaufen vor den Haustüren waren auch zu verlockend – bis ihnen ein struppiger, dunkelbrauner Hirtenhund dazwischenfuhr. Zuletzt kam mit Gießener Gelassenheit und Geduld der städtische Hirte und trieb mit seinem Stecken ein paar quiekende Ferkel hinterher.

Um nicht auszurutschen, hüpfte und balancierte Bettina um die schweinischen Hinterlassenschaften herum. Je näher sie dem Stadtzentrum kam, desto penetranter wurde auch der Gestank, der aus den Winkeln zwischen den Häusern kam. Der Abstand zwischen den Gebäuden wurde immer enger, so daß sich oft zwei Häuser ein Plumpsklo unter freiem Himmel teilten. Es schien, als ob das wärmere Frühlingswetter nun alle diese Düfte aufgetaut hatte und ihr Aroma zum Blühen brachte. Hygiene und Sauberkeit waren schon lange ein Dauerthema in den Sitzungen des Stadtrates.

Das Mädchen griff den nächsten Brief aus der Tasche und zog die Klingel an einer Haustür neben dem Schild „Christian von Buri, Hofgerichtsadvokat". Auch diesen Herrn kannte Bettina, denn er war ein enger Freund ihres Onkels und ging im Hause Follenius aus und ein. Buri öffnete selbst und rief erstaunt: „Bettina! Welch seltene Ehre! Was bringst Du mir?"

„Etwas sehr, sehr Eiliges".

„Her damit!" Er öffnete die Nachricht sofort und las leise murmelnd:

„Mein lieber Buri.

Soeben brachte Lubanski die Nachricht, daß der Auftakt gestern Abend in Frankfurt gescheitert ist.

Acht Tote und Verletzte!

Wir sollten uns also dringend besprechen. Bin übermorgen aus Niedergemünden zurück und melde mich dann sofort.

Bis dann, P.

Bitte vernichte alle Unterlagen."

Der Jurist zog die Augenbrauen hoch, faltete den Zettel wieder zusammen und murmelte: „Mein Gott, auch das noch. Das war doch alles viel zu überstürzt!" Und lauter zu Bettina: „Wie ist es mit Christian Bansa und Eduard Hundeshagen? Sind die schon informiert?" Bettina nickte und zog die Briefe aus der Tasche. „Hier sind die Botschaften für beide." „Die kannst Du gleich mir anvertrauen, ich werde sie umgehend aufsuchen. Es gibt genug Wichtiges zu besprechen."

„Gut, danke! Dann will ich gleich weiter." Sie sprang die Stufen hinunter.

„Und grüße bitte Paul und sag ihm, er soll die Ruhe bewahren!" rief er dem Mädchen nach. Sie nickte und winkte.

Auf der Kreuz, einem kleinen Platz im Zentrum der Stadt, versammelte sich gerade wie jeden Morgen ein Grüppchen von Bürgern, um der „Schelle" zuzuhören. Der Ausrufer hatte kräftig in alle Richtungen gebimmelt und stieg nun zwei Treppenstufen hinauf, um wichtige Neuigkeiten zu verkünden. Es waren vor allem Hausfrauen, Dienstboten, Studenten, Kinder, die abwartend stehen blieben. Ein Friseur und ein Kunde mit Schaum im Gesicht traten vor die Ladentür. In einem Fenster lehnte ein Mann und sog an einer einer Meerschaumpfeife.

Der Ausrufer begann vom Blatt ablesend:

„1. Hiermit bringe ich zur öffentlichen Kenntnis, daß die Brücke über die Lahn und die hinführenden Straßen Neustadt und Rodheimer Chaussee ab Dienstag nach Ostern für etwa eine Woche für jedweden Verkehr zwecks dringender Erneuerung des Pflasterbelags gesperrt sein werden. Ein Nachen für Fußgänger wird noch eingerichtet. Fuhrwerken wird der Umweg durch die Furt empfohlen.

2. Den Bürgern sei in Erinnerung gerufen, daß morgen ab 8 Uhr der Kuhtrieb auf die Gemeindewiesen beginnt.

3. Im Pfarrhaus zu Heuchelheim gelangen heute ab 11 Uhr etliche Dutzend Gegenstände an Hausrat, Büchern und Mobiliar aus dem Besitz des Pfarrers Gustav Klingelhöffer zur öffentlichen Versteigerung. Pfarrer Klingelhöffer wandert demnächst mit etwa 50 rheinischen Familien nach Nordamerika aus.

4. Ebenfalls heute ist es streng untersagt, Küchenabfälle oder Fäkalien in den Fluß zu entsorgen, denn am Nachmittag wird gebraut.
Die Stadtreiniger werden morgen früh eine Sonderschicht einlegen."

Bettina blieb einen Moment stehen, um zu hören, ob der Mann schon das Frankfurter Attentat vom Vorabend erwähnen würde, aber der Ausrufer beließ es bei den alltäglichen, lokalen Mitteilungen. Nein, mit Lubanski konnten es die amtlichen Kuriere nicht aufnehmen. Aber morgen vielleicht, morgen oder übermorgen, würden auch die Gießener an dieser Stelle erfahren, daß die neueste Revolution in Deutschland schon im Ansatz gescheitert war. Dann war sie mit Paul, Marie und den Kindern zu Hause in Niedergemünden und sie freute sich schon darauf.

Der nächste Brief war an „Die dritte Buchhandlung" adressiert: Sonnenstraße, Ecke Neuen Bäue. Auch das Haus war ihr vertraut, denn dort wohnte Charlotte, ihre beste Freundin. Ihr Vater, Joseph Ricker, gehörte ebenfalls zum inneren Kreis der Gießener Oppositionellen. Ricker war schon während seiner Lehrzeit in der Heyerschen Buchhandlung am Markt wegen seiner radikalen, demokratischen Gesinnung aufgefallen. Die großherzoglichen Behörden verdächtigten ihn der Demagogie und verweigerten ihm eine Lizenz als Buchhändler. Aber seine Frau, Christine Eckstein, Tochter eines Universitätsbeamten, sprang für ihn ein, so daß schließlich Joseph Ricker formell Angestellter in der Buchhandlung seiner Frau wurde. Auch sonst staunte Bettina über die recht ungewöhnlichen Familienverhältnisse bei Rickers. Vater, Mutter und Tochter schienen gleichberechtigt. Charlotte war scheinbar in alle Entscheidungen und Geheimnisse der Eltern mit einbezogen. Es war so, als ob die Rickers schon in der Familie eine Art Demokratie lebten.

Als Bettina mit dem Brief in der Hand den Laden betrat, stand ihre Freundin auf einer Leiter und stellte Bücher in ein Regal, die ihre Mutter aus einem Karton heraufreichte. Es war eine englische Ausgabe des Versromans „The Corsair" von Lord Byron. Sie waren überrascht und freuten sich, Bettina zu sehen. Eine Botschaft an den Vater? Ja, der sei im Keller und schraube an seiner Tiegel-Presse herum. Frau Ricker griff nach dem Schreiben, aber Bettina verzog etwas verlegen das Gesicht: „Ich soll ihn persönlich abgeben."

Frau Ricker lachte: „So geheimnisvoll? – Na denn – Lotte, führst Du sie hinunter?" „Und sonst geht es Dir gut bei Familie Follenius?" „Ja, danke", sagte Bettina, „wir fahren heute Nachmittag nach Niedergemünden und ich freu' mich drauf."

„Heute, mitten in der Woche?" lachte die Buchhändlerin, gab sich dann aber selbst eine Antwort: „Ach ja, morgen ist ja Karfreitag und ihr Mädels habt sowieso Osterferien. Dann wird das wohl so eine Art Osterbesuch." Betty nickte vorsichtshalber. „Dann grüß' bitte auch den Pfarrer Münch und sag ihm, das bestellte Buch von Alexis de Toqueville warte hier auf ihn."

Charlotte war von der Leiter gestiegen und umarmte und küßte ihre Freundin, dann nahm sie sie wie ein Kind bei der Hand und zog sie in den Flur hinter dem Laden.

Die Freundinnen hatten sich vor einem Jahr in der Schulbank kennen und lieben gelernt, als Bettina – auf Beschluß ihres Vaters – von der Grundschule in Niedergemünden auf die höhere Töchterschule nach Gießen wechselte und damit von der Familie Münch zur Familie Follenius kam. Betty und Lotte befreundeten sich und waren bald ein Herz und eine Seele. Sie tauschten jeden Gedanken, jedes Buch und jede Begegnung aus. Sie schwärmten gemeinsam für Literatur und polnische Freiheitshelden. In ihrem Temperament unterschieden sie sich aber. Während Bettina eher nachdenklich, ruhig und in sich gekehrt wirkte, war Lotte etwas jünger, kleiner, quirliger und vorlauter. Sie trug ihre unbändige Neugier vor sich her und hatte schnell Kontakt zu jedermann. Nicht zuletzt durch ihre Eltern war sie stets über alles informiert, auch über Themen, die eine Sechzehnjährige sonst nicht so leicht etwas angehen. Onkel Paul fand sie „etwas altklug" und Tante Marie hatte sie neulich als „frühreif" eingestuft. Es mochte auch an ihrer Erziehung liegen, denn von ihren sehr jungen Eltern wurde sie wie eine Erwachsene behandelt.

Manchmal allerdings nervte es Bettina ein wenig, wenn Lotte einfach alles besser wußte und das auch genüßlich ausspielte. Zu gerne hätte Bettina heute zu Lotte gesagt: „Du, übrigens, Alex, dein polnischer Märchenprinz ist wieder da – mit geheimen Botschaften aus Frankfurt. Er ist die ganze Nacht durchgeritten und schläft jetzt bei uns im Versteck." Aber Onkel Paul hatte „größte Verschwiegenheit" angemahnt. – Ausgerechnet Lubanski, in den Lotte sich hoffnungslos verguckt hatte. Seit jenem Wohltätigkeitsball des Polenvereins vor einem Jahr, auf dem der junge Leutenant stundenlang mit Lotte getanzt hatte. Danach saßen sie noch lange händchenhaltend und tuschelnd auf einer Gartenbank.

Joseph Ricker hatte Kleckse von Druckerschwärze im Gesicht. Er legte den Schraubenschlüssel beiseite und wischte sich die Hände an der schwarzbekleckerten Schürze ab. Er überflog den Zettel, schnalzte mit der Zunge, sah die Mädchen einen Augenblick an und sagte: „Verdammt. Sagt mal, könntet Ihr beide mir gleich helfen, einige Papierstapel im Hof zu verbrennen?"

Bettina zog die verbliebenen Briefe aus der Tasche und sagte hastig: „Ich muß damit leider gleich weiter."

„Ach so, – ja, Lotte, dann hilf Du mir und sag Christina bescheid."

„Sofort, Papa, ich will eben nur noch zwei Sätze mit Bettina..."

Sie zog ihre Freundin wieder die enge Treppe hinauf und blieb im Dunkeln auf dem Absatz plötzlich stehen: „Du, sag mir jetzt ganz ehrlich: wie lange bleibt Alexander jetzt bei Euch? Ich muß ihn unbedingt heute noch sehen."

Bettina blieb die Spucke weg. „Woher weißt Du denn...?"

Thaddeusz Schutzig hat es mir vorhin beim Wasserholen am Markt geflüstert."

Thaddeusz also. Der polnische Stallbursche himmelte Lotte seit Monaten an und war bereit, alles für sie zu tun. Klatsch und Tratsch waren in Hessen doch mächtiger als jede politische Verschwörung. So konnte das mit einer Revolution nichts werden. Hatte Lubanski nicht angedeutet, daß auch das Frankfurter Attentat verraten worden war?

„Charlotte, schlag Dir das doch aus dem Kopf. Der Mann ist auf der Flucht. Der hat keine Zeit zu verlieren. Was willst Du überhaupt mit dem?"

„Er hat mir was versprochen. Ich erzähl' es Dir, wenn Du zurück bist."

„Ach Lotte, so eine Beziehung hat doch keine Chance. So einer ist heute hier und morgen dort – immer in der Weltpolitik beschäftigt. Außerdem ist er mindestens zehn Jahre älter als Du."

„Laß das meine Sorge sein, Betty!" Das klang etwas trotzig.

„Vergiß es, nimm es als eine schöne, flüchtige Romanze."

Charlottes Ton wurde energischer: „Es ist mehr. Und ich will jetzt nicht mehr darüber reden. Ich finde ihn schon!"

Bettina hatte noch zwei Botschaften, die sie schnell besorgen mußte: an den Lehrer und Pfarrer Eduard Skriba sowie an den Schulrektor.

Als dies erledigt war und sie wieder in den Seltersweg bog, stand die Kutsche schon vor der Tür. Die Pferde waren angeschirrt, die Kinder saßen auf dem Wagen, spielten ein Fadenspiel und alberten herum. Thaddeusz lud hinten Taschen und Körbe auf. Bettina packte ihn beim Ärmel, zog ihn beiseite und sagte: „Lieber Thaddeusz, du mußt hier und heute in Deutschland deine Zunge besser im Zaum halten!" Da dieser sie lieb aber verständnislos anblickte, sprach sie Klartext, jedes Wort einzeln betonend: "Bitte sag keinem Menschen, wo Alexander ist!" Sie legte den Finger auf den Mund: „Streng geheim!"

Thaddeusz nickte eifrig, aber etwas verlegen und schnallte auf dem großen Korb einen Riemen fester.

Paul Follenius kam in Mantel und Zylinder aus dem Haus. Er hatte zwei weitere Umschläge in der Hand, die er in seiner Tasche auf dem Kutschbock verstaute. „Betty, ist mit den Botschaften alles glatt gegangen?"

„Es sind alle informiert und sie lassen Dich grüßen. Herr von Buri läßt Dir ausrichten, Du sollst nur nicht die Ruhe verlieren."

Paul sagte nichts dazu sondern nur: „Vielen Dank!" Er stieg auf den Kutschbock. Maria reichte Bettina ihre Reisetasche, die sie inzwischen gepackt hatte und den Kindern zwei warme Decken. Es war ein milder Frühlingstag und die Kutsche blieb offen. Als sie komplett waren und Thaddeusz die Mütze zog und winkte, nahm der Advokat die Zügel. „Hüh!"

Die Familie Follenius rollte schon durch Buseck, als Charlotte Ricker eilig in die Hofeinfahrt der Gaststätte „Zum Hirsch" einbog. Sie hatte sich nur ein großes, grob gestricktes Tuch um die Schultern geworfen. Die Tür zum Stall stand offen.

„Thaddeusz, bitte sag mir, wo Alexander jetzt ist. Ich muß ihn dringend sprechen." Der Bursche schüttelte den Kopf: „Ich weiß nix genau. – Vor zwei Stunden oder so Alex ist aus Gießen geritten, fort." „Wohin?" „Marburg vielleicht. Dann weiter – Kassel, Göttingen vielleicht." Genauer konnte er es wirklich nicht sagen. Aber immerhin.

„Hast Du die Adresse vom Polenverein in Göttingen?"

Thaddeusz überlegte und nickte dann. Charlotte kramte Papier und Bleistift aus ihrer Rocktasche.

3. Niedergemünden

Normalerweise brauchte Follenius für den Weg nach Nieder-ge-münden drei bis vier Stunden. Heute sollte es länger dauern. Die Kutsche war vollbesetzt und der Weg jetzt im Frühjahr aufgeweicht. Außerdem mußte er noch unterwegs zu August Becker und den Verschwörern im Vogelsberg Kontakt aufnehmen. Er hielt deshalb nach einer Stunde Fahrt auf dem Grünberger Markt und fragte einen Passanten nach dem „Flensunger Hof".

Er müsse noch ein paar Kilometer weiter bis nach Mücke und sich dann nach rechts halten, hieß es. Paul wußte, daß die Verschwörer sich um diese Zeit dort versammelt hatten und auf den Startschuß zum Aufstand warteten.

Die rumpelige Fahrt rüttelte die ganze Familie arg durcheinander und so waren alle froh, vor dem „Flensunger Hof" aussteigen zu können. Hier standen schon etliche Wagen und Pferde, um die ein Knecht des Wirtes sich kümmerte.

Während Maria und Bettina sich mit den Kindern in die Gaststube setzten, um für jeden eine Schale mit köstlicher Dickmilch zu bestellen, nickte Paul dem Wirt kurz zu und klopfte an die Tür des Hinterzimmers.

Der Raum war gefüllt mit Qualm und alkoholischem Dunst, der von etwa zwanzig Männern ausging. Es waren zumeist erfahrene Revolutionäre aus dem Vogelsberg, die die Revolte von Södel in der Wetterau vor drei Jahren bereits mitgemacht hatten. Sie saßen um einen Tisch mit Listen und Skizzen, leergegessenen Tellern und halbvollen Gläsern und sie verstummten augenblicklich erwartungsvoll, als der Advokat aus Gießen den Raum betrat. Ein Mann mit kräftiger Gestalt und roten Haaren erhob sich und kam auf ihn zu. Es war August Becker, Student aus Gießen, auch „der rote Becker" genannt. Sie umarmten sich kurz: „Endlich! Wir warten hier schon seit dem Vormittag auf das Signal zum Losschlagen. Sag, wie stehen die Dinge!? Steht das Darmstädter Schloß endlich in Flammen?"

Paul räusperte sich und sagte laut in den Dunst hinein: „Ich komme, um Euch leider nur kurz die schlechte Nachricht zu bringen, daß der Überfall auf die Frankfurter Wache gestern Abend gescheitert ist. Jemand muß den Plan verraten haben. Die Kameraden wurden regelrecht zusammengeschossen. Es gab ein Dutzend Tote und Verletzte."

Für einen Moment wurde es ganz ruhig im Raum, dann erhob sich langsam ein anschwellendes Gemurmel, aus dem schließlich eine energische Stimme im Hintergrund wissen wollte: „Heißt das jetzt, daß auch hier in Oberhessen kein Aufstand sein wird, oder was?"

„Ein Losschlagen hier wäre nicht ratsam und würde enden wie vor zwei Jahren, weil jetzt jeder Zusammenhang und Zusammenhalt fehlen würde. Viele Combattanten sind untergetaucht oder sofort über die französische Grenze geflohen, soweit sie nicht gleich verhaftet wurden."

Paul sah rundherum in bestürzte und nachdenkliche Gesichter. Schließlich sagte August Becker: „Männer, es ist also geraten, alle Vorbereitungen und Absprachen sofort abzublasen. Geht zurück in eure Dörfer, beruhigt eure Leute, versteckt die Waffen wieder und verbrennt alle Pläne und Korrespondenzen. Ihr müsst damit rechnen, daß ab morgen die Spürhunde der Staatsmacht ausschwärmen, um jeden Winkel auszuschnüffeln."

Er sah Paul an. Dieser nickte und ergänzte: „Und kein Sterbenswörtchen zu niemandem. Vor allem: Keine Namen nennen. Ihr wißt von nichts!"

Ein allgemeines Gemurmel und Stühlerücken hob an. Einige verließen sofort den Raum, um am Tresen ihre Zeche zu begleichen, andere stopften ihre Pfeife und berieten sich. Wieder andere drängten heran zu August und Paul, weil sie noch Fragen hatten.

Zwei Männer hatten ein Fenster zum Hof geöffnet und reichten einige Gewehre und Blankwaffen hinaus, die als Bündel hinter dem Vorhang gewartet hatten. Sie wurden draußen von den Knechten in Pferdedecken gewickelt und in den Wagen verstaut.

Follenius und Becker setzten sich noch einen Augenblick auf dem Hof vor die Tür. Paul erzählte, was er sonst noch wußte, von der Situation in Gießen und was Lubanski erzählt hatte und wollte dann wissen: „Wie sieht es in den Dörfern im Vogelsberg aus?"

"Alles in allem haben wir wohl so etwa sechzig kampfbereite Männer mobilisieren können. Seltsamerweise mehr junge Handwerker als Bauern. Die Bauern haben seit dem Scheitern des Aufstandes vor zwei Jahren den Glauben an eine Revolution verloren. Da müsste man erst mal jahrelang agitieren. Am besten fängt man in der Schule an." Er lachte: „Aber dafür bräuchte es andere Lehrer."

Paul resümierte: „Also eine Volkserhebung wäre es wohl nicht geworden."

Und Becker schüttelte seine rote Mähne: „Die Bauern sind träge und zögerlich, obwohl es ihnen sehr dreckig geht. Sie brechen zusammen unter der Last der Abgaben an Kirche und Staat. Es bleibt nicht genug zum Leben. Ein, zwei Mißernten und sie gehen zum Betteln in die Städte. In den entlegenen Höfen herrscht Hungersnot. Sie strecken den Brotteig mit gemahlener Baumrinde. Die Kinder gehen auch im Winter barfuß und in spärlichen Lumpen."

Paul schüttelte den Kopf: „Mein Gott, ist das erbärmlich und eine Schande für die Verantwortlichen, die es doch ändern könnten!"

Als die beiden Gäule gefüttert und getränkt waren und die Frauen und Kinder ihre Dickmilch mit großem Genuß gelöffelt hatten, setzte Familie Follenius ihren Weg fort in Richtung Mücke und Merlau. Sie folgten nun dem Tal des Seenbachs, der eigentlich nur ein schmales Rinnsal, ein mickriger Bach war. Nun aber, Anfang April war er mehr „See" als „Bach". Schmelzwasser und tagelange Regengüsse hatten ihn anschwellen lassen und weite Wiesen- und Ackerflächen unter Wasser gesetzt. Für Mäuse, Maulwürfe und Kaninchen war das eine Katastrophe. Die Bauern fluchten, denn nun verschimmelte die Saat und das Vieh mußte, weil es kein frisches Futter mehr gab, im Stall bleiben. Die Wege waren unpassierbar geworden.

Für den Fremden aber, der diese Sorgen nicht kannte, hatte die Landschaft am Seenbach eine märchenhafte Verwandlung erfahren. Die weiten, spiegelnden Wasserflächen verdoppelten die Büsche und Bäume, Zäune und Häuser und die Wolken am blauen Himmel und stellten all dies auf den Kopf. Kam ein Windstoß über diese kopfstehende Gegenwelt, so geriet sie in schaukelnde Bewegung, erzitterte und zersplitterte schließlich. Ab und zu blinzelte die Sonne durch die Wolken und sorgte für klare Konturen und frische Farben.

Zweimal mußten sie einen holperigen Umweg über die Wiesen am Hang nehmen. Einmal blieben sie stecken, konnten aber mit eigener Kraft wieder frei kommen, indem alle gemeinsam die Schuhe und Strümpfe auszogen, Röcke rafften, Hosen krempelten und sich kräftig in die Speichen stemmten. Die Kinder fanden das alles sehr lustig und kreischten vor Vergnügen, obwohl oder gerade weil das Wasser noch sehr kalt war.

Dann – nach einer Stunde – hatten sie von der Höhe des Kammberges endlich den Blick auf das Dorf. Der Seenbach war längst in der Ohm aufgegangen und nun kam aus dem Osten die Felda dazu. Wo sie in die Ohm mündete, lag – der Name sagt es ja – Gemünden. Im Unterschied zu Burggemünden lag Niedergemünden eingebettet und behütet zwischen langgezogenen, sanften Hügeln und bot ein anheimelndes Bild. Das enge Ensemble der schiefergedeckten Fachwerkhäuser war umgeben von Büschen und Obstbäumen, die hier und dort schon erste Blüten zeigten. Am

Rand des Dorfes gruppierten sich Eichen und Kastanien. Pappeln standen in Reih und Glied, als seien sie angetreten, ihr Dorf zu bewachen. Weiter hinauf, an den Hängen, grasten braune Kühe und waren den ganzen Tag mit Kauen und gelangweiltem Schauen beschäftigt.

Maria und Bettina waren seltsam berührt von diesem Panorama, denn hier war plötzlich wieder die Kulisse ihrer Kindheit aufgeschlagen. Doch was ihnen als Kinder wie die weite Welt erschienen war, wirkte nun plötzlich wie ein Schauplatz en miniature. Wie eine kleine, konservierte Szenerie in einem Papiertheater. Das kleine, oberhessische Dörfchen lag dort seit eh und je und schien nichts zu wissen von Befreiungskriegen und Revolutionen. Selbst die Franzosen hatten einen Bogen um den Ort gemacht.

Es wirkte wie eine Idylle aus jener Märchenwelt, deren Geschichten die Brüder Grimm in dieser Gegend gesammelt hatten. Geschichten, die aber auch erzählten von bitterer Armut und Not und Tod.

Von der Kirche tönte nun eine Glocke durchs Tal, deren Klang den Frauen vertraut war. Friedrich Münch rief die Gemeinde zur Abendmahlsandacht, denn heute war Gründonnerstag.

„Geh Du mit Betty in die Kirche, damit jemand von uns dort erscheint und unseren Besuch signalisiert", schlug Maria vor. „Es hat keinen Sinn, dort jetzt mit den Kindern hineinzuplatzen. Die können jetzt nicht lange stillsitzen und wollen natürlich zu Adolph und Pauline zum Spielen. Ich werde Luise begrüßen."

Doch Bettina fand es besser, sich um die Kinder zu kümmern. Paul war einverstanden: „Dann werde ich erst einmal nach der Andacht ein paar Worte mit Friedrich unter vier Augen wechseln."

Während sie über die Felda-Brücke fuhren, wehten von der Kirche ein paar Takte Orgelmusik herüber. Am Ende der Hohlstraße bogen sie am Pfarrhaus auf den Kirchplatz ein. Drinnen in der Kirche sang die Gemeinde „Ein feste Burg ist unser Gott". Gegenüber, im Garten des Pfarrhauses, saßen Luise und die Kinder, die ihr halfen, allerlei Grünzeug zu zupfen und in einer Schüssel mit Wasser zu waschen. Weiß und lila leuchteten die Krokusse vor der Fassade mit den rosa Holzschindeln.

Natürlich gab es ein großes Hallo, Umarmungen und ein Freudengeschrei der Jungen und Mädchen. „Nicht so laut, Kinder! Drüben ist Andacht."

Aus dem Stall kam etwas verlegen Johann Bundig, nahm seine Mütze ab und gab jedem die Hand. Dann holte er die Taschen aus der Kutsche, schirrte die Pferde ab und führte sie auf die Weide. Hannes war eben für alles zuständig. Gleich würde er hinübergehen, um nach der Andacht aufzuräumen.

Als Paul Follenius betont leise das Portal der Kirche öffnete, hatte Pfarrer Münch schon mit der Predigt begonnen. Paul setzte sich schnell in die hinterste Bank neben ein paar Bauern und blickte hinauf zu seinem Schwager, der ein paar Treppenstufen höher von einer kleinen, dunkelgrünen Kanzel neben der Empore zu seiner Gemeinde sprach. Der Pfarrer schilderte das biblische Abendmahl und den Appell Chisti an seine Jünger, dessen Todeserwartung und den Verrat des Judas – um dann einen großen Bogen zur Gegenwart zu schlagen:

„Wenn wir nun das Abendmahl teilen, dann sollten wir es im Bewusstsein gemeinsamer Verantwortung tun. Das heißt, jeder von uns ist für die anderen Brüder und Schwestern im Glauben mitverantwortlich, – daß sie nicht Not leiden, nicht unterdrückt, ausgebeutet oder verleumdet werden. Jeder von uns – ganz gleich welcher Herkunft und welches Standes – hat ein Recht auf ein würdiges Leben in Freiheit und Gerechtigkeit und auf ein wenig Glück. Die christliche Abendmahlsgemeinschaft bedeutet auch eine Verpflichtung zur Nächstenliebe, zu gegenseitiger Achtung und Toleranz. Wer auch immer von Euch versucht, sich auf Kosten seines Nachbarn einen Vorteil zu verschaffen, wer andere Mitglieder aus unserer Gemeinschaft belauert, um sie dann bei Spitzeln der Obrigkeit zu verleumden und anzuschwärzen, der handelt wie Judas. In vielen Gemeinden hierzulande herrschen Angst und Unfreiheit, weil eine Stimmung entstanden ist, in der die Menschen einander mißtrauen. Ein unmenschliches System der Bespitzelung vergiftet das Zusammenleben und stiftet Haß und Mißgunst. Laßt uns aufrichtig und brüderlich miteinander umgehen und das Netz aus Neid, Mißgunst und Mißtrauen abwerfen. Das sei die Botschaft des heutigen Abendmahls."

Es war still in der Kirche. Die Menschen schienen andächtig zuzuhören. Nur ab und zu hallte ein Husten. Münchs Worte waren eindringlich und sein Auftritt erhielt zusätzlich Weihe und Würde durch einen prunkvollen Baldachin, der hoch über ihm in der Mauer verankert war. Er sah aus wie eine Krone.

Der Pfarrer nickte dem Organisten auf der Empore zu und Lehrer Weidenbach zog ein Register und intonierte „Auf Gott und nicht auf meinen Rat". Artig sang die ganze Gemeinde mit, obwohl nicht alle die hohen Töne schafften und es bei einem Gemurmel beließen. Besser klappte es mit dem Vaterunser bis zum „Amen". Münch schlug ein Kreuz in den Raum, kam herunter und ergriff den Krug mit Wein, den Johann Bunding, der eben hinzugekommen war, ihm reichte. In der anderen Hand hielt er den Teller mit den Oblaten. Die Gemeinde rückte in einer langen Reihe geduldig vor und jeder bekam Brot und Wein.

Paul hatte sich als Letzter eingereiht und Münchs Gesicht hellte freudig auf, als er den Schwager erblickte. „Welche Überraschung, mein Schwager besucht mich in der Einöde."

„Ganz so öde kommt es mir hier nicht vor." Paul blickte auf die festlich herausgeputzten Kirchgänger. Friedrich umarmte ihn und flüsterte: „Ich meine auch mehr die Öde in meinem Kopf. – Aber sprich, – wenn mein Schwager mich hier plötzlich mitten in der Karwoche aufsucht, dann muß das einen wichtigen Grund haben. – Bist Du allein oder hast Du Marie und die Kinder mitgebracht?"

„Wir kamen alle zusammen. Aber vielleicht erst ein Wort unter vier Augen."

„Gut, dann warte einen Moment auf mich. Ich muß noch ein Weilchen vor dem Eingang zur Verfügung stehen."

Während Münch draußen Hände schüttelte und Abschiedsworte sprach, löschte der Kirchendiener die Kerzen, stellte den Krug, die Teller und die Becher auf ein Tablett, zog das Parament vom Altar und legte es wegen der Weinflecken für die Wäsche beiseite. Dann ergriff er Besen und Kehrblech und ging durch die Bankreihen.

Münch kam zurück, zog den Talar aus und die Schwäger setzten sich, um ungestört zu sein, in den Aufgang zum Turm nebeneinander auf eine Stufe. „Schön, daß ihr uns endlich mal wieder besucht, – aber erzähl doch, was ist passiert?"

„In Frankfurt ist gestern Abend die deutsche Revolution kläglich gescheitert. Es gab an den Wachen auf der Zeil Feuergefechte, mit Toten und Verwundeten. Einige wurden verhaftet. Man kann sich unschwer ausmalen, wie das die Staatsbüttel aufscheucht und der Opposition Beine macht. Wir sollten dringend über Konsequenzen nachdenken, Fritz!"

„Allerdings. Ich wußte nichts von dem Anschlag. Warst Du irgendwie daran beteiligt?"

„Nur indirekt im Hintergrund – für die Planung danach, was Gießen und Oberhessen betrifft. Ich hatte Absprachen mit Buri, Hundeshagen, Trapp, Skriba und Vogt getroffen für den Fall eines Umbruchs. Auch ein langes Gespräch mit Weidig hatte ich. Es gab auch, angeblich, Kontakte mit Republikanern in Sachsen und Württemberg. Sie alle wollten auf das Signal aus Frankfurt warten, um gleichzeitig und gemeinsam loszuschlagen."

„Und was ist da schief gelaufen?"

„Eben diese Verbindungen haben nicht funktioniert. Die Studenten aus Hessen blieben allein. Ein paar Handwerker und Polen waren noch dabei. Ein Bauernhäuflein stand draußen vor den eilig verschlossenen Frankfurter Stadttoren und ging dann wieder nach Hause."

Münch blies die Backen auf, lachte kurz und schüttelte den Kopf: „Du weißt ja, daß ich von solchen Aktionen nichts halte. Deutschland ist nicht Frankreich. Gewiß müßte eine gesamtdeutsche Erhebung von einer breiten Masse getragen werden. Da braucht es Berufs-Jakobiner und ein landesweites Netz von Verschwörern. Die Bauern hier sind noch lange nicht soweit. Du hast sie doch vorhin in der Andacht gesehen."

„Ja, seltsam. Die hier vorne schauten satt und zufrieden aus und weiter hinten blickten sie verschüchtert ins Gesangbuch. Deine vorsichtigen Versuche, ihnen ein paar Gedanken von Freiheit, Brüderlichkeit und Verantwortung in die Köpfe zu setzen, zeigten in den Gesichtern keine Regung. Ich weiß nicht, ob sie Dich überhaupt verstanden haben?"

„Paul, ich muß jedes Wort auf die Goldwaage legen. Ich kann nicht deutlicher werden und Aufruhr predigen. Ich bin nicht Thomas Müntzer und Niedergemünden ist nicht das Eichsfeld. Ich weiß auch nie, ob ein unbekanntes Gesicht in der letzten Bankreihe den Blick ins Gesangbuch oder in sein Notizbuch gesenkt hat. Außerdem erscheinen die wirklich notleidenden, bettelarmen Schlucker aus Scham nicht in der Kirche, weil sie nichts zum Anziehen haben. Die erscheinen höchstens einmal in der Amtsstube, wenn wieder eines ihrer Kinder am Hunger oder an der Schwindsucht gestorben ist. Du kannst Dir die Not in den kalten Katen kaum vorstellen. Das wenige, was sie noch erwirtschaften, nehmen ihnen die Steuereintreiber weg. Ihre Söhne sind beim Militär, das Vieh ist verkauft, die Frauen müssen den Pflug ziehen. Sicher gibt es da Wut und Verzweiflung aber der Gedanke aufzubegehren liegt ihnen fern. Seit Jahrhunderten hören sie von der Kanzel und von der Obrigkeit, daß ihr leidvolles Leben gottgewollt ist. Demütig glauben sie, was man ihnen sagt: nämlich daß die adeligen Herrscher, für die sie schuften, die Gnade Gottes auf ihrer Seite haben und deshalb haben sie Angst, die bestehende Ordnung anzugreifen. Es ist ja auch tröstlich, daß am Ende dieses irdischen Jammertals das Paradies auf sie wartet. Allerdings nur, wenn sie schön folgsam und fromm sind. Der Pfarrer erhob sich und legte den Arm um seinen Schwager: „Komm jetzt, laß' uns hinübergehen. Die Familie wartet."

4. LUISE

Auf dem Kirchplatz vor dem Pfarrhaus stolzierten die Tauben, eifrig die Krümel aufpickend, die manchem Kirchgänger aus der Hand gefallen waren. Sie wurden aufgescheucht durch die Kinder, die „Himmel und Hölle" spielen wollten. Es war ein Spring- und Hüpfspiel, dem vor allem Paulines ganze Leidenschaft gehörte. Sie war sieben Jahre alt und hatte eine kräftige, helle Stimme. Lautstark erläuterte sie das Spiel Joseph und Minchen, den Follenius-Kindern, während ihr jüngerer Bruder, Adolph, auf dem Boden kniete und mit einem Stück Kreide schief und krumm eine Reihe von Kästen auf das Pflaster malte. Pauline nummerierte die Springfelder von eins bis acht. In das vorletzte Feld schrieb sie „Hölle", in das letzte „Himmel". Denn es war wohl wie so oft im Leben, daß man nur durch die Hölle in den Himmel gelangen konnte. Sie machte es vor und warf erst einen Stein. Dann hüpfte sie mit fliegenden Zöpfen auf einem Bein oder sprang mit beiden gleichzeitig, um erneut den Stein zu werfen und zu springen, bis sie schließlich jubelnd den Himmel erreichte. Nun wollten es Hannes und Minchen Follenius ihr gleichtun, während Adolph noch warten mußte.

Die Kinder waren also bestens beschäftigt.

Die Frauen hatten sich in die Küche zurückgezogen, um das Essen vorzubereiten. Es sollte – dem Feiertag und Fastengebot angemessen – eine „grüne Mahlzeit" werden, eine Komposition aus Salat, Nesseln und Kräutern, sozusagen mit der Kraft des Frühlings. Dazu sollten Kartoffelbrei und Spiegeleier auf den Tisch kommen.

Für Maria und Bettina war der Aufenthalt in der Küche mit wehmütigen Erinnerungen verbunden. Für sie war das Pfarrhaus der Schauplatz ihrer Kindheit: die niedrige Decke, die knarrende Treppe, die hinauf in die Schlafzimmer und das Kinderzimmer führte oder noch ein Stockwerk höher auf den Fruchtboden.

Die Küche sah mit den kleinen Fenstern hinaus in den Garten. Spülstein und Herd befanden sich gleich neben dem Eingang, während hinten links eine Tür in die Mägdekammer führte. Sowohl Maria als auch Bettina hatten – jeweils zu ihrer Zeit – diese Kammer bewohnt und in der Küche und im Haushalt geholfen, da die Münchs aus Sparsamkeit traditionell auf eine Dienstmagd verzichteten. Sie würden sie für die kommende Nacht auch beide benutzen.

Seit der Hochzeit vor gut einem Jahr, die die gesamte Verwandtschaft in Niedergemünden zusammengeführt hatte, war nun Luise hier die Hausfrau, die Gattin und Mutter und gleichzeitig Bäuerin und Magd in eins.

„Und?" fragte Maria, „Hast Du Dich eingelebt und ist das alles zu schaffen? Bist Du glücklich?"

Luise wurde rot und die Antwort kam etwas zögerlich: „Ja, – natürlich, ja, – ich bin glücklich – ja. Wieso fragst Du?"

„Nur so. Ich meine, das ist doch ein großer Einschnitt im Leben: der Mann, das Haus, die neue Umgebung, die Kinder, der große Garten, der Stall. Ach ja, da ist auch noch der Acker, oben am Hang, wo die Münchs schon immer gesäht, gehegt und geerntet haben. Arbeitest Du auch auf dem Feld?"

„Ja, manchmal. Die schwerere Arbeit aber macht Friedrich zusammen mit Johannes."

Bettina hatte sich mit einer Schüssel auf dem Schoß ans Fenster gesetzt und schälte Kartoffeln. Sie vermied es, die Mutter anzusehen, denn sie hatte den Eindruck, daß Luise unter diesen sehr direkten, ungenierten Fragen etwas verlegen wurde.

Dazu kam ihre Aufgabe als Mutter zweier Kinder, die eigentlich von einer Anderen stammten. Münchs erste Frau, Marianne, war vor zwei Jahren überraschend gestorben und er hatte es eilig gehabt, den Kindern eine neue Mutter zu geben, denn Pauline und Adolph litten sehr unter dem Verlust und Friedrich fand nicht ausreichend Zeit, um für die Kinder da zu sein. Luise hatte die beiden schnell in ihr Herz geschlossen und sorgte täglich mit all ihrer Kraft für sie und den Mann. Und auch Bettina war wie eine Tochter für sie, manchmal auch wie eine gute Freundin, denn sie war schon recht erwachsen. Luise bewunderte Bettys Intelligenz, schnelle Auffassungsgabe und Hilfsbereitschaft. Doch seit ein paar Monaten besuchte das Mädchen eine höhere Töchterschule in Gießen und wohnte in den Schulzeiten bei der Familie Follenius.

Ach ja, da gab es noch seit einiger Zeit den jungen Johann Bunding, einen Bauernsohn aus Otterbach, der überall ein wenig mit anpackte: auf dem Feld, im Stall und in der Kirche.

„Ich liebe all das hier und vor allem die Kinder über alles", sagte Luise, „ja, vielleicht ist es das, was man „Glück" nennen könnte. Vor allem aber ist dein Bruder mir die größte Stütze. Ich spüre täglich seine Liebe, sein Vertrauen und seine Zuversicht. Nur leider ist er in letzter Zeit manchmal in einer Stimmung, die mir Sorgen macht." Sie hatte die letzten Sätze leise gesprochen.

„Was für eine Stimmung?"

„Das ist schwer zu sagen. – Er grübelt sehr viel und dann zieht er sich für Stunden in den Stall zurück."

„In den Stall?"

„Na ja, er hat sich dort so eine Art Studierecke in der alten Futter- und Geschirrkammer eingerichtet. In diesem Bretterverschlag liest und schreibt er sehr viel. Und manchmal finde ich ihn spät abends zusammengesunken mit dem Kopf auf der Tischplatte, vor Übermüdung eingeschlafen. Ich glaube, es geht dabei immer um ein und dasselbe Thema…".

„Laß mich raten", sagte Maria und hielt ihr schnell den Mund zu: „Amerika?"

Luise nickte und lachte. Dann rückte sie näher zu Maria und dämpfte etwas ihre Stimme: „Ich weiß gar nicht, was das soll!?"

„Ich mein, das kann doch nicht sein Ernst sein? Wir können doch nicht einfach so nach Amerika auswandern. Wir haben doch kaum so richtig angefangen, hier zu leben? – Redet denn dein Mann auch so viel von Amerika?"

„Allerdings", sagte die Schwägerin. „Und ich glaube fast, auch wir Frauen sollten uns von heute an ernsthaft mit diesem Thema auseinandersetzen.

Die Verhältnisse hier in Hessen sehen für unsere Männer nicht gut aus und sie verschlechtern sich immer mehr."

„Aber das geht doch nicht. Man kann doch nicht alles so stehen und liegen lassen, die Heimat vergessen, Verwandte und Bekannte vergessen.

Es ist doch wahr. So viele wandern jetzt aus in den verarmten Dörfern. Es ist schon wie eine Sucht. Kannst Du das denn einfach so, Maria?" fragte Luise eindringlich, „ich glaube, ich würde – im wahrsten Sinne des Wortes – den Boden unter den Füßen verlieren."

Maria überlegte. So direkt hatte ihr noch niemand diese Frage gestellt, aber sie kannte natürlich Pauls Überlegungen. „Ach ja", sagte sie, „ich wär' schon neugierig auf die große, weite Welt. Die kleine, enge, hessische Welt mit ihren bunten Fachwerkmustern und den Katzenkopfpflastern, mit Zank und Tratsch, Neid und Missgunst und der eingebildeten, arroganten Adelsgesellschaft, – das alles kenn' ich zur Genüge. Das ist eine verdorbene Welt der himmelschreienden Ungerechtigkeit."

„Das scheert und kümmert mich aber hier draußen nur wenig. Ich wüsste doch nicht, was mich in der Fremde erwartet. Da ist mir der Spatz in der Hand lieber als die Taube auf dem Dach. Schau mal, wir könnten zufrieden sein. Wir haben ein Auskommen, ein schönes Dach über dem Kopf und genug zu essen mit den Abgaben und Spenden der Bauern. Ende März brachte Friedrich von einer Hochzeit ein Säckchen Mehl und einen Schinken mit nach Hause. Nur an Geld für Kleidung fehlt es. Das Amtssalär reicht nicht. Fritz hat – wie schon sein Vater – eine Unterrichtserlaubnis beantragt. Im Herbst haben wir gerade noch eine Kuh auf Pump gekauft, das Geld war von Georg geliehen.

Im Sommer hab ich den Kräutergarten angelegt und Fritz hat die Zimmer hier unten gestrichen und den Stall weiter ausgebaut. Dann habe ich das ganze Weißzeug und etwas Hausrat aus dem Hause meiner Eltern herübergeschafft.

Vater hatte uns zum Spottpreis auf einer Auktion die Kutsche angeschafft und ihre Reparatur bezahlt... Ich will sagen, wir haben uns eben gerade unser Nest eingerichtet."

Maria schüttelte den Kopf: „Luise, die Wahl zwischen Spatz und Taube haben wir kaum noch. Nicht mal der Spatz ist uns gewiß. Unsere Männer sind in Gefahr und wir und unsere Kinder sind es mit ihnen."

„Aber Friedrich hat sich nichts zuschulden kommen lassen. Er hat nichts Unrechtes getan."

„Es geht nicht nur darum was einer tut, sondern auch, was einer denkt und wo und zu wem er diese Gedanken äußert. Die Spitzelspezialisten haben feine Methoden, das herauszufinden. Unsere beiden Männer stehen schon lange auf der schwarzen Liste."

„Aber wir können doch nicht das alles einpacken und auf ein Schiff schleppen. Wie soll das gehen? Mit zwei kleinen, lebhaften Kindern und vielleicht einem Säugling, die alle ein Zuhause und Geborgenheit brauchen?"

„Was für ein Säugling? Hab' ich da was nicht mitgekriegt? Luise? – Du bist doch nicht etwa...?" Maria sah auf Luises Bauch, der aber kein eindeutiges Indiz abgab.

Luise stockte, sie hatte sich verplappert. Nun war es heraus: „Ja, es stimmt. Ich bin schwanger. Im vierten Monat. Dr. Engelhardt hat es am Montag noch einmal bestätigt."

In Marias Gesicht wechselten Erstaunen und Freude: "L u i s e! Komm, laß Dich umarmen." Auch Bettina, die sich aus dem Gespräch ganz herausgehalten hatte, weil sie nicht wußte, wie viel sie von alldem gehört haben durfte, legte nun die Kartoffeln beiseite und so umarmten und beglückwünschten sie einander zu dritt.

Pauline platzte von draußen herein: „Der Gottesdienst ist aus. Papa und Onkel Paul kommen aus der Kirche herüber. Können wir was zu trinken haben?"

„Ach Du Schreck", sagte Luise. Laßt uns schnell das Thema beenden. Pauline, am Fenster steht eine Flasche mit Apfelmost. Maria, wir müssen mit dem Grünzeug weitermachen. Schnell. Betty, setz' die Kartoffeln auf den Herd und Pauline, könntest Du bitte mal schauen, wie viele Eier noch im Keller und im Stall sind. Sonst müssen wir zum Nachbarn…"

Bettina öffnete die Herdklappe und legte zwei kleine Holzscheite nach. Funken sprühten.

Maria wollte aber unbedingt noch ein Schlusswort loswerden und sie umarmte noch einmal die beiden Frauen: „Luise, was auch immer auf uns zukommt, Du bist mit deiner Bürde nicht allein. Wir drei halten fest zusammen und helfen uns gegenseitig. Das verspreche ich Dir. Versprochen, Bettina?"

„Versprochen!"

Die beiden Männer traten in den Flur.

Es wurde nun turbulent im Pfarrhaus mit der Küchenarbeit, Händewaschen, Umziehen, Tische und Stühle schleppen, Tisch decken.

Und dann saßen sie alle in dem kleinen Wohnzimmer an zwei Tischen beim Kerzenschein: die Erwachsenen und die Kinder. Der Hausherr bat um Ruhe und nickte seiner kleinen Tochter zu. Pauline faltete die Hände, schloß die Augen und sagte laut und ernsthaft: „Komm Herr Jesus, sei unser Gast und segne, was Du uns bescheret hast. Amen. Guten Appetit!"

Einzig Luise hielt sich mehr in der Küche, als bei Tisch auf. In die Pfanne passten nur vier Eier. Als sie zuletzt noch Malzkaffee und Saft aufgetragen hatte, saßen die Familien noch lange beisammen. Die Gesprächsthemen wechselten. Es ging aber hauptsächlich um die Planung der nächsten Tage. Da war das Osterfest mit seinen Verpflichtungen für den Pfarrer. Paul würde morgen bereits wieder nach Gießen zurückkehren. Er hatte in seiner Kanzlei viel zu tun. Maria und die Kinder wollten über die Festtage noch in Niedergemünden bleiben, um dann nach Ostern wieder nach Hause zu fahren, wahrscheinlich zusammen mit Friedrich, der am nächsten Donnerstag zu einem wichtigen Gespräch im Gießener Hofgericht erscheinen mußte.

So verlief das gemeinsame „Abendmahl" der Familien Münch und Follenius einträchtig mit Gesprächen und Gelächter. Niemand konnte ahnen, daß es für lange Zeit ihr letztes gemeinsames Essen sein würde.

Draußen war es längst dunkel geworden.

5. Im Stall

Während im Pfarrhause die Frauen und Kinder in einem vielfältigen Nachtlager zur Ruhe kamen, zogen sich die beiden Väter über den Hof in den Stall zurück, bestückt mit einer Kanne Malzkaffee, einer Petroleumlampe und den Reisebeschreibungen von Gottfried Duden.

„Hier ist mein Refugium", sagte Friedrich Münch schmunzelnd und öffnete die alte Futter- und Geschirr-Kammer. Er stellte die Laterne behutsam auf den kleinen, wackeligen Tisch.

Paul Follenius mußte sich erst an das Halbdunkel gewöhnen. Es roch nach Pferd, Leder und Hafer. Neben dem Fenster stand ein Bücherbord und darauf ein Globus. An der Bretterwand neben dem Eingang hing eine Amerika-Karte vom Verlag Justus Perthes in Gotha. In einer Ecke grüßte Homer aus dem Dunkeln. Follen mußte über die riesige Büste lachen: „Wo hast Du denn den aufgetrieben?"

„Ich habe die Gipsbüste und den Globus dem Klingelhöffer abgeschwatzt."

„Und nun hast Du Dir eine kleine Gegenwelt zur Amtsstube drüben im Pfarrhaus geschaffen?"

„Ja, ich mußte diese Dinge deutlich trennen: Die Pflichten des Pfarrers und die Sehnsüchte des Privatmenschen, den reichen Götterhimmel Homers und die strenge Glaubenswelt Luthers."

„Aber ist es im Winter nicht zu kalt in diesem zugigen Bretterverschlag?"

„Ganz und gar nicht. Hier wird mir warm ums Herz in der wohligen Wärme, die von den Tieren nebenan durch die Ritzen kommt. Die Pferde, die Kuh, das Federvieh – das hat außerdem so etwas Beruhigendes. Ich muß nur aufpassen, daß ich mich hier nicht zu sehr verliere. Schließlich bin ich noch Amtsperson, Seelsorger, Vater und Ehemann." Er lachte.

„Und wo steckt jetzt dein Kollege Klingelhöffer?" wollte Paul wissen.

„Der müsste vor ein paar Tagen nach Bremen abgereist sein, mit sieben rheinischen Familien. Sie wollen sich in Little Rock in Arkansas niederlassen, und wir sollen so schnell wie möglich nachkommen. Er will dort auch für uns das Terrain sondieren und schlug vor, daß wir uns seiner Kolonie anschließen. Hier, diese Empfehlung gab er mir für eine Reederei in Bremen. Die Firma soll sehr kompetent sein in ihren Verbindungen nach Amerika.

Paul nahm die Visitenkarte und las: „Frederic und Everhard Delius, Reeder und Makler im Amerikahandel. Bremen, An der Schlachte 3." Dann meinte er: „Sachte, lieber Fritz, sachte! Laß uns langsam einen Schritt nach dem andern überlegen. Bevor wir uns entschließen, in einem Unternehmen von Herrn Klingelhöffer aufzugehen, sollten wir uns grundsätzlich einmal fragen, was *wir* eigentlich wollen. Darf ich Dir einmal meine Einstellung zur Auswanderung in ein paar Sätzen skizzieren?"

Friedrich nickte, goß Kaffee in die Becher, schob einen zu Paul hinüber und sah ihn erwartungsvoll an.

Paul nahm einen Schluck und holte dann etwas aus: „Als Du nach Mariannes Tod zum ersten Mal mit diesem Amerika-Gedanken kamst, wollte ich nicht mitmachen, sondern lieber für die Freiheit der Deutschen kämpfen. Noch vor einem Jahr war ich restlos begeistert von dem großen Treffen auf dem Hambacher Schloß. Ich hatte Dir doch von den vielen, vielen Teilnehmern erzählt, die dort ein Wochenende lang für Demokratie und Freiheit demonstrierten. Jetzt kommt endlich etwas in Gang, habe ich gedacht. Verstärkt wurde dieses Treffen noch durch einige Hundert polnische Revolutionäre, die uns mit ihrem Freiheitskampf be-geisterten. Aus dieser Begeisterung heraus habe ich mich dann an den Vorbereitungen für den Aufstand in Frankfurt beteiligt.

Doch das war ja nun ein Schuß in den Ofen. Und nun wird eine Welle von Verfolgungen und Verhaftungen einsetzen. Der deutsche Widerstand ist wieder auf dem Punkt Null. Der Adel hat das Land fest im Griff. Nun glaube ich auch nicht mehr an einen baldigen Umsturz. Im Gegenteil, wir müssen für lange Zeit den Kopf einziehen. Ein erfolgreicher Umsturz braucht offenbar einen völlig anderen Ansatz."

„Siehst Du, so können wir doch froh sein, wenn ein Klingelhöffer den Weg für uns ebnet. Wenn wir die Freiheit hier nicht erringen können, dann gehen wir eben zu ihr hin, in die neue Welt."

„Gewiß, aber das reicht mir nicht. Ich will nicht – wie mein Bruder Karl – einfach nur Freiheit und Sicherheit für mich und meine Familie, sondern ich will mehr. Wir haben kein moralisches Recht, nur unser privates Wohlbefinden und Glück zu suchen. Ich möchte das ganze Auswanderungsprojekt auf eine breitere Basis stellen."

„Was meinst Du damit?"

„Laß uns einen neuen Staat gründen, ein neues, besseres Deutschland auf amerikanischem Boden! Eine Art Vorbild als Alternative zu diesen lächerlichen deutschen Ländchen hier, die von einer habgierigen adeligen Clique ausgebeutet und heruntergewirtschaftet werden. Wenn es uns gelänge, in der Neuen Welt ein demokratisches, verjüngtes Deutschland zu schaffen, ein Land ohne Kastengeist, wo alle gemeinsam eine menschliche Zukunft für ihre Kinder schaffen, das würde gewiß auch hier im alten Germanien eine gewisse Signalwirkung ausüben, den revolutionären Geist wieder stärken und Druck auf die noblen Herrscher ausüben."

Friedrich lehnte sich langsam zurück und starrte eine Weile durch das Fenster ins Dunkel. Nur schwach konnte er die Umrisse seiner Kirche draußen erkennen. Paul beobachtete die Wirkung seiner Worte auf den Schwager. Der sagte schließlich halblaut und langsam: „Das wäre allerdings ein gewaltiges Projekt. Eine Massenauswanderung! Eine Staatsgründung?" Münch sah seinen Schwager irritiert an: „Und Du meinst, das geht so einfach? Ich meine, staatsrechtlich? Eine deutsche Republik innerhalb der Vereinigten Staaten? Wo sollen all die Leute herkommen?"

Paul trank noch einen Schluck und kam dann richtig in Fahrt: „Karl schrieb mir, daß er einen solchen Plan schon einmal gedanklich durchgespielt hatte.

Die USA brauchen für die unermesslichen Territorien, die sie vor dreißig Jahren den Franzosen abgekauft haben, dringend neue Einwanderer. Sie verschleudern riesige Landlose für ein paar symbolische Dollar an Neusiedler.

Man müsste zum einen diejenigen Deutschen gewinnen, die ohnehin schon östlich des Mississippi leben, und zum anderen hier im großen Stil für das Projekt werben. Auch Karl empfiehlt Arkansas, wo bereits Deutsche leben und das Klima günstig ist. Es gibt dort unendliche Landstriche, die noch unbesiedelt und relativ günstig zu erreichen sind über die Flüsse. Auch neue Straßen sind im Bau.

„Gottfried Duden empfahl aber ausdrücklich die Gebiete am Missouri. Warte, ich habe mir den Absatz angemerkt. Der Pfarrer griff das Büchlein, blätterte darin und fand auch noch das Lesezeichen. Hier ist der Absatz:

„Kein Land der Erde bietet den deutschen Auswanderern mehr an, als der Westen der Vereinigten Staaten... Da ist noch Platz für Milllionen von Siedlern entlang dem Missouri.

Die Bewohner der Vereinigten Staaten setzen einer Ansiedlung in Masse nicht die geringste Schwierigkeit entgegen. Hier sind Scheelsucht, Neid und Unsicherheit der Personen und des Eigenthums gänzlich unbekannt.

Wenn Millionen von Deutschen zum obern Mississippi und Missouri einwanderten, sie würden alle willkommen seyn. So groß ist der freie Raum dort, und so günstig ist uns die Meinung der Amerikaner von unsern Eigenschaften für den geselligen Zustand. Sobald der Deutsche den Boden der Freistaaten betreten hat, wird es keinem Amerikaner einfallen, sich irgend einen Vorzug vor ihm anzumaßen und insofern könnte es nicht besser stehen, wenn das Ganze eine Colonie von Deutschen wäre. Wenn die Zahl der Einwanderer sechzig tausend erreicht, so können sie einen eigenen Staat bilden, dessen Gesetzgebung sie nach Willkühr ihren vaterländischen Sitten und Gebräuchen anpassen dürften, wie es von den Franzosen im Staate Louisiana bereits geschehen ist."

Paul nickte: „Na bitte, er sagt es ganz klar: Sechzigtausend Männer müssen unterschreiben, dann genehmigt der US-Kongress die Gründung eines neuen Staates. Verstehst Du jetzt, Fritz? Wir brauchen nicht ein paar Familien wie Pastor Klingelhöffer, sondern einige Zigtausend."

„Aber warum Arkansas? Duden spricht hier von Missouri? Und er schildert es wie ein Paradies."

„Weil das schon ein Staat ist, nämlich die 24. US-Republik, mit einer Hauptstadt: Jefferson City und vorgeprägten Strukturen. Ein Sklavenhalter-Staat. Dort siedelten bereits Indianer, Franzosen, Spanier und Engländer. Duden suchte ein neues Zuhause. Wir aber wollen einen neuen Staat gründen, meinetwegen die 25. Republik, mit einer deutschen Hauptstadt, die wir vielleicht ganz programmatisch Freistadt nennen könnten. In Arkansas soll das Klima wie etwa in der Toskana sein und der Boden äußerst fruchtbar."

„Und wo und wie willst Du hier Zigtausende überreden, die Heimat zu verlassen?"

„Es reichen vielleicht erst einmal tausend Siedler, um einen Anfang zu setzen. Sie sollten nicht unvermögend sein, damit wir von Anfang an ein größeres Terrain kaufen können. Über das Wie und Wo müßte man noch gründlich nachdenken. Ich könnte mir eine Art Ausschreibung vorstellen, eine Werbeschrift, in der das ganze Unternehmen günstig und plausibel geschildert wird. Diese Aufforderung geben wir in ein paar Tausend gedruckten Exemplaren überall in Deutschland an Buchhandlungen und Zeitschriften. – Wie wär's, wenn ich in den nächsten Tagen einen Entwurf skizziere, den ich Dir dann zu Begutachtung und Bearbeitung schicke?"

Münch nickte gedankenverloren. Die Dimensionen dieser Gedanken verursachten ihm Schwindel. Er hatte plötzlich zwei kleine Falten zwischen den Augenbrauen.

„Ich brauche etwas Zeit, um mich von alledem zu überzeugen und mit Luise darüber zu sprechen."

„Ist Luise ein Problem?"

„Sie hängt sehr an Niedergemünden und unserem Anwesen hier. Der Haushalt, der Garten, die Tiere – das alles bedeutet ihr jetzt viel. Es war nicht leicht für sie, sich an ihre neue Rolle zu gewöhnen. An die Verantwortung für zwei Kinder, die nicht ihre eigenen sind. Nun sieht sie hier für sich eine sinnvolle Zukunft. Zusammen mit Juliane Becker möchte sie ein Hilfsprogramm für die ärmsten Familien im Vogelsberg auf die Beine stellen: Spenden, Kleider Lebensmittel sammeln, einen Arzt gewinnen und dergleichen. – Außerdem muß ich jetzt erst mal ein Gespräch abwarten, zu dem ich am Mittwoch vorgeladen bin, bei dem Freiherrn von Arens im Gießener Hofgericht."

„Ach Du Schreck!" rief Paul, „mit dem inquisitorischen Kanzler der Universität? Warum das denn?"

„Ich hatte einen Antrag gestellt. Hier ist die Vorladung."

Friedrich holte einen Brief aus der Jackentasche und reichte ihn Paul. Der entfaltete das Schreiben und las:

„Sehr geehrter Herr Münch.
In Betreff Ihres Antrages wegen einer Unterrichtserlaubnis in der Schule von Niedergemünden, bitte ich Sie zu einem Gespräch am Mittwoch nach Ostern im Gießener Hofgericht um 9.00Uhr.

Gez. Joseph von Arens
Präsident des Hofgerichts zu Gießen."

Paul legte das Blatt wieder zusammen und sah seinen Schwager fragend an.

Der Schwager sagte: „Wir könnten die paar Groschen dringend gebrauchen. Vater hatte auch so eine Genehmigung. Außerdem macht das Unterrichten Spaß. Kinder sind noch nicht so verdorben".

Paul lachte: „Na, das wird ja spannend. Du könntest doch am Dienstag schon nach Gießen kommen und bei uns übernachten. Wir werden am Sonnabend nach Hause zurückkehren, dann kann Marie noch einmal mit Luise sprechen. Was hältst Du davon?"

„Einverstanden", sagte Münch.

6. DER KANZLER

Am Mittwochmorgen, kurz vor neun Uhr, betrat Friedrich Münch mit bedächtigen Schritten das Hofgerichtsgebäude am Gießener Brandplatz. Er hatte die Nacht im Hause Follenius verbracht und am Vorabend noch ein langes Gespräch mit seiner Schwester Marie und Paul gehabt. „Warum gehst Du da überhaupt noch hin?" wollte Marie wissen, „der will Dir doch nur auf den Zahn fühlen." Sicher, an ihren Plänen würde dieses Gespräch – egal, wie es verläuft – nichts ändern. Der Entschluß, Deutschland zu verlassen, stand ja fest. Oder?

„Eben deshalb" hatte Münch geantwortet. „Wir brauchen demnächst die Zustimmung der Behörden für einen Reisepaß. Außerdem habe ich ja selbst dieses Gespräch provoziert mit meinem Antrag auf eine Unterrichtserlaubnis. Da kann ich nicht plötzlich ‚nein' sagen." Und Paul ergänzte schmunzelnd: „Das Gespräch könnte vielleicht offenbaren, wie die hohen Herren uns einschätzen und was sie bereits über uns wissen."

Marie hatte dann noch gefragt: „Was ist das überhaupt für einer, dieser Arens? Ich mein' warum ist denn der so wichtig?"

„Liebe Schwester, der Mann ist die Gouvernante der Universität. Der Wichtigste überhaupt. Er kontrolliert außerdem das gesamte kulturelle Schaffen in Hessen Darmstadt. Von dessen Wohlwollen hängen die Lebenswege von Professoren, Dozenten, Studenten, Lehrern und Pastoren ab. Er ist der Großinquisitor des Großherzogs." Und Paul sagte noch: „Für mich ist das ein erzreaktionärer, demagogenfressender Cerberus."

Münch nahm die drei Treppenstufen zum Eingang. Im Vorflur saß ein Sekretär hinter einem Aktenstapel an einem zierlichen Schreibtisch. Er war mit einer Abschrift beschäftigt, die er pingelig und sorgfältig und mit kratzender Feder ausführte. Münch wünschte einen guten Morgen und vermeldete: „Friedrich Münch aus Niedergemünden, ich bin auf 9 Uhr zu einem Gespräch mit Herr Dr. von Arens gebeten". Er reichte dem Mann das Schreiben. Dieser warf über seinen Zwicker hinweg einen Blick auf den Gast, musterte ihn von oben bis unten, griff das Papier: „Bitte nehmen Sie dort drüben für einen Augenblick Platz." Er verschwand hinter der ersten der hohen Türen im Gang.

Münch hängte Hut und Gehrock an einen Garderobenhaken, setze sich auf einen der Stühle, die in Reih und Glied zwischen den Türen bereit standen und nahm seine Mappe mit dem Unterrichtskonzept auf den Schoß. Neben ihm, in einer Rundbogennische, stand eine Justitia aus Marmor mit verbundenen Augen. Sie hielt eine Waage und Münch fragte sie halblaut. „Wie willst Du denn Gerechtigkeit üben, wenn Du die Zustände nicht siehst?" Aber die Dame schwieg. „Muß nicht ein Richter den Menschen auch in die Augen schauen?" fragte sich Münch.

Er blickte den fensterlosen Gang hinunter, der sich irgendwo im Halbdunkel verlor. Draußen schlug es von der Stadtkirche neunmal. Es roch nach Bohnerwachs.

Der Sekretär kam zurück und hatte den Auftrag, ihn zu vertrösten. „Bitte haben Sie noch etwas Geduld. Der Herr Hofgerichtspräsident ist noch mit einem anderen Fall beschäftigt."

Münch nickte. Der nächste „Fall" bin ich, dachte er.

Er suchte in seiner Erinnerung nach einem Bild von Arens. An dessen seltsam näselnde Stimme und die herablassende, lässige Sprechweise konnte er sich noch recht gut erinnern. Vor mindestens zehn Jahren war er, zusammen mit Karl Follen, schon einmal von Arens „verhört" worden. Das war im Zusammenhang mit den – wie es hieß – „demagogischen Umtrieben" der Gießener „Schwarzen" gegen Ende seines Studiums gewesen. Damals, nach dem Attentat von Carl Sand auf den konservativen Autor Kotzebue wurden alle Burschenschaften verboten. Eine Verhör- und Verhaftungswelle setzte ein. Alle halbwegs liberalen oder demokratisch oder gar republikanisch gesinnten Studenten fürchteten und haßten Arens wie die Pest.

Er erinnerte sich an dessen attraktive Erscheinung. Ein Frauentyp. Galant und mit dandyhaften Akzenten. Er galt als eitel und geltungssüchtig. Es hieß, er sei nur schwer einzuschätzen und unberechenbar, weil er nicht offen sagte, was er dachte und nicht wirklich dachte, was er sagte. Münch wußte, daß er vorsichtig sein mußte. Klartext wäre unklug.

Joseph von Arens war etwa 20 Jahre älter als Münch. Er hatte als eifriger und loyaler Monarchist eine steile Karriere gemacht. Vom Kirchen- und Schulrat war er zum Leiter der juristischen Fakultät und Kanzler der Universität Gießen emporgestiegen. Nach den Karlsbader Beschlüssen wurde er in die Mainzer Untersuchungskommission berufen und vertrat dort eine harte Linie. Nun war er auch noch Präsident des Hofgerichts der Provinz Oberhessen geworden und man sagte ihm großen Einfluß auf den Darmstädter Großherzog nach. Er hatte in Oberhessen praktisch Regierungsgewalt.

Die Feder des Sekretärs kratzte auf dem Papier. Nach einer halben Stunde des Wartens fragte sich Münch, ob nicht schon das Wartenlassen auch ein Teil der ganzen Gesprächsstrategie sein konnte.

Doch dann öffnete sich die hohe Tür und die stattliche Figur des Präsidenten erschien im Gegenlicht. Er kam Münch mit ausgestreckter Hand zwei Schritte entgegen: „Herr Pfarrer, ich grüße Sie. Nehmen sie doch Platz", und er wies auf einen gepolsterten Stuhl gegenüber seinem Schreibtisch. Er selbst nahm dahinter Platz, sorgsam bemüht, sich nicht auf seine Frackschöße zu setzen. Er war elegant aber schlicht in einen dunkelgrünen Frack gekleidet, den eine weinrote, seidene Krawatte mit einer silbernen Nadel zierte. Sein verbindliches, routiniertes Lächeln wurde von einem gepflegten Backenbart eingerahmt. Die hohen Geheimratsecken gaben ihm einen intellektuellen Anstrich. Mit Hilfe eines Lorgnons überflog er ein paar Seiten in einem dicken Ordner.

Das ist wohl die Akte „Demagogen in Oberhessen" dachte Münch. Oder „Der Fall Niedergemünden". Oder „Gefährliche Verwandtschaften". Auf dem sonst leeren und spiegelblanken Schreibtisch tickte eine kleine Pendeluhr in einem Kristallgehäuse neben einer Schreibgarnitur aus blankgeputztem Messing.

Wieder war es an Münch zu warten. Sein Blick fiel auf die beiden Kupferstiche an der gegenüberliegenden Wand. Eines zeigte das Schloß in Darmstadt, das andere den uniformierten Großherzog Ludwig hoch zu Pferde. Sonst war die Amtsstube sehr sparsam eingerichtet. An der rechten Wand stand ein Stehpult und darauf eine Wasserkaraffe mit Glas. In einem Regal daneben waren verschnürte Aktenbündel akkurat übereinandergestapelt. Kleine Signatur-Zettel hingen an jedem Ordner. Darüber wiederum hing eine große Landkarte von Oberhessen, in der ein paar bunte Fähnchen steckten. Zur Linken konnte man durch die Fenster das wuchtige Gebäude der Universität erkennen. Nieselregen hatte eingesetzt.

Joseph von Arens begann das Gespräch auf einem Umweg über Münchs Vater.

„Wir erinnern uns gern an ihren geschätzten Herrn Vater, Gott habe ihn selig.

Ja, Georg Münch war ein tüchtiger und redlicher Mann und wir haben seine pädagogischen Verdienste und seine loyale Haltung sehr geschätzt. Ich vermute, daß Sie, als sein Sohn und Nachfolger, sein Erbe mit Freude übernommen haben und auch weiterhin seinen Spuren gerne folgen werden. Sie haben, wenn ich das richtig erinnere, geordnete Verhältnisse im Sprengel übernommen und ich hoffe, daß auch heute dort alles zum Besten steht und Sie mit der Pfarrei zufrieden sind?" Er sah ihn fragend an.

Münch presste für eine Sekunde die Lippen zusammen. Diese Frage hatte er befürchtet. Er wollte nicht lügen und so sagte er etwas stockend und zögerlich: „Was meine persönlichen Lebensumstände angeht, so kann ich zufrieden sein, aber die Verhältnisse in den Gemeinden stehen leider nicht zum Besten. Abgesehen von wenigen gutsituierten Bauern geht es den meisten sehr schlecht. Hunger, Krankheit und bittere Armut breiten sich in den Dörfern mehr und mehr aus. Ich werde öfter als mein Vater an das Totenbett von Kindern gerufen. Die Bauern geben auf und wandern ab. Das ist nicht gut für das Land."

Arens zog eine Augenbraue hoch, stellte die Ellenbogen auf die Tischplatte und legte die Fingerspitzen gegeneinander. „Nun", sagte er etwas näselnd, „das ist bedauerlich. Aber am Hofe beobachtet man schon lange das Problem, und es ist nicht einfach zu lösen. Schließlich kann der Großherzog nicht in den Vogelsberg fahren und die Bauern mit Mehlsuppe füttern."

Das würde auch nichts nützen, dachte der Pfarrer. Und er dachte noch mehr, was er nicht sagte: Senkt die hohen Abgaben, bezahlt die Ernten besser und befreit in den Härtefällen die Bauersöhne vom Militärdienst. Und vor allem: schränkt die Staatsausgaben drastisch ein. Erst vor wenigen Jahren wurde in Darmstadt eine pompöse Oper gebaut. Der Hof schwelgte im Luxus.

Aber es war unklug, dieses Thema jetzt weiter zu verfolgen und den Besserwisser herauszukehren. Das Gespräch würde sich schnell hochschaukeln und aggressiv werden.

Auch der Hofjurist suchte nun schnell einen Weg, um von diesem Thema wegzukommen und er griff nach Münchs Antrag: „Sie jedenfalls gedenken wohl erfreulicher Weise dort zu bleiben und ersuchen nun – wie weiland Ihr Herr Vater – um eine Erlaubnis zum Unterrichten. Das würde Ihnen in Niedergenünden einen zusätzlichen Verdienst verschaffen.

Doch manchmal sind Sie auch an anderen Orten anzutreffen. Sie reisen des öfteren nach Gießen, manchmal auch nach Frankfurt oder Friedberg. Oder sehe ich das falsch? Das kostet Zeit und Geld. Was macht Sie so reisefreudig?"

Er hat tatsächlich emsig Informationen gesammelt, dachte Münch und nickte: „Das ist richtig. Ich habe seit meiner Studienzeit Verwandte in Gießen und Freunde in Frankfurt."

Arens lehnte sich zurück und spielte mit dem Lorgnon: „Ach ja, ich weiß. Sie sind ja mit der Familie Follenius verschwistert und verschwägert und gewiß auch innig befreundet."

„Ja, meine Schwester hatte vor acht Jahren Paul Follenius geheiratet."

„Ja ja, den hiesigen Advokaten. Und dadurch wurde ja auch Karl Follenius zu ihrem Schwager. – Wissen Sie, auf den sind wir ja leider nicht gut zu sprechen. Haben Sie denn Kontakt zu ihm?"

Karl lebt heute als Dozent in Boston. Mein Kontakt zu ihm ist leider etwas eingeschlafen. Briefe dauern Monate."

„Leider, sagen Sie? Gegen ihn existiert immer noch ein Haftbefehl. Er hat sich damals unserem Zugriff durch die Flucht in die Schweiz entzogen. Noch heute steht er unter dem Verdacht, Attentate angestiftet zu haben. Ich mußte Ihre Gießener Schwarzen und all die anderen Burschenschaften verbieten, weil sich dort staatsfeindliche Tendenzen breit machten. Glauben Sie mir, wir behalten die alten Mitgliederlisten weiterhin im Auge. Heute mehr denn je. Auch alle anderen Akademiker, die je mit dieser Universität zu tun hatten, verlieren wir nicht aus dem Blick. Sie und ihr Schwager waren ja damals auch führende Mitglieder der „Schwarzen" gewesen!?"

Münch lachte kurz: „Ja, das war so die Sturm- und Drang-Zeit unserer Studentenjahre. Wir waren jung und schwärmten von einer besseren Welt. Wir hatten die Franzosen aus dem Land geprügelt und träumten nun von einem gemeinsamen Deutschland. Aber es kam alles ganz anders."

Der Präsident zog wieder dieselbe Augenbraue hoch, blickte prüfend auf den Pfarrer und wartete auf die Sätze, die noch kommen mußten. Aber Münch sagte nichts von Rückschritt und

Kleinstaaterei. Er wollte keine eskalierende politische Debatte. Arens setzte neu an: „Sie gehen aber im Hause Follenius weiterhin aus und ein?

„Natürlich! Ich habe dort übernachtet."

Arens nickte lächelnd und fuhr dann fort: „Vor Ostern nun hat in Frankfurt wieder ein Attentat stattgefunden. Nein, man kann schon sagen, daß es ein bewaffneter Aufstand war, in den vermutlich so etliche ehemalige Burschenschaftler, auch hier aus Gießen und Oberhessen, involviert waren." Der Kanzler rückte mit dem Oberkörper ein Stück vor: „Ich frage Sie nun ganz direkt und unverblümt: Wissen Sie etwas davon oder haben Sie in irgendeiner Weise damit zu tun?"

Münch sah ihn stirnrunzelnd an: „Wie kommen Sie darauf? Ich halte nichts von solchen Aktionen. Nackte Gewalt ist mir zuwider!"

„Herr Pfarrer, bitte antworten Sie mir ehrlich und ohne Umschweife. Hatten Sie in letzter Zeit Kontakte zu Georg Bunsen in Frankfurt, Ludwig Trapp in Friedberg oder Ludwig Weidig in Butzbach? August Becker oder Eduard Skriba?

Münch schüttelte wahrheitsgemäß den Kopf: „In keinster Weise."

„Kennen Sie den polnischen Leutnant Alexander Lubanski? Oder ist dieser Pole jemals bei Ihnen in Niedergemünden gewesen?"

„Ich glaube, ich habe den Namen hier in Gießen schon mal gehört, aber den Mann noch nie zu Gesicht bekommen. Es waren ja so etliche Polen hier in der Stadt."

Arens lehnte sich wieder zurück, legte die Fingerspitzen gegeneinander, dachte einen Moment nach und sagte dann – jedes einzelne Wort betonend – „Herr Münch, auch wenn Sie mit Ihren Kontakten sehr sparsam und vorsichtig sind, so werden wir das Gefühl nicht los, daß Sie mit manchem Demokraten und Demagogen sympathisieren und daß Sie unserem Staat sehr kritisch, wenn nicht gar ablehnend gegenüberstehen. Es ist aber der Staat, von dem Sie leben und den Sie aus Überzeugung vertreten sollten."

Münch merkte, daß es nun ernst wurde: "Ich weiß nicht, wie Sie zu dem Schluß kommen, meine Gedanken könnten staatsfeindlich sein?"

„Wir sind bestens informiert, auch über Ihre Gedanken. Zumindest, wenn Sie sie von der Kanzel herab verkünden oder schriftlich formulieren."

„Es sind die Gedanken der Bibel und des Christentums. Ich bin ein lutherischer Pfarrer."

„Wie ich von Vertretern der Landeskirche hörte, haben Sie aber eine recht eigenwillige und umstrittene Sicht auf die Bibel und die Gestalt Jesu Christi."

„Sie spielen an auf meine exegetische Schrift von 1823? Ich wußte nicht, daß Sie sich auch mit theologischer Literatur befassen?"

Der Hofjurist wiegelte ab: „ Nein, nein, ich hörte nur davon. Wir wollen das jetzt auch nicht weiter vertiefen. Das können Ihre kirchlichen Vorgesetzten besser beurteilen. – Aber Ihre gegenwärtigen Predigten sind auch im Fokus des Staatsinteresses. Mir scheint da manchmal zu viel von Freiheit, Gleichheit, Brüderlichkeit die Rede zu sein. Und das sind ja revolutionäre Parolen."

„Martin Luther schrieb 1527 *Von der Freiheit eines Christenmenschen*."

„Sie gehen aber noch einen Schritt weiter, in dem Sie die Bauern indirekt zur Insubordination auffordern." Arens zog aus der Akte einen Zettel. „Sie haben in Ihrer Abendmahls-Predigt am Gründonnerstag gesagt, ich zitiere: "Wer andere gezielt beobachtet, bespitzelt und deren privates Verhalten und Denken an die Obrigkeit weitermeldet, der handelt wie Judas. Das staatliche Spitzelsystem in unserem Land vergiftet das Zusammenleben und nimmt uns die Freiheit!" „Ich frage Sie, was für ein Spitzelsystem meinen Sie?" Arens Stimme war trotz des näselnden Akzents schärfer geworden. Seine Erregung übertrug sich auf den Kontrahenten.

Münch spürte eine Wut in sich aufsteigen. Der Mann mußte doch genau wissen, was er meinte. Schließlich war er doch der Erfinder und Auftraggeber dieses Systems. Münch mußte seine Wut loswerden und es platzte laut aus ihm heraus: „Ich meine genau das, was jetzt hier in diesem Zimmer zwischen uns stattfindet. Da hat jemand für Sie Worte aus meiner Predigt mitgeschrieben und noch nicht einmal korrekt. Und Sie verwenden das umgehend gegen mich und backen daraus einen Staatsfeind. Das gibt mir dieses Gefühl von Unfreiheit. Ich fühle mich observiert und kontrolliert. Sie selbst müßten doch als gebildeter und feinfühliger Mensch nachempfinden können, wie das ist, auf Schritt und Tritt wie ein Versuchstier beobachtet und beurteilt zu werden!? Wie das ist, kein Privatleben mehr zu haben."

Der Kanzler rückte wieder auf ihn zu und zischte scharf: „Nun übertreiben Sie aber maßlos. Schließlich hat jeder Staat der Welt ein Interesse, seine Widersacher im Auge zu behalten."

„Ich bin kein Widersacher des Staates und lehne ihn auch nicht rundherum ab. Von mir aus können all die adeligen Souveräne regieren bis sie schwarz werden. Sie sollten nur ihren Untertanen ein menschliches Maß an persönlicher Freiheit lassen, ihr Luxusleben einschränken und den Bauern die erdrückenden Steuern erleichtern."

Arens bemühte sich nun wieder um einen gütigen Ton: „Aber Herr Pfarrer, wenn wir nachgeben und Steuererleichterungen und mehr Freiheit einräumen, dann will das Volk noch mehr und mehr und mehr. Und dann brennen eines Tages die Residenzen und Polizeiwachen wie in Altenburg, Leipzig oder Frankfurt. Wollen Sie das? Wollen Sie Anarchie und Pöbelherrschaft? Sie sind doch ein zivilisierter Mensch. Martin Luther schrieb auch *Gegen die räuberischen und mörderischen Rotten der Bauern.*" Jeder Staat muß auf seine Ordnung achten. Unsere Ordnung ist in einer modernen Verfassung geregelt und die müssen wir schützen. Die sollten Sie mal lesen. Dort kommt jeder zu seinem Recht. Wir leben hier nicht in einer Tyrannis."

„Wenn Sie die hessische Verfassung von 1820 meinen, dann muß ich Ihnen leider sagen, daß sie nicht modern ist, sondern höchst antik. In Artikel 4 kann man lesen, daß der „Großherzog heilig und unverletzlich" ist. Dieses Gottkönigtum gab es zuletzt im Pharaonenreich. Für mich ist der Herzog einfach nur ein Mensch. Ich kann auch beim besten Willen nicht erkennen, daß sein Denken und Handeln aus der Gnade Gottes kommt. Wenn er den Mut hätte, sich seinen Untertanen als Mensch zu zeigen, ich meine, mit all seinen Schwächen und Stärken, würde er Sympathien gewinnen, da bin ich sicher. Wenn er seine Landeskinder wie Erwachsene behandelte und ihnen mehr Selbständigkeit und Mitbestimmung einräumte, würde er loyale Bürger für sich gewinnen, glauben Sie mir."

Arens verlor zunehmend die Lust, sich diese abstrusen Theorien weiter anzuhören. Es war unglaublich, wie sehr sich diese französischen Phrasen von Freiheit und Gleichheit wie ein Krebsgeschwür in Deutschland ausbreiteten.

Der Kanzler schüttelte ganz langsam den Kopf und legte den Zettel wieder in die Akte. Ihm war längst klar, daß man diesen verbohrten Gottesmann nicht überzeugen konnte.

Münch wiederum begriff, daß man mit diesem konservativen Knochen nicht debattieren konnte. Ein Mann in jener Position konnte und durfte sich keinem Argument öffnen. Er vertrat eine gut bezahlte Position der Unnachgiebigkeit und Härte.

Beide Kontrahenten waren nun überzeugt, daß eine Fortsetzung des Gesprächs sinnlos war.

Der Präsident des Hofgerichts erhob sich, knöpfte seinen Frack zu und gab Münch den Antrag auf Unterrichtserlaubnis zurück. „Sie werden doch bitte nicht erwarten, daß ich einen solchen illoyalen Querdenker wie Sie auf unsere Kinder loslassen möchte. Wir sollten uns – bevor wir vielleicht das Gespräch eines Tages fortsetzen – ein paar Monate Bedenkzeit gönnen. Mit Rücksicht auf Ihren verstorbenen Herrn Vater sage ich Ihnen: Ihrer Familie wollen wir wohl, soweit das Staatsinteresse es erlaubt; dann müssen Sie aber nicht allein alles Widerstandes gegen die Regierung sich enthalten, sondern tatsächliche Beweise liefern, daß Sie im Regierungsinteresse arbeiten."

Der Präsident betätigte eine kleine Schelle und sagte dem sofort eintretenden Sekretär. „Der Herr Pfarrer möchte nun gehen. Bitte helfen Sie ihm in den Mantel und begleiten sie ihn zum Ausgang." Es gab keinen Händedruck, sondern nur ein kurzes Kopfnicken.

Der Pfarrer trat auf den Brandplatz hinaus. Das war schon ein Rausschmiß, dachte er. Immer noch sorgte der Nieselregen für eine trübe Stimmung. Die Universität lag hinter einem grauen Schleier. Er hob das Gesicht und genoß es, wenn das Wasser an ihm herunterperlte.

Er ließ sich durch die Straßen treiben und fand sich schließlich am Ufer der Lahn wieder, wo er sich auf einen nassen Bretterstapel setzte. Marie hatte ihn zum Mittagessen gebeten, aber bis dahin war noch Zeit und so sah er dem bedächtig strömenden Fluß nach und ließ noch einmal die Momente des Gesprächs an sich vorbeiziehen. Sein Blick fiel auf die kaum erkennbaren Berge in der Ferne, die die Stadt im nassen Dunst umkreisten. Er war einmal in seiner Studienzeit mit einer befreundeten Burschenschaft zu einer feucht-fröhlichen Kneiptour auf dem Gleiberg gewesen und hatte sich gewundert, wie klein das Städtchen dort unten im Lahntal sich ausnahm. Das war nicht die Welt.

Als das Wasser seine Kleidung und wahrscheinlich auch die Papiere in der Mappe vollständig aufgeweicht hatte, erhob er sich und ging mit langsamen Schritten in Richtung Seltersweg.

„Wie ist es gelaufen? Erzähl doch, was sagt Arens?" wollte Paul ungeduldig wissen.

„Nicht beim Essen", sagte Marie und schob aus der Pfanne die

Armen Ritter auf die Teller. Das war in der Eile ein praktischer Imbiß. „Die Kinder lieben das und bestellen immer wieder Arme Ritter", sagte Marie, „aber sie sind noch in der Schule." „Sehr lecker", meinte Friedrich, „aber ich weiß nicht, wo mein Appetit heute bleibt. Kannst Du mir einen mit auf den Weg geben, als Modell quasi für Luise."

„Die kennt das Rezept sicher auch, aber ich schreib es Dir schnell auf."

Als Marie dann mit dem Kaffee kam, drängelte Paul: „Nun mach schon und erzähl endlich. Wie stehen die Aktien?"

„Sehr schlecht!" sagte Münch und fuhr fort: „Ich glaube, wir stehen alle unter Generalverdacht und deshalb unter strenger Beobachtung. Von mir persönlich verlangte er mehr Loyalität. Ich solle meine Skepsis gegenüber dem Staat aufgeben und besser mit dem Staat zusammenarbeiten. Ich solle – wie er sagte – „tatsächliche Beweise liefern, daß ich im Regierungsinteresse arbeite." Um meine illoyale Haltung zu belegen, las er mir verdrehte Zitate aus meiner letzten Predigt vor. Für mich heißt das ganz klar: Wir sind ständig von Spitzeln und Denunzianten umgeben und ich sollte vom Denunzierten zum Denunzianten werden. Er hätte es wohl sehr gerne, wenn ich gleich jeden Satz aus diesem Gespräch mit euch aufschreibe und heute noch seinem Sekretär zustecke. So funktioniert das System! Wenn ich Euch ausspioniere und anschwärze, dann darf ich auch in meinem Dorf unterrichten."

„Das ist doch ein glatter Erpressungsversuch. Mein Gott, wo leben wir denn? Mir wird schwindlig, hör' auf", sagte Marie und Paul fragte: „ Hat er mich erwähnt, oder den Anschlag in Frankfurt?"

„Er sprach natürlich davon und fragte mich, ob ich Kontakt hätte zu Bunsen, Trapp, Weidig, Becker und ob ich Lubanski kenne."

„Verdammt!"

„Euch Follenius-Brüder erwähnte er mehrfach. Den Karl hat

er gefressen. Gegen ihn existiert noch immer ein Haftbefehl. Außerdem gab er zu, daß künftig alle alten Burschenschaftler wieder unter die Lupe genommen werden. Überhaupt will er alle Akademiker in Gießen genauer überprüfen. Er haßt wohl den liberalen Geist dieser Universität, deren Kanzler er doch ist. Ich gehe jede Wette ein, daß selbst der Stadtrat peinlichst bespitzelt wird. Paul, wenn die dahinterkommen, daß Ihr etwas mit der Frankfurter Geschichte zu tun habt, dann geraten wir alle in Untersuchungshaft. Alle – auch Vogt, Hundeshagen, Ricker, Skriba, Bansa, Trapp, Weidig und so weiter. Es ist eigentlich nur eine Frage der Zeit, bis die Verhaftungswelle einsetzt. Irgendeinen käuflichen Judas finden sie immer."

„Aber ihr habt doch alle Unterlagen vernichtet. Sie müßten erst mal Beweise haben", meinte Marie.

Paul schüttelte den Kopf: „Es reicht der bloße Verdacht oder eine vage Anschuldigung. Wer einmal in Untersuchungshaft gerät, kommt da so leicht nicht wieder raus. Der neue Untersuchungsrichter Georgi ist ein ganz scharfer Hund. Der hätte keine Probleme, uns jahrelang festzuhalten. Denkt an Schubart."

„Wer ist Schubart? Was ist mit ihm?" wollte Marie wissen.

„Christian Daniel Schubart? Ach, das war so ein liberaler Freigeist in Württemberg, der sich auch zu weit vorwagte. Er schrieb in Artikeln und Gedichten für die Freiheit und gegen die Macht der Fürsten. Den armen Kerl haben sie dann zehn lange Jahre auf der Festung Hohen Asperg eingekerkert, ohne daß jemals ein ordentlicher Prozeß stattfand."

Marie stand auf: „Oh Gott, wenn die Lage nun für uns so gefährlich geworden ist, dann gibt es ja wirklich nur die eine Konsequenz…" sie stockte. Münch half ihr: „Du sagst es, Schwester, nämlich so schnell und unauffällig wie möglich dieses Land zu verlassen!"

„So schnell und unauffällig wird das wohl nicht möglich sein." wandte Paul ein. „Im Gegenteil. Wir müssen es publik machen, indem wir allerlei Anträge stellen."

„Was für Anträge?" fragte Marie.

„Zunächst einmal brauchen wir einen Militärbescheid über unsern abgeleisteten Dienst. Dann müssen uns der Kreis – bzw. die Stadt – bescheinigen, daß nichts gegen uns vorliegt. Dann müssen wir unsere Auswanderungsabsicht in den Rathäusern öffentlich anschlagen, damit sich jeder melden kann, bei dem wir noch irgendwelche Schulden haben. Wenn das alles erledigt ist, dann dürfen wir einen Antrag an die großherzogliche Regierung stellen, mit der Bitte um Entlassung aus dem Untertanenverband."

Marie räumte den Tisch ab: „Und in Amerika das alles noch einmal in umgekehrter Reihenfolge?"

„Nein, das ist typisch deutsch. Nach allem was ich von Karl weiß, sind die Amerikaner an Formalitäten nicht interessiert, bis auf eine Gesundheitskontrolle, die ist ihnen aber sehr wichtig."

Münch stöhnte: „Das kann ja Monate dauern. Glaubst Du, sie lassen uns so ungeschoren ziehen?"

„Wenn keine konkreten Beweise für irgendwelche Vergehen gegen die Staatsmacht vorliegen, dann sind sie froh, wenn sie uns loswerden. Am liebsten würden sie sämtliche Demagogen und Querdenker gleich mitschicken und die Polen sowieso. Dann haben sie endlich ihre Ruhe."

„Ja, eine gruselige Friedhofsruhe", ergänzte Friedrich bitter.

„Und ein paar Monate werden wir schon brauchen, um die Haushalte aufzulösen, unser Hab und Gut zu verkaufen, Kisten zu packen, von Verwandten, Freunden und Kollegen Abschied zu nehmen."

„Jetzt ist es also endgültig beschlossen?"

„Unwiderruflich!"

Marie servierte noch einen Kümmelschnaps und sie stießen auf ihren gemeinsamen Plan an: „Auf Amerika!" „Auf ein anderes Deutschland!"

„Bevor Du wieder deinen Pegasus besteigst, stecke dieses Manuskript in Deine Tasche. Es ist ein erster Entwurf für den Aufruf an alle Auswanderungswilligen, wie von uns besprochen. Bitte schicke mir Deine Korrekturen und Änderungswünsche so schnell wie möglich. Ich werde sie alle akzeptieren. Ein langes Hin und Her können wir uns nicht leisten."

„Weißt Du eine Druckerei, die das macht? Ich meine, das ist ja auch für die nicht ganz ohne Risiko?"

„Ich hab' morgen ein Gespräch mit Joseph Ricker, weil ich mir denken könnte, daß er das für uns druckt. Gegen ein Entgelt natürlich."

Friedrich zog seinen Mantel an, setzte den immer noch feuchten Hut auf und trat vor das Haus. Marie reichte ihm einen sorgsam eingewickelten Armen Ritter und das eilig gekritzelte Rezept für Luise.

„Ach ja", sagte Paul noch, „Übermorgen muß ich zu einem Mandanten nach Frankfurt. Dort soll es einen Agenten der Bremer Reederei Delius geben. Wenn wir uns hoffentlich bald wieder-sehen, weiß ich also mehr über Bedingungen, Termine und Kosten der Schiffspassagen."

Thaddeusz führte den gut versorgten und frisch gesattelten Pegasus vom Hof auf den Seltersweg. Der Rappe freute sich natürlich, daß es wieder losging und trappelte unruhig auf dem Pflaster hin und her. Friedrich streichelte die Blässe auf seiner Nase. „Grüße Luise ganz herzlich von uns", sagte Paul.

Münch umarmte die Verwandten, gab Thaddeusz ein Trinkgeld, schwang sich aufs Pferd und ritt im Trab den Seltersweg hinunter. „Bitte bring' es Luise schonend bei!" rief Marie ihm nach.

7. Der Aufruf

Der Pfarrer erreichte sein Dorf bei Anbruch der Dunkelheit. Er hatte in Grünberg eine Rast eingelegt, Maries Armen Ritter gegessen und ein Tütchen mit Naschwerk für die Kinder beim Bäcker am Marktplatz erstanden. Zeitweise hatte der Nieselregen wieder eingesetzt. Ein kalter Wind kam ihm entgegen und erschwerte den Ritt. Er fühlte sich nicht wohl, sondern fiebrig, auch etwas schwindelig.

Als er das Pfarrhaus betrat, fand er nur seine Schwester Leonore in der Küche mit dem Abwasch beschäftigt. Luise und die Kinder kümmerten sich im Stall um ein frisch geborenes Kälbchen, das sie mit Stroh abrieben.

Die Frauen spürten, daß es dem Vater nicht gut ging. Sie versorgten ihn mit trockener Kleidung und einem heißen Schluck Tee und warteten wortlos ab, ob er etwas erklären würde.

Münch nahm den Feuerhaken und hob drei Ringe vom Herd. Dann hielt er seine Hände über die Glut und rieb sie aneinander. Die Wärme war wohltuend. „Ich bin etwas angeknackst", sagte er. „Deshalb jetzt nur knapp die Nachricht: Paul und Maria lassen Euch sehr herzlich grüßen. Die Audienz beim Hofgerichtspräsidenten war niederschmetternd und hat Folgen für uns alle. Ich bin mir mit Paul und Marie einig, daß uns keine andere Wahl bleibt, als umgehend das Land zu verlassen. Das ist natürlich leicht gesagt und ein ungeheurer Schritt für jeden von uns. Aber lasst uns bitte morgen ausführlicher und in Ruhe über Einzelheiten und auch über das Gespräch mit Arens reden. Und Bettina, ich fände es wichtig, wenn Du bei all den Gesprächen, die wir künftig in dieser Sache haben werden, dabei bist. Du bist nun bald erwachsen und von all den Veränderungen genauso betroffen. Wir können das nur alle zusammen durchstehen. Nur soviel für den Moment: die organisatorischen und praktischen Vorbereitungen werden sicher Monate in Anspruch nehmen. Es wäre wichtig, unser alltägliches Leben erst einmal so weiterzuführen, als wenn es diesen Plan nicht gäbe. Vor allem Pauline und Adolph erfahren vorläufig nichts. Und auch sonst bitte zu niemandem im Dorf oder in Gießen ein Wort."

Sein Blick wanderte von Luise zu Bettina. Die Frauen nickten stumm. Bettina hatte diese Nachricht befürchtet, erschrak aber doch. Der Gedanke löste sofort einen Strudel von Empfindungen aus, während Luise diese Nachricht mit Bangen erwartet hatte.

„Und nun bitte ich Euch um Verständnis, wenn ich mich für heute zurückziehe."

Münch erhob sich, ergriff seine Mappe und eine Lampe. „Ach so, Luise, hier ist ein Zettel von Marie für Dich, ein Rezept."

„Willst Du nichts mehr essen?" „Nein danke, ich habe schon den ganzen Tag kaum Appetit. Ich werde nur von dem Roten noch einen Schluck nehmen."

Im Stall hinter dem Pfarrhaus saßen der Knecht und die Kinder bei dem neugeborenen Kalb. Adolph und Pauline hingen sofort an ihrem Vater: „Hast Du uns 'was mitgebracht?"

Münch pendelte mit der Grünberger Tüte vor ihren Nasen. Sie strahlten. Schließlich saßen sie alle Vier um das Kalb und knabberten Kekse.

Die Mutterkuh schien es nicht zu stören. Das Kleine fand das Euter und trank.

Dann zog sich Friedrich in sein Refugium hinter dem Stall zurück. Er stellte die Lampe auf den Tisch und zog das Manuskript von Paul aus der Mappe. Die Seiten waren feucht geworden, die Schrift stellenweise verlaufen. Aber der Leser war in wenigen Minuten so in die Thematik hineingezogen, daß er kaum bemerkte, wie Luise die Kammer betrat und eine Flasche Rotwein, ein Stück Brot und ein Glas auf den Tisch stellte.

Münch spitzte mit einem Federmesser den Bleistift an und kritzelte Korrekturen an den Rand, der zu diesem Zweck breit gehalten war. Paul hatte eingangs die unerträglichen Zustände in Deutschland skizziert, um den Entschluß zur Auswanderung zu begründen. Von den Fürsten und ihrer Willkürherrschaft und Ausbeutung war da die Rede und er nannte konkret die Unterdrückung in Württemberg, Hessen und in den sächsischen Fürstentümern. Das wollte Friedrich allgemeiner halten, um weniger Angriffsfläche zu bieten. Er stellte sich vor, ein Mann wie Arens würde den Text lesen. So schrieb er an den Rand, daß *„die Verhältnisse in Deutschland weder jetzt noch für die Zukunft gestatten, die Anforderungen, welche wir als Menschen und Staatsbürger für uns und unsere Kinder an das Leben machen müssen, zu befriedigen."* Das war der größte, gemeinsame Nenner und das mußte reichen.

Paul hatte dann in einem folgenden Absatz lang und breit die politische Struktur der USA erläutert. Konnte man diese Kenntnisse bei Auswanderungswilligen nicht voraussetzen?

Friedrich las und las, notierte, strich, las weiter, ergänzte und änderte Formulierungen. Er merkte nicht, daß Stunde um Stunde verging, bis er leichte Kopfschmerzen verspürte. Er ergänzte den Text um einen Absatz, in dem er die Vorzüge einer gemeinsamen Massenauswanderung erläuterte. Nur in einer großen Gesellschaft ließen sich die deutsche Sprache und Lebensweise weiterhin erhalten. Gegenseitige Hilfe und Wachsamkeit waren so besser möglich. Ein Einzelauswanderer hatte es schwerer und war gezwungen, so schnell wie möglich Amerikaner zu werden. Schließlich wollten sie nicht ein Teil von Amerika werden, sondern ein *„teutscher Freistaat, ein verjüngtes Teutschland in Nordamerika."*

Auf der Küchenbank, unter der Wanduhr, saßen Luise und Bettina. Letztere war sehr aufgeregt und hatte viele Fragen auf dem Herzen: „Was wird mit Haus, Stall und Garten? Was ist mit den Tieren?

„Wir haben es zum Glück leichter als Paul und Marie, müssen Haus, Hof, den Hausrat, den Acker und die Tiere nicht verkaufen. Das alles gehört zur Pfarrei und wird von Friedrichs Nachfolger übernommen. Es geht also nur um die persönlichen Dinge, den Inhalt der Kommoden und Schränke."

„Nur die mühsame und liebevolle Arbeit, die Du in all das gesteckt hast, – die Bindung an das Dorf, die Menschen, die Landschaft. Das ist doch hier unser Zuhause!?"

„Ach Betty, Du bist noch jünger und da fällt Dir ein Neuanfang vielleicht nicht so schwer. Für mich aber sollte eigentlich Niedergemünden zur Lebensaufgabe werden. Es gäbe hier noch so viel zu tun. Man weiß ja zu wenig, was dort auf uns zukommt."

Das Mädchen legte den Arm um die Mutter und gab ihr einen Kuß. Sie rückten eng zusammen.

„Hast Du eigentlich jemals etwas Englisch gelernt?" fragte Betty.

„Nein, ein paar Brocken Französisch, wie Du noch in der Schule und im Familiengebrauch, das ist alles."

„Ich könnte mit meinen Lehrern in Gießen sprechen, um von der Fremdsprache Französisch zu Englisch zu wechseln."

Übermorgen würde die Schule für Bettina wieder beginnen und sie würde wieder im Hause Follenius wohnen. Sie mußte an Charlotte denken. Sie würden sich wohl trennen müssen. Für immer? Lotte war doch ihre beste Freundin und sie hatten sich einmal geschworen, keine Geheimnisse voreinander zu haben. Vorläufig aber durfte sie Lotte nichts von den Ausreise-Absichten erzählen, schwatzhaft wie Lotte war.

Zwei Stunden nach Mitternacht hatte Friedrich den Entwurf seines Schwagers zu einer allgemeinen Auswanderung *„im Großen aus Teutschland"* durchgearbeitet und seine Ideen eingefügt. Pauls detaillierte Schilderung der Verhältnisse in Arkansas ersetzte er wiederum durch allgemeine Formulierungen, um den Kreis der Interessenten von vornherein nicht einzuschränken. Er schrieb auf die Rückseite: „*Die erst in neuester Zeit so sehr verbesserten Mittel des Verkehrs haben, besonders in dem fast unermesslichen Gebiete westlich vom Mississippi, Länder aufgeschlossen, welchen an Reichtum und Naturschönheit fast keine andern sich vergleichen können.*"

Manchmal schlug er wieder Dudens Briefbericht auf und las sich fest. Vieles, was Follenius ausgeführt hatte zur Planung des kommenden deutschen Staates und zum organisatorischen Ablauf der Massenauswanderung, fand er gut. Wenn es um praktische und organisatorische Überlegungen ging, war der Schwager ihm deutlich einen Schritt voraus. Es war erstaunlich, was jener alles bedacht hatte. Na ja, Paul war Jurist. Er hatte – ausgehend von der Information, daß 60 Tausend männliche Unterschriften vorliegen müssten, um die Gründung eines neuen US-Staates zu beantragen, – ein System skizziert, nach dem über einen längeren Zeitraum von Jahren eben so viele Auswanderungswillige gewonnen werden könnten. Er schrieb von „*Colonien*", die sich noch hier in Deutschland regional gründen sollten und die von einem „*Zentral-Ausschuß*" koordiniert würden. Der Ausschuss sollte sich nach jeder größeren Abreise durch Nachfolger erneuern. Diese wiederum stünden in Kontakt mit den Vorgängern in Amerika zur Absprache von Reiserouten, Terminen, Zielen und zum Erfahrungsaustausch.

Münch grübelte. Das alles würde Geld kosten. Überhaupt die Reisekosten, die Schiffspassage, der Landkauf in Amerika, der Hausbau…?

Paul plante die Verpflichtung jedes Bewerbers zur Zahlung einer Einlage in eine gemeinsame „Gesellschaftskasse", bemessen je nach Anzahl der Familienmitglieder. „Was ist, wenn eine Familie 10 Kinder hat?" schrieb Friedrich an den Rand.

Es war klar, daß dieser Aufruf sich nur an gut situierte Auswanderer richten konnte, die nicht aus Armut die Heimat aufgaben, sondern aus Wut über die politischen Verhältnisse. Sie mußten das Geld haben, die Reise und ein Stück Land zu bezahlen.

Dennoch sollten es Menschen aus allen Ständen und Berufen sein. Und was war mit den Minderbemittelten? Münch hatte gehört, daß der vornehmliche Antrieb zur Heimatflucht gerade in diesen Jahren die bittere Armut war. In Norddeutschland sollten bereits komplette Dörfer ausgewandert sein. Über 20.000 Menschen hatten allein im Vorjahr Deutschland verlassen. Unter hungernden Tagelöhnern ließen sich vielleicht tüchtige Siedler finden?

Münch mißfiel der Gedanke, daß sie auf dem besten Wege waren, eine Auswanderung für Wohlhabende zu organisieren. Das widersprach dem Prinzip christlicher Nächstenliebe. Aber ihm fiel im Moment keine bessere Lösung ein. Vielleicht sollte man später, wenn erst einmal ein Anfang gemacht war, ein System ersinnen, wie man den Mittellosen unter die Arme greifen konnte. Er hatte davon gehört, daß arme Schlucker schon vor Antritt der Reise ihre Arbeitskraft für die ersten Jahre in Amerika verkaufen konnten, für eine Gratis- Überfahrt. Statt sich dann selbst eine neue Existenz zu gründen, mußten sie erst einmal für eine Reederei oder Werft schuften. „Redemption" nannte sich das. Das war eine Form von Sklaverei. Das konnte es wohl nicht sein.

Diese und noch andere zu klärende Fragen schrieb Münch auf einen Extrazettel.

Gegen 3 Uhr morgens fielen dem einsamen Mann in seinem Refugium die Augen zu. Er legte sich auf den Strohsack, der für solche Momente in der Ecke lag, schlief sofort ein, wachte aber bald wieder auf, wälzte sich eine Weile hin und her, konnte nicht mehr schlafen, stand wieder auf, ging durch den Stall, wo der Knecht und die Tiere schliefen. Das Kalb lag geborgen bei seiner Mutter. Er tauchte im Hofbrunnen das Gesicht ins kalte Wasser, wusch sich die Hände, die Arme, den Hals, kehrte zurück in die Kammer und vertiefte sich wieder in das Manuskript.

Münch fand es wichtig, daß die einzelnen *Colonien* sich bereits vor der Reise zu den Grundsätzen der allgemeinen Menschenrechte bekennen sollten. Solcherlei ethische und moralische Gedanken kamen in Pauls Entwurf etwas zu kurz. Am besten mußte jedes Mitglied einen entsprechenden Passus unterschreiben. Ebenso sollte ausdrücklich keine Aristokratie anerkannt und keinerlei Sklaverei erlaubt sein. Wie konnte man nur verhindern, daß irgendein korrupter, geldgieriger Spekulateur sich der Gesellschaft anschloß, um sich dann später auf Kosten anderer zu bereichern? Sollte nicht jeder Bewerber irgendwie genauestens geprüft werden oder eine Art Leumundszeugnis beibringen?

Aber das war wohl nicht praktikabel. Münch notierte die Frage auf einem Extra-Zettel. Ebenso die Fragen:

…wie ist es mit Bemerkungen zu Erziehungsidealen?

…werden wir ein Militär und eine Art Polizei benötigen?

…welche Rechte werden Frauen haben?

…Bauern werden wissen wollen, wie Boden, Vegetation und Klima dort sind?

…wie sorgen wir für eine sinnvolle Streuung der Berufe?

…wieviele Auswanderer brauchen wir für den ersten Schwung?

Kapazität der Schiffe?

…hast Du Kanditaten für den Provisorischen Ausschuß?

(Ich könnte Dr. Engelbach fragen? Er sprach zu mir jüngst über Amerika.)

…hast Du jemand für das Rechnungswesen?

(Gesellschaftskasse?)

…bei wem melden Interessenten sich an?

(Am besten wohl verteilt?)

…wie denkst Du Dir die Verbreitung des Aufrufs?

(Zeitungen? Buchhändler? Kirchen?)

…Höhe der Auflage? Kosten für Porto und Druck?

(Legst Du das aus?)

…wann setzen wir uns zur nächsten Beratung zusammen? Am besten mit dem Ausschuß. Nächste Woche?

Die Lampe war fast ganz heruntergebrannt und Münch kritzelte nur noch unleserlich. Er schüttelte den Kopf: „So kann ich das nicht zurück nach Gießen schicken. Ich muß wohl die eine oder andere Seite noch einmal sauber abschreiben." Aber heute geht es nicht wegen der Hochzeit.

Da fiel ihm Betty ein. Das Mädchen hatte eine so saubere, klare Schrift. „Ich werde sie morgen mal fragen."

Morgen war schon heute. Es wurde hell draußen und Luise kam mit einem Becher heißer Milch und einer Schale mit Haferbrei und Honig.

„Fritz, hast Du gar nicht geschlafen? Denkst Du auch daran, daß Du um 11 Uhr eine Trauung hast? Du machst dich kaputt. Das ist nicht gut."

„Danke, mach Dir keine Sorgen, Liebes, es geht mir schon wieder besser. Viel besser! Ist Bettina schon wach?"

8. Dringend gesucht!

Am Freitagmorgen spannten Münch und Bettina den Pegasus ein, um nach Homberg zu fahren. Die kleine Stadt lag eine Stunde westlich von Niedergemünden an der Ohm und hatte eine Poststation auf der Route Kassel-Frankfurt. Bettina wollte dort versuchen, einen Platz in der Mittagskutsche nach Gießen zu bekommen. Das Manuskript des Auswanderer-Aufrufs mußte so schnell wie möglich zu Paul Follenius – und weiter zur Druckerei gelangen. Außerdem würde am Montag ihre Schule wieder beginnen. Sie freute sich schon sehr darauf und natürlich auf Lotte, ihre Freundin.

Münch wiederum wollte nach Alsfeld, um beim Kreisamt die Formalitäten für eine Ausreise nach Amerika zu erkunden und Einkäufe zu erledigen. Nur für den Fall, daß die Kutschen heute ausgebucht sein sollten, würden sie zusammen mit dem Einspänner nach Gießen fahren.

Es war ein milder Frühlingstag, die Sonne schien, der brave Pegasus war ausgeruht und trabte mit Lust und Freude durch das dicht bewaldete Tal der Ohm. In den Ort hinauf ging es bergan und hinein in die engen Straßen mit ihrer Fachwerk-Pracht.

Sie erreichten früher als gedacht den Hof der Poststation. Während der Pfarrer das Kontor betrat, um nach einem Platz in der Kutsche zu fragen, nahm Bettina einen Eimer, um vom Brunnen einen Schluck Wasser für Pegasus zu holen. Ihr Blick fiel auf ein Plakat neben der Zeittafel am Eingang zur Post und hakte sich fest. Irgendetwas irritierte sie an diesem Plakat? Sie trat näher, um zu lesen. Richtig. Es war der Name, der dort stand, gleich in der ersten Zeile: Alexander Lubanski. – Sie stand, den Wassereimer in

der Hand, mit offenem Mund, gerunzelter Stirn und einer Haarsträhne im Gesicht vor dem Anschlag und las und las:

Steckbrief

Der hierunter beschriebene Alexander, Janusz L u b a n s k i ,
Student der Medizin (in Warschau geboren und seit Januar in
Gießen ansässig), wird wg. Theilnahme am Frankfurter Atten=
tat vom 3. April 1833 und wg. der damit zusammenhängenden
Ermordung von zwei Polizisten der Konstablerwache d r i n g e
n d g e s u c h t !

Lubanski wird überdies der Theilnahme an einer hochverräteri=
schen Verschwörung zum Sturz der staatlichen Ordnung ver=
dächtigt.

Die öffentlichen Behörden des In= und Auslandes sind angewie=
sen, denselben im Betretungsfalle umgehend festzunehmen.

Für dienliche Hinweise ist eine Belohnung von 100 Talern aus=
gesetzt.

Der vom Großh. Hess. Hofgericht der Provinz Oberhessen bestellte

Untersuchungs=Richter Hofgerichtsrath G e o r g i .

Personal=Beschreibung

Nationalität: Pole

Alter: 27 Jahre

Gestalt: groß, schlank, kräftig

Haare: dunkelblond, lockig, Schnurrbart
(mit hängenden Enden)

Angesicht: oval, hohe Wangenknochen

Augen: blau

Gesichtsfarbe: frisch

Besondere Merkmale: spricht fließend
deutsch mit slawischem Akzent.

Bettina setzte den Eimer ab und sah sich um. Der Hof war menschenleer. Sie zögerte und kämpfte mit dem Impuls, das Plakat schnell von der Wand zu reißen und in ihre Bluse zu stopfen, um es für Charlotte mitzunehmen. Was die wohl sagen würde? Lubanski ein Mörder?

Mit Herzklopfen las sie den Steckbrief noch einmal.

Im Stalleingang erschien nun ein Knecht und machte sich mit einem Reisigbesen zu schaffen. Aus der Poststation kam Friedrich Münch und winkte mit einem Billet. „In der Kutsche soll noch ein Platz frei sein", rief er.

Das Mädchen nickte und zeigte kurz und wortlos auf den Anschlag.

Er trat heran und las mit zunehmender Konzentration. Dann sah er Betty an. In ihrem Gesicht mischten sich Angst und Ratlosigkeit. „Sollte nicht Onkel Paul so schnell wie möglich diesen Anschlag lesen?" fragte sie leise und blickte wieder hinüber zu dem fegenden Knecht.

Münch ahnte, was sie dachte und er flüsterte: „Wir rühren das jetzt nicht an und wir schreiben das auch nicht ab. Das alles würde uns nur verdächtig erscheinen lassen. Wir tun so, als ginge es uns nichts an. Du bringst dem Pegasus einen Schluck Wasser. Ich hole dein Gepäck aus dem Wagen und wenn ich an den Knecht dort drüben ein paar Fragen stelle, wirfst Du noch einmal einen Blick auf den Text und prägst Dir die ersten beiden Sätze und die Personen-Beschreibung möglichst wörtlich ein. In Gießen berichtest Du sofort Paul davon. Offensichtlich kommt nun eine breite, intensive Fahndung in Gang. Wir sollten unsere Pläne möglichst rasch weitertreiben."

Sie tat, wie er gesagt hatte. Münch ging hinüber und sprach ein paar Worte mit dem Stallknecht. Aus der Ferne, noch außerhalb der Stadt, war ein Posthorn zu hören.

Bettina zog ihren Mantel an und während sie sich das Kopftuch umband, las sie noch einmal die wichtigsten Sätze.

Nun holte Münch den dicken Umschlag mit dem Manuskript des Aufrufs aus seiner Mappe und stopfte ihn tief in die Innentasche ihres Mantels. Am gestrigen Donnerstag hatte sie etliche Stunden in seinem Refugium gesessen und Unleserliches sauber abgeschrieben.

„Es wäre schon wichtig", mahnte er, „wenn der Text noch vor dem Wochenende in die Druckerei käme. Je eher, desto besser! Du ziehst doch den Mantel nicht mehr aus!? – Und sag bitte Paul, bis auf unsere kleinen Änderungen bin ich mit allem einverstanden. Der Begriff *Aufforderung* auf dem Titelblatt gefällt mir nicht so. Das klingt so amtlich. So polizeilich. Aber wahrscheinlich ist das auch ein juristisches Problem und da kennt er sich besser aus."

Das Posthorn war nun vom unteren Ende der Hauptstraße zu hören und bald ratterte die gelbe Kutsche die Straße herauf. „Mach's gut, Betty, und grüß Marie und die Kinder. Es wäre schön, wenn es mit deinem Englischunterricht klappen würde." Er umarmte sie.

Der Postillon tippte kurz an seinen Zylinder: „Mademoiselle." Er nahm ihre Tasche und stopfte sie zu den Kisten und Koffern auf dem Dach, zurrte die Gurte wieder fest und öffnete den Schlag. „Hier müsste eigentlich noch ein Platz frei sein", sagte er zu den Fahrgästen.

Eine Wolke aus Tabaksdunst, Likör und Parfum kam ihr entgegen, dazu Gekreisch und Gelächter. Bettina blickte in die geröteten und stark geschminkten Gesichter zweier herausgeputzter Dämchen, mit hochgetürmten Frisuren und allerlei Schmuck behängt. Ihnen gegenüber saßen drei Dandys, mit hautengen Hosen, seidenen Krawatten und Stiefeln modisch gekleidet. Einer rauchte Zigarre. Sie hielten kleine Gläser in der Hand, während die Damen einer Konfektschachtel zusprachen. Neben ihnen, auf dem vermeintlich freien Platz, erhob nun eine seltsame, kleine Kreatur ihre hohe, heisere Stimme. Es klang so wie ein kreischendes „Hep, hep, hep..." und kam aus einem merkwürdig zerquetschten, grauschwarzen Gesichtchen mit riesigen, hervorquellenden Augen. Bettina wich zurück, sie begriff nicht sofort, daß das ein Hund war. Die Damen beruhigten den Mops mit Schokoladenkeksen.

Münch wandte sich an den Postillon: „Soviel ich weiß, Herr Schwager, sind Hunde und das Rauchen von Tabakwaren bei Thurn und Taxis nicht erlaubt.

Der Kutscher wurde etwas verlegen, zuckte mit den Schultern, murmelte etwas von „Ausnahme" und „extra bezahlt" und „bis jetzt reisen die Herrschaften ja eigentlich allein".

Einer der Herren meinte – mit Blick auf Bettina – etwas gönnerhaft: „Nun laßt schon das niedliche Frauenzimmerchen Platz nehmen. Die Comtesse könnte doch den Kläffer auf den Schoß nehmen." Er warf mit gekonntem Schwung seine Zigarre in einen Kübel mit Sand vor dem Posteingang. Sein Nachbar lachte und meinte spöttisch: „Oh ja, das ist doch mal was anderes, so ein frisches Gesichtchen. Und der Dritte meinte: „Nicht ohne Reiz der Kontrast: so eine schlichte Bauernmaid neben den eleganten Damen. Steigen Sie doch ein, Kindchen!" Die Herren kicherten amüsiert. Die „Comtesse" Genannte nahm beleidigt den Mops auf den Schoß und warf einen vernichtenden Blick auf Bettina. Diese fühlte sich nicht ernst genommen. Es fiel ihr schwer, das Gebahren solcher Leute zu deuten.

Inzwischen hatte Münch den Kutscher auf den freien Platz auf dem Bock angesprochen.

„Aber selbstverständlich, Sie können auch oben bei mir auf dem Bock Platz nehmen, in der frischen Luft und mit kostenlosem Rundblick. Es ist nur etwas kühl heute", meinte der.

Bettina war diese Lösung mehr als recht. Sie kramte aus ihrer Tasche auf dem Dach ein großes Brusttuch aus dicker Strickwolle, das Maria ihr geschenkt hatte. Dazu legte ihr der Postillon eine Pferdedecke auf die Knie. Er ergriff die Zügel mit der Linken, lockte mit der Rechten ein paar Töne aus dem Horn. Die beiden stämmigen Gäule zogen an und der gelbe Wagen rollte die Landstraße nach Gießen hinunter.

9. Der Tiegel

In der Rickerschen Buchhandlung kam ihr Lotte sofort entgegen, umarmte sie und flüsterte der Freundin hastig ins Ohr: „Stell Dir vor, er war hier bei uns und hat oben übernachtet." Bettina verstand nicht gleich: „Wer? Was? Wie?"

„Na, Alexander! – Du, ich muß Dir unbedingt eine Menge erzählen!"

„Lotte, und ich muß Dir gleich sagen, daß Lubanskis Steckbrief auf den Poststationen hängt. Er wird wegen Mordes gesucht. Warte, ich hab' mir den Text gemerkt…"

„Moment, meinst Du diese Zettel?" Charlotte zog grinsend hinter einem Bücherregal ein paar abgerissene und zerknitterte Blätter hervor. Sie genoß Bettys Verblüffung. Die Freundin war sprachlos: „Du hast….?"

„Aber ja doch. Die hingen doch überall in Gießen und Umgebung. Wir waren eine ganze Nacht unterwegs."

„Wir?"

„Die Mutter hat mir geholfen."

Bettina hatte Mühe, sich vorzustellen, wie Mutter und Tochter nächtens durch die dunkle Stadt schlichen, um einen jungen polnischen Revolutionär vor der Verhaftung zu bewahren. Beihilfe zur Flucht, nannte man das wohl. „Du mußt mir das alles später haarklein erzählen, aber jetzt hab' ich eine dringende Mission zu erfüllen." Sie zog Münchs dicken Umschlag aus der inneren Manteltasche. „Ist dein Vater im Haus?"

„Aaah, das Manuskript, endlich! Im Keller warten sie schon darauf. Komm!"

Die Eltern Ricker nickten Bettina nur kurz zu, denn sie waren sehr beschäftigt. Die Mutter sortierte frisch gereinigte Lettern und warf sie zielsicher in die kleinen Fächer eines großen, schräg aufgestellten Setzkastens. Jeder Buchstabe hatte hier sein festgeschriebenes Kästchen.

Johann Ricker rührte in der Ecke neben seinem Tiegeldrucker in einem Eimer mit Druckerschwärze und hatte schon wieder verschmierte Hände. Er wischte sie an seiner großen Schürze ab, als Bettina ihm den Umschlag reichte. „Mit einem herzlichen Gruß vom Vater."

Die Rickers setzten sich an den kleinen Tisch und blätterten langsam in der Schrift. „ Das sind ja zwei Handschriften?" wunderte sich Ricker, „eine ist noch kindlich?"

Bettina wurde rot, „Ich hab' dem Vater geholfen. Es war eilig."

„Aber es sind schöne, gut lesbare Schriften und das erleichtert uns die Arbeit", sagte die Mutter. „Was meinst Du Hannes, brauchen wir dafür sieben oder acht Foliobögen? Die Seite für den Titel habe ich schon gesetzt."

„Eher acht, denn am Ende soll noch ein provisorischer Vorstand aufgelistet werden. Die Namen wollte Follenius heute noch vorbeibringen." Johann warf einen Blick auf die Wanduhr.

„Schau mal, kannst Du das lesen?", Lotte zeigte auf den fertigen Druckstock. Sie hatte wieder ihr durchtriebenes Grinsen. „Du mußt es von rechts nach links lesen."

Bettina begriff sofort, daß die Buchstaben dort spiegelbildlich standen. Etwas mühsam entzifferte sie die Wörter

A U F F O R D E R U N G   U N D   E R K L Ä R U N G...

Lotte nahm ihr die weitere Mühe ab, indem sie ohne zu stocken las: *„in Betreff einer Auswanderung im Grosen aus Teutschland in die nordamerikanischen Freistaaten."*

Die Mutter hatte sich wieder vor den Setzkasten gesetzt und meinte: „So ein Titel ist eine elende Fummelei wegen der vielen Abstände und der mittigen Anordnung. Dann sollte ich auch noch

verschiedene Typen und Größen heraussuchen. Eine normale Buch-
seite mit fließendem Text geht schneller."

Sie nahm das erste Blatt der Handschrift und fragte ihren Mann:
„Sag, wollen wir die erste Seite mal versuchen?"

Johann nickte: „Ja, das ist nicht so viel. Der Text fängt erst in
der Mitte an." Christine hantierte nun erstaunlich flink und präzi-
se mit der Pinzette, griff die Lettern aus dem Setzkasten fast ohne
richtig hinzusehen und sortierte sie im Winkelhaken.

Sie hatte viel Übung darin, ohne je eine Setzerlehre gemacht
zu haben. Ihr erster Mann, das heißt, Lottes Vater, hatte in einer
Druckerei für die Universität gearbeitet und sie ging ihm oft zur
Hand.

Staunend sah Bettina, wie Charlotte Zeile für Zeile in den
Druckstock fügte, um schließlich das ganze mit einer Schnur fest
zusammenzubinden.

Während hier also die erste Seite des Aufrufs spiegelbildlich
entstand, wischte Ricker den Farbteller, eine große, runde Metall-
scheibe, mit einem Lappen sauber. Dann setzte er den Druckstock
senkrecht in die Form, zog die Schraube an und bespachtelte den
Teller mit Druckerschwärze. Charlotte spannte einen Foliobogen
in den Rahmen des Tiegels und der Druck konnte beginnen. Der
Andruck war immer eine spannende, wenn nicht feierliche Ange-
legenheit. Würde auch alles zueinander passen? Würde die Farbe nicht zu dick und klebrig sein? Die drei Frauen standen voller
Erwartung um den Tiegel. Johann zog den langen Hebel zu sich
heran und drückte ihn langsam runter. Die schmalen Farbwalzen
wanderten nach oben, rollten über den farbglänzenden Teller, um
dann in der Abwärtsbewegung den Druckstock zu bestreichen. Er
drückte den Hebel fest bis zum Anschlag herunter, wobei der Tiegel gegen den Druckstock gepresst wurde. Fertig!

Der Hebel wanderte wieder nach oben und die beiden Teile der
Presse klappten auseinander. Der Drucker entnahm das bedruckte
Blatt und hielt es wie eine Trophäe schmunzelnd hoch. Die Damen
klatschten Beifall.

Sie wollten das Druckwerk näher besehen. „Vorsicht, die Farbe ist noch feucht."

Die Maschine war noch recht neu und modern, denn das Tiegeldruckverfahren gab es erst seit ein paar Jahren. Johann Rikker hatte die Presse von einem Buchhändler in Dessau, Cornelius Schubert, der seinerseits auch nach Amerika auswandern wollte, preiswert und auf Raten gekauft. Das heißt, er mußte die noch fälligen Raten von Schubert übernehmen.

Christine war mit dem Ergebnis sehr zufrieden: „Man kann es wirklich gut lesen. Und sie las laut:

„Wir haben die Überzeugung gewonnen, daß uns die Verhältnisse in Teutschland weder jetzt noch für die Zukunft gestatten, die Anforderungen, welche wir als Menschen und Staatsbürger für uns und unsere Kinder an das Leben machen müssen, zu befriedigen.

Wir haben erkannt, daß nur ein Leben, wie es in den freien Staaten Nordamerika's möglich ist, uns und unseren Kindern genügen könne."

„Das sind schon starke Worte", sagte sie. Johann fand das Druckbild am Ende der Seite eine Idee zu schwach: „Das ist aber mit der Stellschraube leicht zu korrigieren. Ich meine hier unten die Zeilen:

"...besonders in dem fast unermeßlichen Gebiete westlich vom Mississippi, Länder aufgeschlossen, welchen an Reichtum und Naturschönheit fast keine andern sich vergleichen können...."

„Kommt noch ein Deckel drum rum?" wollte Charlotte wissen. Ihre Mutter schüttelte den Kopf; „Wir sollten versuchen, die Kosten einer Buchbinderei zu sparen. Dieser Aufruf soll ja wohl nicht ewig halten. Wir könnten die Bögen selbst falten und ich versuche dann, sie auf dem Rücken mit zwei-drei Stichen zusammenzunähen. Vielleicht könnte man um den Buchblock einen leichten Pappdeckel kleben.

Johann sah sie skeptisch an: „Und das willst Du dann 500 mal machen? Puh!"

„Je nach Bedarf. Die müssen doch nicht alle auf einmal raus und außerdem helfen mir die Mädchen sicher." Sie zwinkerte Lotte und Betty zu, die eifrig nickten.

Nach dem gelungenen Andruck entwickelte sich im Rickerschen Keller rasch die Routine. Christine setzte Seite um Seite, Charlotte kümmerte sich um den Druckstock und spannte die Bögen ein, der Vater versorgte die Presse mit Farbe, bediente den Hebel und ließ die Walzen wandern. Er besah Blatt für Blatt sehr genau.

„Gibt es für mich auch etwas zu tun?" fragte Bettina.

Ricker lachte: „Aber ja doch, das Wichtigste überhaupt: Du könntest die bedruckten Bögen vorsichtig aus den Klammern lösen und sie zum Trocknen auslegen, wo auch immer Du Platz findest. Es muß nur eine Reihenfolge dabei sein. Die können dann morgen auf den Rückseiten bedruckt werden."

Sie arbeiteten zwei Stunden konzentriert und die bedruckten Seiten breiteten sich im ganzen Keller aus: in Regalen, auf Kisten, Kommoden, Fässern und Fensterbrettern, auf den Treppenstufen, oben im Hausflur und schließlich auch im Laden und im Schlafzimmer.

Am späten Abend balancierte Paul Follenius über den Blätterteppich die Treppe herunter. „Guten Abend allerseits! Das geht ja schnell voran."

Er griff vorsichtig ein paar frische Seiten, las hier und da und betrachtete schließlich zufrieden nickend den Titel.

„Soll es bei 500 bleiben?" fragte Ricker.

„Wir wissen nicht, wie sich die Sache entwickeln wird."

„Ich kann aber nicht 10 Druckstöcke wochenlang lagern. Da fehlen mir die Buchstaben", sagte die Setzerin.

„Dann soll es erst mal reichen. So mancher interessierte Leser steht vielleicht für eine ganze Familie. – Hier habe ich übrigens den vorläufigen Vorstand mitgebracht. Neugierig nahm Frau Ricker den Zettel und überflog die Namensliste: „Donnerwetter, das ist aber eine honorige Gesellschaft. „Hofgerichtsadvokat Christian von Buri und Universitäts-Professor Dr. Wilhelm Vogt."

„Na ja", sagte Follenius, „Die Namen sollten möglichst prominent und vertrauenswürdig sein."

„Wer ist Dr. Georg Engelbach?"

„Ein Mediziner aus Lauterbach, der in Oberhessen sehr bekannt und beliebt ist. Münch hat ihn gewinnen können."

„Und die wollen alle nach Amerika?"

„Nicht unbedingt", sagte Follen. „Sie bürgen hier nur für die Seriosität des Unternehmens. Übrigens wird eine ordentliche Gründungsversammlung noch Ende August stattfinden. Dann wird es einen demokratisch gewählten Vorstand geben. Aber zunächst einmal müssen wir den Aufruf an die richtigen Leute bringen. Dann warten wir die Resonanz ab."

„Einen Stapel legen wir natürlich oben auf den Ladentisch. Mit den anderen Buchhändlern in Friedberg, Butzbach, Wetzlar und Marburg werde ich reden."

„Ich habe gute Kontakte zu Juristen in Frankfurt und zu liberalen Blättern, die vielleicht eine bezahlte Anzeige oder einen kurzen Bericht bringen könnten."

„Wollte nicht dieser Schubert, von dem Du die Tiegelpresse übernommen hast, auch auswandern?" fragte Christine.

„Sehr gute Idee!" rief Johann. „Der kennt nämlich im Anhaltinischen und im Altenburgischen etliche Liberale und Demokraten die unter staatlichem Druck stehen. Es gab in Schuberts Buchhandlung einen Kreis von Literaten, der dann verboten wurde. Dort war bereits das Thema Auswanderung diskutiert worden."

Christine schlug nun vor, die Beratung in der Küche bei einem kleinen Imbiß und einem Schluck Wein fortzusetzen und weitere Ideen für die Verteilung aufzulisten.

Die Mädchen allerdings baten, sich in Charlottes Zimmer zurückziehen zu dürfen. Sie hätten sich noch so viel zu erzählen.

Niemand dachte daran, daß es heute noch spät werden könnte.

Bis in die Morgenstunden hockten die Mädchen auf Lottes Bett und tuschelten über Alexander Lubanski, seine Flucht und die Steckbriefe. Der Pole wollte so schnell wie möglich nach Straßburg, um dort bei Landsleuten unterzukommen und sein Medizinstudium fortzusetzen.

„Wir haben uns gegenseitig versprochen, ganz engen Kontakt zu halten. Er möchte, daß ich ihm folge, sobald er festen Boden unter den Füßen und ein Auskommen hat. Er wünsche sich keine andere Frau als mich."

„Und Du?"

„Für mich ist das alles nur ein Traum, aus dem ich aber hoffentlich nie erwachen werde. Ich glaub', ich würde ihm überall hin folgen. Er steckt so voller Begeisterung und Ideen und Gefühle. Ich kann ihm stundenlang zuhören. – Du, der ist so süß und er kann so witzig sein. Wir haben geschrien vor Lachen, als er alte Kleider meiner Mutter anprobierte. Es war ihre Idee, daß er vielleicht als Frau verkleidet auf der Flucht mehr Chancen hätte. Ach Lotte, weißt Du, er muß es einfach schaffen. Ich denke den ganzen Tag an ihn."

Bettina nickte heftig: „Klar. Wenn die ihn schnappen, käme er für den Rest seines Lebens nicht mehr aus dem Gefängnis."

„Er käme gewiß auf's Schafott", sagte Charlotte.

10. AM SEENBACH

Der frühe Samstag stand im Zeichen eines allgemeinen Aufbruchs im Hause Follenius. Vom Seltersweg ging es in verschiedene Richtungen. Die ersten fertigen zweihundert Exemplare der „Aufforderung" lagen abgepackt in zwei Stapeln auf einem Tisch im Flur. Hundert wollte Follenius mitnehmen auf eine Fahrt nach Frankfurt – zusammen mit Christian von Buri in dessen Kutsche. Sie würden einige davon verteilen an Freunde, Kollegen und Gleichgesinnte. Vor allem aber wollten sie die untergetauchten Verschwörer des Frankfurter Attentats aufspüren. Christoph Neyfeld und zwei Combattanden waren entschlossen, den Kontinent zu verlassen. Georg Bunsen hatte bereits in einem Brief per Boten sein Interesse an dem Auswanderungsprojekt für sich und seine Familie bekundet. Ein Problem war nur, daß Bunsen vor der Abreise weder persönlich noch in Korrespondenzen oder auf Listen namentlich in Erscheinung treten wollte. Er stand unter Verdacht und wurde beschattet.

Die Haushälterin der Familie Vogt kam vorbei, um die Follen-Kinder abzuholen. Sie würden für dieses Wochenende mit den Vogtschen Kindern zusammen sein und konnten es kaum erwarten. Marie Follenius half ihnen in die Mäntel, gab jedem einen Kuß und versicherte ihnen abermals, daß sie und Bettina morgen Abend wieder aus Niedergemünden zurück sein würden. „Wir bringen euch etwas Schönes mit. Versprochen!"

Die Frauen wollten mit der Follenius-Kutsche den zweiten Bücherstapel zu Friedrich Münch bringen, der seinerseits eine Liste von Interessenten in der oberhessischen Umgebung beliefern wollte. Dazu gehörten seine Brüder Georg und Ludwig, die Pfarrer in

Homberg und Alten Buseck waren, sowie die Amtsbrüder in Romrod und Alsfeld. Dann Doktor Engelbach in Lauterbach, Dekan Schmidt und Apotheker Müller. Auch in Niedergemünden hatten Johann Bunding und die Familie Becker ihr Interesse signalisiert. Sie alle warteten auf die „Auswanderung im Grosen" und sie alle kannten weitere Deutschlandmüde. Die Sache kam in Gang.

Dieser Samstag war gleichzeitig Bettys 17. Geburtstag.

Befragt, wie sie den Tag am liebsten feiern würde, hatte sie gestern gesagt: „Keine Geschenke, keine Torte, keine Kerzen. Aber ich wäre glücklich, wenn ich meine Freundin Lotte mitnehmen dürfte. Und wenn wir unterwegs auf irgendeiner bunten Wiese ein kleines Picknick zelebrieren könnten."

Diese Mode des geselligen Schmausens in Gottes freier Natur kam aus Frankreich. Seit der Franzosenzeit fand man auch in hessischen Familien die Sitte des *pique nique* ganz apart. Wer keinen Garten hatte, wanderte eben mit Kind und Kegel in die wunderschöne hessische Landschaft. Die Last mit den Vorbereitungen hatten natürlich die Hausfrauen.

Maria und Bettina packten in der Küche einen Korb mit Speisen und Getränken und einen zweiten mit Tellern, Bechern, Bestecken und Servietten. Dazu wurden Decken, Kissen und ein Schirm im Wagen verstaut und – nicht zu vergessen – das Packet mit den frisch gedruckten Schriften. Thaddeusz spannte die Pferde ein.

In der Sonnenstraße hielten sie kurz vor der Rickerschen Buchhandlung und Charlotte stieg dazu. Sie hatte ein weiteres Paket mit hundert Schriften dabei: „Die sind für Interessenten in Sachsen und Thüringen. Cornelius Schubert wird sie Ende der Woche in Niedergemünden abholen." Aus dem Fenster winkten ihre Eltern und wünschten gute Fahrt.

Als sie Gießen verließen, kam die Sonne hervor und erwärmte die blühende Frühlingslandschaft. Sie folgten der Grünberger Straße nach Rödgen. Der Weg war frei und die Pferde liefen gut im Trab.

„*Hab mein Wagen vollgeladen*", – die drei Frauen sangen aus vollem Halse, sogar zweistimmig. „*Der Mai ist gekommen*" und „*Wem Gott will rechte Gunst erweisen, den schickt er in die weite Welt.*"

Gegen Mittag passierten sie Grünberg, hielten kurz am Brunnen auf dem Marktplatz, um einen Eimer mit Wasser für die Pferde zu holen. Die Sonne war höher gekommen und stach. Sie zogen die Mäntel aus.

In Mücke bogen sie ab in Richtung Gemünden. Parallel zur Landstraße plätscherte der schmale Seenbach. Vor einem Monat noch hatte er das ganze Tal überschwemmt.

Marie fragte das Geburtstagskind, ob sie ihr Picknick vergessen habe, denn in einer knappen Stunde würden sie zu Hause sein.

Bettina beobachtete bereits seit einer Weile die Landschaft zwischen den langgezogenen, bewaldeten Hügeln. Felder und Weiden zogen die sanften Hänge hinauf. Dann entdeckte sie voraus zur Rechten zwischen der Straße und dem Seenbach eine bunte Märchenwiese mit Löwenzahn, Kuhblumen und Gänseblümchen. „Hier!"

Marie brachte die Pferde am Straßenrand, im Schatten der blühenden Apfelbäume zum Stehen, stieg vom Bock und versorgte sie mit Heu. Die Mädchen luden die Körbe und Decken ab und trugen sie zum Bach hinunter. Neben den Büschen am Ufer breiteten sie eine Decke aus und spannten den großen Schirm auf. Allerlei Geschirr und Gläser, Gebäck und Limonade kamen zum Vorschein und plötzlich hatte Marie eine Flasche Apfelwein in der Hand und füllte drei Gläser. „Ausnahmsweise" sagte sie und legte den Finger auf den Mund: „Das bleibt unter uns Pastorentöchtern! Also: auf das Geburtstagskind, Prost!"

Bettina wurde rot, denn nun kamen auch noch zwei hübsch verpackte Geschenke zum Vorschein. „Ihr solltet doch nicht..."
„Du wirst es gebrauchen können", sagte Lotte und Marie wollte wissen: „Wie alt bist Du nun eigentlich geworden?"

Doch diese Frage hatte mehr einen rhetorischen Wert, denn

Marie wußte es genau so gut, denn sie selbst war 14 Jahre alt, als Bettinas Vater das kleine, schreiende Bündel in das Pfarrhaus von Niedergemünden brachte. Er wurde von der Polizei gesucht und mußte Deutschland so schnell wie möglich verlassen. Bettys Mutter war bereits kurz nach der Geburt am Kindbettfieber gestorben. Maries Eltern, Georg und Christina Münch, wurden dann auch Bettys Pflegeeltern.

„Ich bin jetzt 17", sagte Bettina mit fester Stimme. Während sie Lottes Geschenk auspackte, kreisten ihre Gedanken um den gleichen Punkt. Sie war sieben Jahre alt, als ihr Ziehvater starb und Friedrich Münch das Zepter im Pfarrhaus übernahm. Nun hatte sie einen zweiten, sehr jungen Ziehvater, der ja eigentlich auch irgendwie ihr Stiefbruder war. So kam es, daß sie manchmal auch „Friedrich" statt „Vater" sagte. Er ließ es gern geschehen.

Betty zeigte sehr früh schon erwachsene Züge. Sie wußte nicht, wer ihre Mutter war. Man hatte ihr erzählt, daß ihr Vater als junger Dozent aus politischen Gründen verfolgt wurde und es besser für sie sei, unter anderem Namen aufzuwachsen. Friedrich Münch hatte sie getröstet: „Wenn die Zeit gekommen ist, wirst Du alles erfahren. Vorläufig aber bist Du bei uns so sicher wie in Abrahams Schoß." Sie hatte in Niedergemünden eine unbeschwerte Kindheit verlebt, eben als Bettina Münch. Solange sie denken konnte, war das Pfarrhaus ihr Elternhaus und Niedergemünden ihre Heimat gewesen.

Seit einem Jahr nun war sie zum Lyzeum für Mädchen nach Gießen hinübergewechselt. Ihr Vater hatte dafür eine angemessene Summe hinterlegt. In der Schulzeit wohnte Betty im Hause Follenius. Aber Münch oder Follenius – es war ja beinahe ein und dieselbe Familie – und in den Ferien kehrte sie sowieso nach Niedergemünden zurück.

Aus dem Geschenkpapier tauchte ein nagelneues Wörterbuch auf „*Deutsch-Englisch*". Betty fiel ihrer Freundin um den Hals: „Lotti, welch ein tolles Geschenk. Tausend Dank! Es kommt genau zur richtigen Zeit." Das wußte Charlotte, denn ihre Freundin hatte den Französisch-Unterricht verlassen und war zum Englischen hinübergewechselt. Lotte hatte das Wörterbuch in den Regalen des Geschäftes entdeckt und mußte den Griff noch der Mutter beichten. „Es wird mich in den nächsten Wochen, Monaten und Jahren ständig begleiten und an Lotte in der Heimat erinnern." Und halblaut fügte diese hinzu: „Oder in Frankreich".

Auch Marias Geschenk war geeignet, bis nach Amerika mitzureisen und es sollte auf dieser Reise noch oft gebraucht werden. Es war ein feiner, fester Strohhut mit einem eleganten Hutband und einer Schleife aus dunkelgrünem Samt. Betty dankte ihrer Stiefschwester von ganzem Herzen, setzte ihn auf und blinzelte in die stechende Sonne: „Der kommt mir schon jetzt gerade recht!"

Die Frauen aßen und tranken und wurden müde von der Frühlingsluft. Sie lagen lang im Gras unter dem Sonnenschirm, dösten und hörten das Gesummel der Bienen und das Geplätscher des Bachs. „Wo fließt der eigentlich hin, dieser Seenbach?" frage Charlotte. „Na weiter in Richtung Gemünden und mündet dann dort irgendwo in die Ohm sowie auch die Felda. Deshalb heißt es ja Gemünden", sagte Marie.

„Und die Ohm?"

„In die Lahn."

„Und die Lahn?"

„In den Rhein. Und der fließt in die Nordsee."

„Und dann?"

„In den Atlantik. Und dann kommt ja auch bald die Mündung des Mississippi."

Bettina setzte das Gedankenspiel der beiden fort: „In den Mississippi mündet, glaube ich, der Arkansas und dort sind wir auch bald zu Haus'."

„Was wohl Seenbach auf Amerikanisch heißt?" wollte Lotte wissen.

„See" heißt „Lake" aber „Bach"? überlegte Marie.

„Moment, das haben wir gleich!" rief Bettina und blätterte in ihrem Geburtstagsgeschenk. Ihr Finger rutschte und blieb stehen: „'Creek'! Also, der englische Name für dieses Gewässer hier wäre somit ‚lake creek', falls ich das richtig ausspreche." Marie nickte.

Lotte wiederholte stirnrunzelnd und betont fragend, was sie gehört zu haben glaubte: „Läik Kriek?" Sie schüttelte den Kopf: „Das ist aber ein blöder Name."

Maria goß den letzten Schluck Apfelwein in die Gläser: „Kommt, wir müssen unsere Geburtstagsidylle jetzt auflösen. Dort drüben warten sie schon auf uns." Und sie wies den Bach hinunter, wo in der Ferne zwischen den Hügeln der Kirchturm mit der dreifach gestaffelten Schiefer-Haube zu erkennen war.

Während sie das Picknick wieder auf dem Wagen verstauten, war in die Furt des Seenbachs vom anderen Ufer her ein kleines, klappriges Eselsgespann gefahren und blieb mitten im Bach stehen. Es war mehr ein Handwagen und der Esel war alt und nur noch Haut und Knochen. Ein nicht minder gebrechliches, hageres Bäuerlein hantierte nun umständlich mit einem Holzeimer. Er versuchte, Wasser zu schöpfen und damit ein leckes Fässchen auf dem Wagen zu füllen. Das geschöpfte Wasser entwich aber zu einem Teil wieder aus maroden Ritzen des Fasses. Der alte Mann sah nicht gut aus. Sein hohlwangiges Gesicht mit den tiefen Schatten um die Augen hatte eine blasse, entzündete Haut. Seine Bewegungen waren langsam und zittrig.

Ich glaub, ich kenne diesen Mann", sagte Marie halblaut. „Das ist einer von den Häuslern, die in den erbärmlichen Hütten oben am Waldrand hausen. Das waren schon immer die Ärmsten der Armen, die sich nicht einmal in die Kirche trauten aber dennoch auf Spenden der Gemeinde angewiesen waren. Sie haben kaum Kleidung, nichts zu essen und können sich keinen Arzt leisten." Sie ging hinüber, um mit dem Mann ein paar Worte zu wechseln.

Die beiden Mädchen trugen derweil den Schirm zur Kutsche

und luden die Körbe auf. Betty sagte: „Luise und Lore Münch hatten neulich davon gesprochen, wie man solchen Leuten helfen könne mit einem fest etablierten caritativen System, zu dem sich alle Gemeinden im Vogelsberg zusammenschließen müssten. Ich glaub', sie wären bereit, sich dafür einzusetzen."

„Daraus wird wohl nichts, wenn Ihr nach Amerika wollt", sagte Charlotte bitter. „Außerdem wäre das eigentlich eine Aufgabe für die wohlhabenden Schmarotzer in den Städten und bei Hofe."

„Könntet ihr hier bitte etwas mit anfassen, der Mann schafft es nicht allein", rief Marie nun vom Bach herauf.

Die Frauen halfen zu dritt, das Fäßchen mit den Fetzen einer Serviette abzudichten. Sie füllten es mit Wasser und schoben den Wagen den Hang hinauf, wobei der störrische, alte Esel das größte Problem darstellte. Er wollte absolut nicht mehr. Bettina verstand es, ihn mit Gräsern, Blättern und Brotresten rückwärtsgehend zu locken. Oben, auf dem Weg angekommen, dankte der Mann mit einem müden Blick und schlurfte, den Esel hinter sich herziehend, seines Weges.

Auch die Frauen machten sich wieder auf den Weg. Marie nahm die Zügel und gab den Gäulen einen Klaps mit der Peitsche. Sie war in Gedanken immer noch bei dem Häusler.

„Seine Frau ist im Winter gestorben. An Schwindsucht. Sein Sohn dient in der großherzoglichen Armee und die Töchter verdienen als Mägde bei den reichen Bauern ein paar Pfennige. Er vegetiert also ganz allein in seiner brüchigen, ungeheizten Hütte.

Im Pfarrhause hatten sie auch an Bettys Geburtstag gedacht: „Es ist dein letzter in der Heimat", sagte Luise, „und ich habe für Dich eines der schönsten Kleider aus dem Familienschrank aufgemöbelt. Das ist auch für die große Reise nicht schlecht."

Bettina war glücklich überrascht und wollte es zur Feier des Tages auch gleich anziehen. Von Leonore bekam sie eine Geldbörse aus Leinen mit einem echten 5 Cent-Stück darin.

Adolph kam mit einem riesigen Feldblumenstrauß, den er während des Tages rund um das ganze Dorf mit viel Liebe und Bedacht zusammengepflückt hatte. Seine Schwester Pauline schließlich überreichte ein Bildchen, das sie mit bunter Kreide gemalt hatte. Es zeigte unverkennbar eine Ansicht des Dorfes, der Kirche, der Felda und der Berge im Hintergrund.

Bettina meinte, schöner sei für sie noch kein Geburtstag gewesen.

Während die Frauen in der Küche das Abendessen vorbereiteten und Lotte und Bettina mit den Kindern bei den Tieren im Stall waren, kam der Vater etwas erschöpft von einer Fahrt nach Otterbach zurück. Er bat das Geburtstagskind in sein Refugium und überreichte ihr unter vier Augen ein fein in Leder gebundenes Büchlein. Es war leer. „Die spannenden Geschichten darin mußt Du Dir allerdings selbst schreiben." Er sah schmunzelnd zu, wie Betty verblüfft in den leeren Seiten blätterte.

„So ein Tagebuch", sagte Münch, „ist etwas sehr Privates und auch Nützliches. Es kann Dir helfen, Gedanken und Gefühle zu sortieren. Indem Du sie möglichst treffend zu formulieren versuchst, bekommst Du sie in den Griff. Kummer und Ängste drücken nicht mehr so schwer, wenn Du sie hier ablegst. Und schließlich hilft ein Tagebuch, wichtige Ereignisse und Daten richtig zu erinnern. Glaube mir, ich weiß es nur zu gut, denn ich schreibe selbst meine *Gedanken in einsamen Stunden*, wie ich es nenne, seit Jahren auf. Manchmal notiere ich dort auch Exzerpte aus anderen Texten, die mir wichtig sind. Ich glaube von Gottfried Herder stammt der Satz „Wer Tagebuch schreibt, hat zwei Leben'"

Bettina sah mit glänzenden Augen auf das Buch und auf ihren Ziehvater. Sie umarmte ihn: „Danke! So ein wunderschönes Geschenk. Es soll mich durch Dick und Dünn begleiten und ich werde fleißig schreiben." Und sie bat ihn noch um eine Widmung.

„Weißt Du", fuhr Münch fort, während er das Tintenfaß öffnete und eine Feder nahm, „wir leben in so verrückten Zeiten, daß sich die Ereignisse manchmal überschlagen werden. Die nächsten Monate bringen tiefe Einschnitte in unser Leben. Es lohnt sich, sie festzuhalten und immer wieder zu überdenken." Und etwas leiser: „Viel, viel Glück Betty. Ich verspreche Dir, daß Du eines Tages deinem Vater wieder begegnen wirst."

Nach dem späten gemeinsamen Abendessen fielen die jungen Leute müde ins Bett. Friedrich, Luise, Marie und Leonore aber tranken noch ein Glas Wein in der Küche.

Trotz der Müdigkeit konnte Bettina nicht einschlafen. Unruhig warf sie sich hin und her. Die Eindrücke des Tages wirbelten in ihrem Kopf herum. Die Fahrt, das Picknick am Seenbach, der alte Häusler, die wunderschönen Geschenke und die Worte Friedrich Münchs. Immer wieder versuchte sie, sich ihre leiblichen Eltern vorzustellen. Sie hörte die gleichmäßigen Atemzüge Lottes neben sich.

Dann stand sie leise auf, schlüpfte in die Pantoffeln, nahm vom Tisch das Tagebuch und huschte nebenan in die dunkle Küche. Sie nahm vom Haken das große, wollene Brusttuch, das Lorchen sonst benutzte, griff nach einem Kienspan und holte sich aus dem Herd eine Flamme, mit der sie die Lampe auf dem Tisch in Gang setzte. Der Zylinder war etwas verrußt, sie drehte den Docht höher. Dunkler Qualm kringelte aus dem Zylinder nach oben. Einen spitzen Bleistift fand sie in der Schublade des Küchentischs.

Bettina schlug die erste Seite auf und sah Münchs schwungvolle, schöne Schrift:

Für Bettys „Gedanken in einsamen Stunden"
Mit allen guten und lieben Wünschen.
Von Friedrich Münch – Bruder, Freund und Vater.

Sie blätterte um und schrieb langam und bedächtig in ihrer schönsten Schrift:

Niedergemünden, den 15. Mai 1833

Mein liebes Tagebuch!
Du bist heute das schönste Geburtstagsgeschenk. Von nun an wer-
de ich Dir alles erzählen, was ich auf dem Herzen habe.
Du wirst mich begleiten und beraten bei all den Reisevorbereitun-
gen, die noch vor uns liegen. Du wirst mir helfen beim Abschied von
der Heimat und von Lotte. (Lotte – wie sehr wünsch' ich mir, daß ich sie
nicht ganz verliere.)
Du wirst dabei sein, wenn wir nach Bremen und schließlich über den
Ozean reisen. (Wer mögen nur all die andern sein, die mit uns ziehen?)
Du wirst mit mir die neue Welt und die Gründung einer neuen Hei-
mat erleben. (Wie mag es dort nur aussehen?)
Morgen, nein heute (es ist 2 Uhr), fahren Marie, Charlotte und ich
nach Gießen zurück und morgen geht es wieder in die Schule. Ich muß
unbedingt viel, viel Englisch lernen.
Lottes Geschenk war auch ein Volltreffer. Schade, daß sie in
Englisch nicht mehr neben mir sitzt. Wir sind uns in vielen Dingen so
ähnlich. Vorhin hat sie mir verraten, daß auch sie nicht recht weiß, wer
ihr Vater ist. Sie stammt aus der ersten Ehe ihrer Mutter Christine, die
ihren ersten Mann im Krieg gegen die Franzosen verloren hat. Sie hat
dann in Gießen den viel jüngeren Johann Ricker geheiratet.
Wir Halbwaisen!
Manchmal könnte ich Lotte aber auch zum Kuckuck wünschen.
Wenn sie immer alles besser wissen muß. Sie genießt es, einen Vor-
sprung zu haben.

Betty klappte das Buch zu, pustete die Lampe aus und schlich in
die Kammer zurück. Sie schubste ihre Freundin sanft ein Stück
weiter, schob das Tagebuch unter ihr Kopfkissen und war sofort
eingeschlafen.

11. RESONANZEN

Die „Aufforderung und Erklärung zur Auswanderung" verbreitet sich in Windeseile. Es ist mancherorten so, als hätten die Leute darauf gewartet. Von einer „zweiten Auflage" ist schon die Rede.

Täglich reicht der Postbote neue Briefe in Pauls Kanzlei. Sogar aus Prag und Ostpreußen haben sich Leute gemeldet.

Dabei ist die Verteilung so seltsam unregelmäßig. Es gibt Gegenden, in denen wohl niemand Interesse an einer Auswanderung hat. Paul sagt, dort findet unsere Schrift eben keine Verbreitung.

Die Herrschenden verbieten manchmal so etwas und erlauben über Amerika nur schlechte Nachrichten. Sie wollen nicht, daß ihre Landeskinder fortlaufen.

Marie meint, es gäbe auch Länder, in denen die Unterdrückung nicht so schlimm ist. – Die Bindung der Untertanen an ihre Landesväter sei wohl unterschiedlich und damit auch der Grad ihrer Unzufriedenheit.

Dann wieder scheint es regelrechte „Nester" zu geben.

Coburg zum Beispiel. Von dort haben sich doch sage und schreibe circa 15 auswanderungswillige und kinderreiche Familien gemeldet. Darunter eine Familie Krug mit allein 13 Mitgliedern. Oder Altenburg mit über 50 Personen. Was müssen denn dort für Verhältnisse herrschen?

Auffallend: In den großen Städten besteht kein Interesse. Keine Bewerbung z. B. aus Frankfurt, Kassel, Köln oder Hannover.

Marie sagt: "Stadtluft macht frei. Die spüren den Druck dort nicht so."

Manchmal kommt auch eine Meldung nach Niedergemünden.

Friedrich hatte vorgestern einen Brief von einem Herrn Göbel aus Coburg bekommen, einem Gymnasialdirektor. Der wollte gern ein ausführlicheres, persönliches Gespräch über die Bedingungen der Auswanderung und die Zustände in Amerika. Ob er mal für einen Nachmittag herüberkommen dürfe?

Aus unserem Dorf will sich Familie Becker der Gesellschaft anschließen. Sie leben mit sechs kleinen Kindern unten auf dem alten Beckerschen Hof, der aber wohl zunehmend unrentabel wird. Friedrich: die hohen Abgaben haben Heinrich Becker in den letzten Jahren gezwungen, immer mehr Vieh und Land zu verkaufen.

Außerdem überlegt Johannes Bunding mitzufahren, der sowohl als Knecht bei Beckers als auch als Kirchendiener und Hausmeister bei uns arbeitet. Vielleicht, so sagt er, wird er sich auch in Bremen nach Arbeit umsehen.

Bei Rickers war gestern Cornelius Schubert, ein blonder, junger Buchhändler aus Dessau zu Besuch. Lottes Vater hatte von ihm die Druckerpresse gekauft. Er brachte Ersatzteile und Zubehör und half einen Tag lang, weitere 150 Exemplare zu drucken. 50 Hefte wollte er mitnehmen. Im Sächsischen und Thüringischen sei die Not sehr groß und damit auch die Neigung zur Auswanderung, meinte er.

Dieser Cornelius ist ein lustiger, kumpeliger Kerl. Mit allen sofort per Du. Seine Ideen sprudeln nur so. Er redet und redet und lacht und redet und findet sich selbst sehr witzig. Er scheint sehr gut Englisch zu sprechen, zitiert viel und kennt sich in der Literatur aus. Kunststück, als Buchhändler.

Daß ich auch mitfahre, schien ihn ehrlich zu freuen. Er klopfte mir auf die Schulter und sagte, daß sei „extra-super-splendid" und: „Wir sehen uns dann in Bremen und werden viel Spaß haben. Ich freu mich darauf!"

Was mich freute, war, daß er Lottes Versuche, mit ihm zu flirten, unbeachtet ließ.

Sie soll sich mal schön auf ihren polnischen Alex konzentrieren!

Am Abend fragte ich ihn noch 'mal nach Altenburg – wegen der vielen Anfragen von dort.

Cornelius berichtete von schlimmen Zuständen. Die Leute dort scheinen ihren Landesherren zu hassen. Das ist ein alter Mann aus Hildburghausen, der nach dem Tode des Altenburger Herzogs Friedrich vor einem Jahr die Herrschaft übernahm.

Er entließ sofort alle Altenburger Minister und hohen Beamten und besetzte die wichtigsten Ämter mit seinen Vertrauensleuten, die er aus Hildburghausen mitgebracht hatte. Eine gierige Clique von fremden Ausbeutern, die sich nach Lust und Laune die einträglichen Pöstchen zuschieben und nicht müde werden, immer neue, abenteu-erliche Steuern zu erfinden. So muß neuerdings ein Bauer, der seine Säcke zur Mühle schleppt, eine „Mahlsteuer" bezahlen. Will er ein Schwein schlachten, so zahlt er „Fleischsteuer".

Das höfische Leben im Schloß soll luxuriöser werden, die Altenbur-ger sollen dafür bezahlen. Dabei steht den Handwerkern das Wasser bis zum Hals. Was auch immer sie in alter Familientradition produ-zieren, Leinen, Lederwaren, Porzellan, sie werden es nicht los, weil es dieselben Artikel billiger aus den neuen Fabriken gibt.

12. Der provisorische Vorstand

Mit der Flut der Anmeldungen stiegen auch die Anforderungen an die Initiatoren der Massenauswanderung. Nicht nur die Herstellung und Verbreitung der Schriften machte viel Arbeit, sondern die bald ausufernden Korrespondenzen kosteten viel Zeit, die weder Paul Follenius noch Friedrich Münch aufbringen konnten, solange das normale, berufliche und familiäre Leben weitergehen mußte und sollte. Es war unglaublich, zu welchen Anfragen die Emigranten in spe fähig waren. Ob man denn eine Kirchenglocke, oder eine wertvolle Hundezucht mitnehmen könne? Der Schmied Johann Dressel aus Coburg wollte gerne das komplette Inventar seiner Schmiede (einschließlich Amboß) nach Arkansas verfrachten. Da waren die Fragen nach koscherer Ernährung oder nach einem Wörterbuch der Indianersprachen noch harmlos.

Von Anfang an halfen bei den Vorbereitungen und Auskünften Pauls Freund und Kollege Christian von Buri bei juristischen Fragen, Rentmeister Gottfried Jordan bei finanziellen Fragen, Prof. Wilhelm Vogt in medizinischen und gesundheitlichen Dingen. Auch Marie beantwortete den einen oder anderen Brief kurz und freundlich, wenn sie nach dem Abendessen die Kinder zu Bett gebracht hatte.

Zweimal brachte auch Bettina eine von Paul hastig gekritzelte Absage gut lesbar zu Papier und Paul unterschrieb. Ihre schon in der Schule gerühmte Fähigkeit, zügig und dennoch in „Schönschrift" zu schreiben, sollte noch zunehmend für die Schreibereien der Gesellschaft wichtig werden. Es war dies eine Frucht der Erziehung Georg Münchs, der in seinen letzten Jahren eine Freude daran gehabt hatte, mit welchem Eifer die kleine Bettina das Schreiben lernte und kultivierte. Schreiben war ihre Leidenschaft.

Ende Mai tagten diese Herren, die sich als provisorischer Vorstand begriffen, nun schon zum dritten Mal im Hause Vogt am Seltersweg. Es wurde Zeit. Wichtige Entscheidungen mußten getroffen werden. Nach einer Bestandsaufnahme – Paul zählte inzwischen Anmeldungen für insgesamt 421 Personen (Kinder inklusive) – mußten so schnell wie möglich die wichtigsten Bedingungen der Reise geklärt werden (Termine, Anzahl-Obergrenze, Kosten, Route usw.). Zu dem Zweck hatte Paul ein Gespräch mit dem Bremer Reeder Everhard Delius verabredet, der auf einer Geschäftsreise nach Frankfurt am Dienstag nächster Woche in Gießen Halt machen würde. Die Bremer Reederei hatte bereits brieflich ihr Interesse bestätigt, die Gießener Gesellschaft im Frühjahr 1834 zu transportieren. Näheres wäre mündlich abzusprechen und vertraglich bindend zu vereinbaren.

Das Gespräch drehte sich nun bei Kaffee und Keksen um die Fragen, die mit Delius zu klären wären: Termine? Gepäck-Expedition und Lagerung? Hotels? Reisedauer? Verpflegung? Zielhäfen? Medizinische Versorgung?

Buri wollte Paul bei diesem Gespräch assistieren.

Vielleicht sollte man wirklich bei 500 Anmeldungen einen Punkt setzen, damit die ganze Sache transportabel und überschaubar blieb.

Man konnte sowieso nicht mehr jede Anmeldung bedingungslos akzeptieren.

Für eine Colonie-Gründung fehlte es an Ärzten, Architekten, Ingenieuren und Lehrern. Hier mußte man gezielt auf die Suche gehen.

Mit den präziseren Daten von Delius wollte man dann demnächst in eine Generalversammlung gehen, zu der alle Anmelder eingeladen werden sollten. Schließlich war es wichtig, einen demokratisch gewählten Vorstand zu bestimmen, der dann auch juristisch alle Vollmachten haben würde. Die Runde einigte sich darauf, nach einem geeigneten Versammlungsort für Ende August zu suchen. Prof. Vogt meinte, das Hotel „Zu den drei Schwertern" in Friedberg hätte wohl einen sehr großen Saal im ersten Stock und eine respektable Bettenzahl. Der Besitzer wäre ein Mann, mit dem man vernünftig reden könne. Er stünde auf der richtigen Seite und sei mit Weidig befreundet.

„Wißt Ihr eigentlich, daß sie Weidig verhaftet haben?" fragte Paul.

Ludwig Jordan hatte davon gehört, die Gießener nicht.

„Ist es wegen dem Wachensturm?"

Paul nickte. „Untersuchungshaft."

„Weidig ist schlau und vorsichtig", sagte Münch. „Außerdem stand er bei dieser Sache wohl auch weit im Hintergrund und hielt nicht viel davon."

„Aber solche Untersuchungen können endlos dauern und seine Frau ist nun allein mit den Kindern", sagte Jordan. „Sie darf ihn nicht besuchen, ihn nicht mit Nahrung und Kleidung versorgen. Sie ist so verzweifelt und verängstigt, daß sie die Haustür nicht öffnet."

Für einen Moment verstummte die Runde, bis Paul sagte: „Laßt uns bitte später überlegen, wie wir Weidigs helfen können."

Der Ausschuß hatte noch Fragen der behördlichen Abmeldungen, der Ausstattung einer Gemeinschaftskasse und Fragen der Auflösung von Haushalten zu klären. Eine zweite Auflage mußte bei Rikker entstehen. Nicht zuletzt mußten die Statuten der Gesellschaft aufgesetzt und gedruckt werden. Sie sollten der geplanten Vollversammlung vorliegen. Buri erklärte sich bereit, zum nächsten Treffen die Formulierungen auszuarbeiten.

Es war so viel zu besprechen, daß es Abend wurde und die Herren müde – trotz immer wieder nachgefüllter Kaffeekanne.

So hielt sich die Begeisterung in Grenzen, als Paul zu allerletzt noch eine Frage aufwarf, deren Wichtigkeit wirklich schwer abzuschätzen war: „Wir hatten doch als Ziel unserer amerikanischen Ansiedlung Arkansas ins Auge gefasst, weil diese Region bislang noch wenig erschlossen und dünn besiedelt ist. Das Land ist billig und ein größeres Territorium für eine Staatsgründung dort im Rahmen der Amerikanischen Union wohl zu finden. Wir wären weitgehend unter uns. Dasselbe Ziel hatte auch die Gruppe um Pastor Klingelhöffer, mit dem eine Zusammenarbeit vielleicht möglich wäre.

Nun aber gibt es Gerüchte, nach denen Klingelhöffer höchst unzufrieden sein soll mit den klimatischen und geographischen Bedingungen und seine Gruppe auseinanderzulaufen droht. Ich wollte es ganz gerne genauer wissen und habe ihm sozusagen „ins Blaue hinein" postlagernd nach Little Rock geschrieben, ohne eine genaue Adresse zu haben.

Man weiß, daß so eine Antwort bis zu einem Vierteljahr dauern kann. Deshalb meine Frage:

„Wäre es nicht klug, sofort einen, – besser zwei Männer – als Kundschafter in unserem eigenen Interesse loszuschicken, die alle Gegebenheiten nach unseren Kriterien erkunden und uns dann sofort berichten? Im günstigsten Falle könnten sie vielleicht eine Option auf ein ideales Territorium erwirken."

Die Gruppe fand den Vorschlag vernünftig. Ob Follenius schon jemand im Auge habe?

Paul sprach von Carl Ludwig Schmidt, einem Pfarrer aus Büdingen, der großes Interesse an dem gemeinsamen Unternehmen bekundet hätte und der über gute englische Sprachkenntnisse verfüge. Der sei aufgeschlossen, liberal, und wisse bereits einiges über Amerika. Paul könne sich vorstellen, daß man ihn für eine solche Kommission gewinnen könne.

Münch erinnerte sich an Schmidt aus der gemeinsamen Gymnasialzeit in Darmstadt. Er hielt ihn für ein „Mehlauge" und konnte sich nicht vorstellen, daß der Büdinger viel von Politik, Wirtschaft und Geographie verstand. Inzwischen sollte er auch gänzlich unter dem Pantoffel seiner Frau stehen.

Er behielt diesen Eindruck aber für sich und sagte: „Wenn er zusagt, sollten wir unbedingt noch einen Begleiter für ihn finden, der etwas von Wirtschaft und Landwirtschaft versteht." Am liebsten wäre Friedrich selbst gefahren, aber wie sollte das wohl gehen?

„Wir können ja diese Frage in die Generalversammlung geben. Sollen sie doch alle abstimmen darüber", meinte der Professor.

„Nein, sagte Paul, „das ist zu spät. Die Emissäre würden außerdem in die Zeit der Herbststürme geraten."

Buri schlug vor, zur nächsten Sitzung in 14 Tagen den Schmidt hinzuzubitten und nach einem zweiten, geeigneten Mann zu forschen. Außerdem müssten die Männer für die Reisekosten und Spesen und eventuelle Landkauf-Optionen finanziell ausgestattet werden und das könne erheblich werden. Ein Grund mehr, die Anzahlungen in die Gemeinschaftskasse voranzutreiben.

Die Gruppe stimmte geschlossen zu. Münch allerdings versprach sich insgeheim von diesen Abgesandten wenig. Er brauchte deren Bericht für seine Entscheidung nicht. Das war rausgeschmissenes Geld.

13. Buten und Binnen

Everhard Delius war auf der Reise nach Frankfurt am Mittwoch, den 17. Juli, abends im „Hotel zum Einhorn" in Gießen abgestiegen und hatte noch einen Abendspaziergang durch das Städtchen gemacht. Etwas „pütscherig", war sein Eindruck. Die engen Fachwerkgassen, der kleine Markt, das Brückchen, das Flüsschen. Ob hier wohl noch ein Nachtwächter die Runde machte? Und ob dann die Polizei die Tore zuriegelte? Kein Wunder, wenn die Leute raus wollten aus der Enge. Und dann erst die bedrückende Gängelung durch diese kleinkarierten, adeligen Wichtigtuer – nein, da war doch Bremen ein anderer Schnack.

Der Reeder dachte an den morgigen Tag, der anstrengend werden würde. Da war zunächst das Zusammentreffen mit diesem Juristen von der Gießener Auswanderungsgesellschaft, einem gewissen Follenius. Er mußte versuchen, diesen dicken Fisch unbedingt fest an die Angel zu kriegen. 500 Auswanderer! Wann hatte es das schon gegeben? Wahnsinn!

Welche Transportkapazitäten standen denn in der Firma zur Verfügung? Die „Eberhard" war in die Jahre gekommen und zog Wasser. Sie müßte eigentlich zum Winter zu einer Grundüberholung in die Werft. Die russische „Alexander Petion" war ein günstiges Schnäppchen gewesen. Eine mächtige, stabile Kiste, aber inwendig mit spartanischer Ausstattung. Eben gerade die nackten Planken. Sie hatten sie voriges Jahr als „Olbers" in Dienst gestellt. Für Auswanderer mochte es aber reichen. Sollten sie die beiden erst mal gründlich auf Vordermann bringen oder in ein weiteres Schiff für den Atlantikverkehr investieren?

Das Geschäft mit der Auswanderei expandierte. Nur wie lange? Sollten die Herrschaftsverhältnisse so bleiben, dann lohnten sich Investitionen.

Noch war die Firma Delius der Platzhirsch in Bremen. Aber Ordemann und Lange hatten letztes Jahr auch schon Interesse gezeigt.

Diese ständige Grübelei über Risiken und Investitionen konnte einen bis in den Schlaf verfolgen.

Das Gespräch mit Follenius durfte nicht so lange dauern. Er mußte dann schnell weiter nach Frankfurt, wo am Spätnachmittag dann die Gespräche mit den Reedern aus Frankfurt und Wiesbaden anstanden. Es mußte der Firma Delius gelingen, einen Fuß in die Rhein-Main-Schiffahrt zu bekommen. Dahinter steckte die Idee seines Bruders Ludwig, Auswanderungswillige schon vor ihrer Haustür abzugreifen, damit der Gedanke an Antwerpen oder Hamburg gar nicht erst aufkam.

Nach einer schlecht geschlafenen Nacht saß Everhard Delius bei einem opulenten Frühstück, als ihm der Hofgerichts-Advokat Follenius gemeldet wurde. Er zog seine Taschenuhr an einem goldenen Kettchen aus der Weste, nickte kurz, warf die Serviette auf den Teller mit dem angebissenen Brötchen und griff seine lederne Mappe. Mit raumgreifenden Schritten segelte er hinüber in den Clubraum des Hotels. Schon im Eingang streckte er mit strahlendem Lachen die Hand aus.

„Ich grüße Sie, Herr Dr. Follenius! Fein, daß wir das ganze Projekt mal in Ruhe beschnacken können." Er wies auf eine Sitzecke.

Paul hatte zwar keinen Doktortitel, aber er ließ es gelten, denn der imposanten Erscheinung dieses erfahrenen, älteren Geschäftsmannes hatte er sonst nicht viel an Äußerlichkeit entgegenzusetzen.

Delius war elegant gekleidet in einen dunkelblauen Frack aus englischem Tweed, Stiefeletten, seidener dunkelroter Weste, und einer kunstvoll geknoteten Krawatte mit gestickten, maritimen Motiven.

Sein glattrasiertes Kinn lag in schneeweißen Vatermördern. Das Verblüffendste aber war seine Frisur: ein scheinbares Chaos von blonden Locken, wie vom Sturm zerwühlt und dennoch war jede Strähne kunstvoll drapiert. Der Mann strahlte ein Selbstbewußtsein aus, das jeden Gesprächspartner zunächst einmal an die Wand drückte.

Seine Stimme war markig, aber angenehm, nur manchmal etwas zu laut. Er lachte gern und viel, vor allem über seine eigenen Bonmots.

Zunächst machte er eine Bemerkung über das bezaubernde Städtchen und äußerte dann seinen Respekt vor den Dimensionen der geplanten Auswanderung. Dann fragte er wie beiläufig nach dem Stand der Planungen.

Paul mußte nun etwas weiter ausholen, um die Motive der Auswanderung vorsichtig anzudeuten, denn er begriff, daß ein Hanseat, wie Delius sich nannte, die Verhältnisse hier nur schwer nachempfinden konnte. Er umriß die Geographie der Anmeldungen von Bayern, Thüringen und Sachsen bis nach Westphalen und skizzierte die berufliche und soziale Zusammensetzung der Gesellschaft. Der Reeder sollte nicht den Eindruck bekommen, daß hier nur ein verarmtes Dorf auswandern wollte. Sogar aus Wien, Prag und aus Ostpreußen waren Interessenten dabei.

Während Paul sprach, zog Delius ein paar Papiere aus seiner Mappe und blätterte darin. Ab und zu sah er auf und nickte. Dann hatte er Papier und Bleistift zur Hand, notierte etwas und fragte nun: „Also, wenn ich Sie recht verstehe, wollen Sie so etwa 500 Piepels auf die Planken bringen und das Ganze soll im Frühsommer nächsten Jahres starten?

Follenius nickte und meinte noch: „Präziser lässt sich das alles erst im Herbst nach einer großen, gemeinsamen Generalversammlung sagen. Sie verstehen, eine Auswanderung bedeutet eine große Veränderung für das ganze Leben und da zögert mancher monatelang."

Der Makler zog nun ein ledernes Zigarrenetui aus seiner Brusttasche, öffnete es und reichte es Paul. Der lehnte höflich dankend ab. Er war ohnehin etwas nervös, weil er sich ärgerte, daß er die Rolle mit den Listen im Flur hatte liegen lassen. Sollte er den Hotelburschen zu Marie schicken? Außerdem war es sehr bedauerlich, daß Buri ausgerechnet heute eine Trauerfeier in der Familie hatte.

Delius hüllte sich in edlen Qualm und meinte: „Es wäre schon wichtig, möglichst bald – sagen wir bis September – präzisere Angaben zur Anzahl der Passagiere zu bekommen. Er rückte ein Stückchen näher und sagte etwas vertraulicher: „Ihr müßt mal beigehen und alle eure Hanseln genau auflisten. Also: wieviele Männer, Frauen, Kinder? Wieviele kommen ins Zwischendeck, wie viele werden Kajütpassagiere? Wieviele Kunden wollen vorweg wie viele Kisten nach Bremen expedieren? Wieviele Übernachtungen muß ich in Bremen reservieren? Verstehen Sie? Es geht um Transportvolumen, um Lagerkapazitäten, Proviantmengen und so was. Wir sind in Bremen zwar die Auswanderer-Reederei mit der größten Flotte und den meisten Lagerhallen, aber je früher wir einen genauen Überblick haben, desto besser können wir – auch finanziell in Ihrem Interesse – kalkulieren.“

In diesem Moment betrat Bettina den Saal, bat vielmals um Entschuldigung und übergab Paul die Rolle mit den wichtigen Listen. Marie hatte sie geschickt. Delius legte die Zigarre in den Aschenbecher, erhob sich, knöpfte mit einer schnellen Bewegung seinen Frack zu und deutete eine kurze Verbeugung an. Er hatte wieder sein herzliches, gewinnendes Lachen. „Oh, Ihre Gattin?“

„Nein, nein“, schmunzelte Paul – „eine Tochter!“

„Wie reizend! Sehr erfreut.“ Der Gast deutete kurz einen Handkuß an.

Bettina wurde rot und knickste. Paul zog die Listen aus der Rolle und bat Bettina, sie einmal nach Männlein, Weiblein und Kindern am Nebentisch durchzuzählen, was Delius mit großem Entzücken beobachtete.

„Nun gut“, nahm er dann den Faden wieder auf, „bei 500 Passagieren müssen wir schon mit zwei Schiffen kalkulieren und ich würde Sie bitten, daß wir die Abreise doch deutlich vorziehen auf März, April." Er blätterte wieder in seinen Unterlagen. „Ich könnte dann nämlich mit einem Abstand von einem Monat die beiden Schiffe anbieten, die im Auswanderertransport bislang am erfolgreichsten waren. Es sind sozusagen die besten Pferde in unserem Stall.

Glauben Sie mir: keine andere Reederei an der ganzen Nordseeküste könnte Ihnen einen solchen Service bieten. Nur wir haben die Erfahrung, die Verbindungen und die optimal geeigneten Schiffe.

Da ist einmal die „Olbers", unser Flaggschiff im Transatlantikgeschäft. Die wird zum Winter eingedockt und kommt Anfang März wieder zu Wasser. Dann hat sie eine moderne und piekfeine Ausstattung bekommen und Sie würden gleich die erste Fahrt mit ihr machen. Dort würde ich auch gerne die beste Kajüte für Sie und ihre Familie reservieren, – und zwar ohne jeden Aufpreis. Sie würden also die gleiche Passage bezahlen wie Ihre Leute im Zwischendeck. Das sollten Sie nicht ausschlagen. Ich sag' immer: Wer die meiste Arbeit und Verantwortung hat, der sollte es auch bequemer haben." Er lächelte nun zu Bettina hinüber, die aber mit Zählen beschäftigt war.

„Der zweite Teil Ihrer Gesellschaft könnte ab April mit der „Eberhard" segeln. Das ist in Bremen das Schiff mit der größten Erfahrung und der routiniertesten Crew. Da ziehen wir in Bremerhaven einfach nur die Lappen hoch und dann läuft die Kiste von ganz alleine bis in die Chesapeake-Bay." Er lachte dieses Lachen, das unbedingtes Mitlachen gebot.

„Die ist dann von ihrer ersten Fahrt aus Baltimore zurück. Allerdings differieren die Zielhäfen, das heißt, Ihre beiden Gruppen haben in den Staaten unterschiedliche Reisewege."

Paul Follen runzelte die Stirn und sah ihn fragend an. Auch Bettina blickte auf.

„Sehen Sie", sagte Delius, „unser Geschäft basiert auf verschiedenen Transportrouten. Wir verschiffen Auswanderer in einen bestimmten amerikanischen Hafen und übernehmen dort andere Waren für Bremen. – In unserem Falle Baumwolle und Kaffee. So gibt es keine unrentablen Leerläufe. Das heißt konkret, daß die „Olbers" immer New Orleans anläuft, während die „Eberhard" mit Baltimore verkehrt. Sie müßten also für Ihre beiden Gruppen einen Treffpunkt verabreden. Wenn Sie im Mittleren Westen siedeln wollen, könnte das zum Beispiel St. Louis sein. Sie müssen das mal ganz in Ruhe ihrer Gesellschaft verklickern und dann klarkriegen, wer wann fährt und wo genau Sie sich treffen wollen."

Bettina kam nun mit den fertigen Listen herüber und reichte sie dem Geschäftsmann. Der strahlte sie an und winkte dem Kellner. „Sie trinken doch einen Sherry mit uns?"

Während Follenius noch einige Fragen, beispielsweise der verschiedenen Wege der Anreise nach Bremen, der Hotelunterbringung, der Kosten für die Bagage, der Reisedauer zur See, eventueller Zwischenstops und der Art der Verpflegung anschnitt, ließ der Reeder sich nicht irritieren bei seiner Preiskalkulation. Er verglich immer wieder die Listen, die Daten und notierte Zahlen.

Dann sah er klar und bestellte noch drei Sherry. Er reichte Paul zwei Preislisten, eine für die „Olbers", die andere für die „Eberhard", spezifiziert nach Einzelreisenden, Mägden, Familien, Kindern, im Zwischendeck oder in der Kajüte. Preise für den Transport und die Lagerung von Kisten, Truhen, Körben und Ballen je nach Umfang.

„Ich meine, fürs erste haben wir das Gröbste beschnackt. Den restlichen Tüdelkram regeln wir brieflich. Sind Sie damit einverstanden, wenn wir beide erst mal einen groben Vorvertrag unterzeichnen, den ich hier schon vorbereitet habe? Ich setze nur eben die Daten ein."

Follenius las den Vertrag, während Delius aus seiner Mappe noch zwei Bilder hervorkramte, die er auf den Tisch legte. Es waren Abbildungen der „Olbers" und der „Eberhard", die die Schiffe in ihrer ganzen Pracht unter vollen Segeln zeigten. Ein imposanter Anblick.

Für Bettina hatte er plötzlich noch eine Schachtel Konfekt in der Hand. „Ich erlaube mir zum Abschied noch einen süßen Gruß aus Bremen zu überreichen. Das sind sogenannte Kluten, eine Spezialität unserer Hansestadt."

Die Herren unterschrieben, und bekräftigten das Ganze mit einem Händedruck und einem weiteren Sherry. Delius hatte nun einen roten Kopf. Er schnaufte, zog seine Taschenuhr aus der Weste und blickte aus dem Fenster. Vor dem Hotel wartete schon seine fertig bepackte Kutsche.

Der Bremer bezahlte an der Rezeption seine Rechnung, nahm Zylinder, Mantel und Tasche und trat auf die Straße in den Sonnenschein, der sein Gesicht erst recht zum Glühen brachte. Der Kutscher lüftete die Mütze und Delius rief: „Los, Senkhaas, wir müssen in die Puschen kommen, time is money!" Er stieg ein, Senkhaas reichte ihm die Tasche und schmiß den Schlag zu. Darauf prangte das Wappen der Firma Delius: ein goldenes Ruderrad auf dunkelblauem, glänzenden Lack. Darunter, klein und fein im Halbrund, das Motto der Bremer Kaufleute: *Buten und Binnen – Wagen und Winnen.*

Der Kutscher ergriff die Zügel, doch da kam aus dem Hoteleingang noch einmal ein energisches „Halt!".

Follenius fuchtelte mit einem Zettel und trat rasch an das Kutschenfenster. „Pardon, aber ich habe da noch eine letzte und sehr wichtige Frage vergessen."

„Nur zu. Wat mut dat mut!" lachte der Bremer.

„Unsere Gesellschaft möchte so bald wie möglich zwei Kundschafter nach Arkansas schicken. Hätten Sie zu einem baldigen Termin für die beiden Herren noch eine Passage?"

Delius begriff sofort. Er zog aus der Tasche seinen dicken Terminkalender und blätterte und schnaufte. „Ende August auf der „Olbers", da sind noch Kajütplätze frei. Oder, wenn sie wollen, auch im Zwischendeck, da reist aber ein ganzes Dorf komplett aus dem Westfälischen." Paul schluckte: „Nein, nein, unsere Emissäre sollen es etwas bequemer haben."

Delius nahm den Zettel mit den Namen und übertrug sie in seinen Kalender: „Wilhelm Müller aus Homberg und Ludwig Schmidt aus Büdingen… ich schicke Euch umgehend die Buchung mit der Rechnung und dem genauen Termin. Er klappte den Kalender zu und lachte. Also denn… Holt ji stief und Tschüß noch mal!"

Senkhaas schlug mit dem Zügel einen kleinen Schlenker und schnalzte mit der Zunge. Die Pferde zogen an und der Wagen rollte in Richtung Selterstor.

14. Die Emissäre

Donnerstag, den 18. Juli 1833
(Bettinas Tagebuch)

Ein seltsamer Kerl, dieser Herr Delius aus Bremen!

Sozusagen ein wandelnder Widerspruch. Auf der einen Seite elegant und redegewandt, vielleicht auch etwas arrogant (?). Ich glaube, Paul war ihm nicht immer gewachsen. Andererseits hat er so eine rustikale, kumpelhafte Art. Plötzlich duzt er uns und klopft Paul auf die Schulter. Manchmal sspricht er ganz vornehm mit sspitzer Zunge („die Vereinigten „Ssstaaten"). Dann wieder „sspricht" er wie ein norddeutscher Bauer und sagt plötzlich „mien Deern" zu mir.

Das ist also der Mann, von dem unser künftiges Schicksal abhängt!?

Ob alle Bremer so sind?

Von den köstlichen „Kluten" habe ich noch sechs Stück. Die sind für Lotte und Christina, Luise und Lorchen und zwei sind noch für mich.

Samstag, d. 20. Juli 1833

Gestern erschienen im Seltersweg die beiden Männer, die vor uns schon mal nach Amerika reisen sollten. Die Kundschafter der Gesellschaft. Buri war noch dazu gekommen. Ich durfte den Kaffee servieren und habe mich dann in die Ecke gesetzt.

Der eine, ein Apotheker Müller aus Homburg am Taunus, hatte seine Frau mitgebracht. Oder besser: sie hatte ihn mitgebracht, denn sie hatte eindeutig die Hosen an. Über die Reiseroute, die Reiseverpflegung und die Kleidung im Winter hatte sie sich schon ganz viele Gedanken gemacht und es war schwer, ihr das Wort abzuschneiden. „Zeig den Herren doch mal dein Album!" Der Apotheker schlug ein dickes Herbarium auf. „Da sind alle Pflanzen und Kräuter Hessens drin", sagte sie stolz.

Paul und Buri tauschten einen dieser unbeschreiblichen Blicke. „Und nun wollen Sie die Flora von Arkansas erkunden?" fragte Buri. Müller lächelte etwas verlegen. „Nur so nebenbei", sagte er.

„Aber es wäre doch nicht uninteressant für die Land- und Forstwirtschaft", meinte sie.

Der andere Kundschafter war ein Pastor Schmidt aus Büdingen, dem nachgesagt wurde, dass er sehr gut Englisch spricht. Er hatte auch ein Album mitgebracht. Einen Skizzenblock. Es waren Kohle- und Bleistift-Zeichnungen von Landschaften und Szenen aus den Dörfern am Vogelsberg. Kahle Gipfel, voller nackter Gesteinsbrocken. Halb verfallene Hütten, vor denen magere Kinder hockten. Eine Alte, die tief gebückt ein gewaltiges Bündel Reisig schleppte. Ein alter Holzrükker, der an einem zotteligen Gaul zerrte, der wiederum an einer langen Kette einen Baumstamm zog.

Und plötzlich wie ein Paukenschlag: ein großes, mit Kreide koloriertes Blatt, auf dem eine adelige Jagdgesellschaft mit prächtig kostümierten Reitern und Jägern, livrierten Treibern und hechelnden Hunden durch ein Haferfeld tobte. „Eine Auftragsarbeit", meinte der Büdinger quasi entschuldigend.

Dieser Mann kann so phantastisch und lebendig zeichnen, dass man das Gejaule der Meute und das Geschrei und Getröte der Jäger geradezu hören kann.

Herrgott, wenn ich so zeichnen könnte! Paul, den ich am Abend fragte, wußte, daß Schmidt ein paar Semester an der Kunstakademie in Darmstadt und dann in London war, bevor er das Theologiestudium aufnahm. Und Marie meinte: „Jeder hat seine Talente. Dafür kannst du schreiben und erzählen wie sonst keine Siebzehnjährige!"

Danke!

Zweifellos hatten auch beide Kundschafter ihre Qualitäten. Dennoch war es wohl wichtig, daß Paul ihnen noch mal eindringlich klar machte, daß es uns nicht nur auf Herbarien und Genreskizzen, sondern vor allem auf Informationen zu Klima, Besiedlung, Versorgung und Verkehrswege ankommt.

„Nehmen Sie unbedingt Kontakt zu Klingelhöffer auf. Gibt es sonst noch Deutsche dort? Befragen Sie Siedler nach ihren Erfahrungen. Gibt es noch feindliche, eingeborene Stämme? Und, wenn irgend möglich, erkunden Sie die von Duden genannten Gebiete am Missouri. Und denken Sie immer daran: Dort soll ein deutscher Staat entstehen. Bitte schreiben Sie uns bald ihre ersten Eindrücke. Wir sind sehr gespannt."

Die Männer bekamen von Paul noch ein Exemplar von Dudens Bericht, eine Liste mit allen wichtigen Fragen. Ein Briefchen mit der Adresse von Delius, dem genauen Abreisetermin und Hotelempfehlungen in Bremen soll umgehend folgen.

Das Reisegeld von 500 Gulden fand die Frau des Apothekers viel zu knapp bemessen. Die Männer seien schließlich ein halbes Jahr unterwegs. Hotels und Restaurants nicht billig, die Entfernungen riesig. Dazu die Auslagen für Fahrten, Verpflegung, Kartenmaterial, Medikamente etc. Es gäbe so viele Unwägbarkeiten.

„Über den Punkt kann nur der Vorstand entscheiden. Wir werden in der nächsten Woche noch mal darüber beraten", vertröstete sie Paul.

Nach der Verabschiedung am Abend meinte Marie etwas ironisch: „Steht nicht zu befürchten, dass diese Frau plötzlich mitfährt und das Ganze an sich reißt?"

Paul: „Ich hoffe sehr, daß sie sich zu Hause in Homburg um die Apotheke kümmern muß. – Allerdings hat sie Energie und merkantiles Gespür.

Marie: „Und er? Was wird er am Arkansas nur ohne sie machen?"
Buri: „Kräuter sammeln."
Paul: „Und der Büdinger zeichnet ihn dabei."
Na fein!

15. GASTAUER

Es war Georg Münchs Idee gewesen, für Friedrich und Luise einen Porträtisten nach Niedergemünden zu bestellen. Zusammen mit den übrigen Münch-Geschwistern, Ludwig und Amalie, wollten sie auch finanziell dafür aufkommen. „Wir wissen doch nicht, wann und ob überhaupt wir uns jemals wiedersehen", hatte er gesagt. Auch Luises Familie wollte man ansprechen. Vor einem Jahr hatte er einen Hinweis vom Kollegen Klingelhöffer auf einen vielgelobten Künstler aus dem Rheinland bekommen. Er fand die Adresse heraus und vereinbarte einen Termin im August.

Am angekündigten Tag sah Luise dann vom Vorgarten aus Georg Münchs Kutsche den Hohlweg heraufkommen. Georg winkte ihr und half einem älteren Mann aus dem Wagen. Dieser trug einen weiten Umhang und nahm eine große Mappe aus dem Wagen. Er ging etwas gebückt. Sie öffnete die Gartentür. Der Maler zog den Hut und verneigte sich: „Anton Gastauer. Ich komme wegen der Porträts." Dieses freundliche, vollbärtige Gesicht mit der hohen Stirn erinnerte sie an jemanden, aber an wen nur?

„Seien Sie willkommen. Mein Mann erwartet Sie. Ich bringe Sie in die Amtsstube."

Münch begrüßte ihn freundlich, nahm ihm Hut und Mantel ab und sie setzten sich an den kleinen, runden Tisch. Auch Münch fiel eine Ähnlichkeit auf. Nur mit wem? „Ich hoffe sehr, Sie hatten keinen beschwerlichen Weg?" fragte er. Gastauer winkte ab: „Ganz und gar nicht. Ihr Herr Bruder war so freundlich, mir ein Nachtlager zu geben und mich zu kutschieren." Luise stellte Gläser und eine Flasche Apfelwein auf das Tischchen, goß ein und ging wieder in den Garten. „Ihr ruft mich, wenn ich gebraucht werde."

Gastauer öffnete ein kleines Notizbuch. „Ihr Bruder schrieb mir von zwei Porträts, nämlich von Ihnen und ihrer Gattin, ist das korrekt?"

„Ganz recht", lachte Münch, „aber es ist mehr ein Wunsch meiner Verwandtschaft."

„Nun ja, und woran ist dabei gedacht? Ich meine: Sollen es Ölbilder werden? Ich könnte auch Pastelle oder Federzeichnungen anbieten?"

„Nein, nein, wir dachten schon an Ölgemälde, – in Ausschnitt und Ausführung vielleicht ganz ähnlich wie jenes dort." Münch wies auf das alte Porträt seines Vaters über dem Sekretär. Der Maler sah auf, nickte und machte Notizen. „Also Halbfiguren, sitzend, etwa 50 mal 70 Zentimeter, Öl auf Leinwand. Auch Innenraum? Wir könnten sonst ins Freie gehen, – vielleicht der Herr Pfarrer vor der Kirche und die Gattin im Garten? Das Licht ist dann besser und der Eindruck würde lebendiger."

Münch schüttelte den Kopf: „Nein. Wir wollen kein Spektakel für die Gemeinde abgeben. Es gibt schon genug Gerede im Dorf. – Was meinen Sie, wollen wir gleich beginnen? Ich bin bereit und Luise stünde dann am Nachmittag zur Verfügung. – Wieviele Sitzungen werden denn nötig sein?"

„Das kommt darauf an. – Ich nehme heute nur ein paar Skizzen auf. Dabei können wir wichtige Einzelheiten besprechen, die ich dann im Atelier ausführen kann. Vielleicht komme ich in drei Wochen mit einem Zwischenergebnis, einer Art Rohfassung. Oder Sie schauen in Boppard vorbei, wann Sie wollen. Mitunter geht es auch in einem Rutsch und der Kunde ist gleich mit dem ersten Wurf zufrieden." „Also dann, packen wir's an. Soll ich mich hierher setzen?"

„Ja, besser wäre aber der Stuhl ohne Armlehnen, damit eine Spannung im Körper bleibt. Ich skizziere zunächst Gestalt und Physiognomie und würde vorschlagen, daß wir wegen des Lichteinfalls den Stuhl hier ans Fenster rücken. Während ich zeichne, könnten wir ein paar Fragen klären. Einverstanden?"

„Fragen Sie", sagte Münch und nahm am Fenster Platz.

Gastauer schlug in seinem Skizzenbuch ein leeres Blatt auf. „Wie ist es mit der Kleidung? Ihr Kollege Klingelhöffer wollte seiner Gemeinde in Amtstracht und mit der Bibel in der Hand in Erinnerung bleiben."

Er setzte den Bleistift an und zog rasch und routiniert die ersten Linien.

Münch straffte sich und lachte: „Bei mir ist es eher umgekehrt. Die Porträts sollen für Verwandte und Freunde sein und nicht für die Gemeinde. – Ich habe es mir wohl überlegt: Ich möchte ausdrücklich nicht als Amtsträger erscheinen sondern als privater Mensch, als Friedrich Münch sozusagen. Kein Talar, keine Bibel und kein Kruzifix im Hintergrund. Wenn schon ein Buch, dann eher Tassos „Befreites Jerusalem" und im Hintergrund Homer. Die Büste aus meinem Refugium dort drüben, das hat mehr mit mir zu tun.

Die Hand des Malers huschte zügig über das Blatt. Immer wieder blickte er abschätzend auf sein Modell. Nun aber stoppte er, zog beide Augenbrauen hoch und blickte erstaunt. Die Verehrung für Tassos gewaltiges Kreuzzugs-Epos konnte er bei einem Pfarrer durchaus verstehen. Immerhin bedeuteten die Kreuzzüge die wohl größte, gemeinsame Kraftanstrengung der europäischen Christenheit.

Aber Homer? – Gewiß, seit der Übersetzung von Voß hatten ihn die deutschen Dichter und Denker für sich entdeckt. Besonders die Weimarer. Die homerischen Epen boten eine Fülle von Motiven und Geschichten für alle Kunstrichtungen. Das war eine phantastische Fundgrube! Es war geradezu Mode geworden, sich der griechischen Mythologie und Geschichte zu bedienen. Aber war nicht die „Ilias" auch eine Verherrlichung eines heidnischen Polytheismus?

Als hätte Münch seine Gedanken erraten, begann er, seine Begeisterung für Homer zu erläutern, während Gastauer fortfuhr zu zeichnen. „Ich staune immer wieder, welch gewaltigen Kosmos der Grieche ausbreitet. Da ist wirklich alles enthalten: die ganze Vielfalt der menschlichen Eigenschaften, Motive und Handlungsweisen. Kein anderer Dichter hat das je so treffsicher und wortgewaltig geschildert. Man merkt in jeder Zeile, daß Homer ein tiefer Bewunderer der Schöpfung ist und Liebe und Leid der Menschen wie kein anderer erfahren hat.“

„Und Sie lesen Homer im Original?“

„Selbstverständlich. Ich habe schon vor meinem Studium das Altgriechische durch meinen Vater gelernt. Eine wunderschöne, klangvolle Sprache! Überhaupt habe ich von meinem Vater mehr gelernt als in den Semestern an der Universität. Er war ein hochgebildeter und hervorragender Lehrer – auch für andere Jugendliche aus der Umgebung, die er manchmal bis zur Universitätsreife ausgebildet hat. – Und das wäre auch gleich meine nächste Bitte: nämlich die, das Grab meines Vaters dort hinten, das heißt, die Gedenkvase und den Stein mit in das Bild aufzunehmen.“

Der Maler sah durch das Fenster hinüber zur Kirche und erblickte in einem Winkel abseits die dunkle Vase. Er nickte. „Es ist kein Problem, die Vase in eine Perspektive vor die helle Fassade der Kirche zu rücken. Die Kirche darf doch als Hintergrund bleiben?“

„Aber ja, sie gehört zu meinem Vater dazu. Es ist allein mein Problem, daß es da einen Bruch gab zwischen mir und dieser Institution. Ich werfe ihr vor, daß sie nicht mutig und stark genug ist, den Mächtigen die Stirn zu bieten, und für ihre ureigensten, christlichen Ideale vehement zu kämpfen.“

Gastauer nickte heftig. „Wollen wir diesen Bruch auf irgendeine Weise vorsichtig im Bild andeuten?“

„Aber sehr behutsam und versteckt.“ Münch schmunzelte. „Machen Sie mal. Ich laß' mich überraschen.“

Auch Gastauer schmunzelte, denn er hatte schon eine Idee. Er liebte dieses Spiel mit Symbolen und kleinen versteckten Hinweisen.

Eine Stunde noch skizzierte der Künstler rasch und routiniert. Er wechselte ab und zu den Stift, radierte Linien oder verwischte sie mit den Fingerkuppen. Dazwischen immer wieder der kurze Blick auf sein Gegenüber. Er mochte den Pfarrer, der ihm grundsätzlich aus dem Herzen sprach. Nur diese Auswanderung. – Nein. – Wenn nun alle klugen und kritischen Köpfe gehen würden?! Was sollte aus Deutschland dann werden? – Sie sprachen noch eine Weile darüber, aber der Maler hatte bald den Eindruck, daß nichts und niemand den Pfarrer von Niedergemünden von seinem Plan abbringen würde.

Dann war Münch erlöst. Sie besprachen am Tisch noch kurz eine Kompositionsskizze und der Maler bat, für weitere Skizzen und Notizen die Homerbüste, das Grab des Vaters und das Titelblatt der Tasso-Ausgabe in Augenschein nehmen zu dürfen.

Während Münch den Tasso von seinem Nachttisch holte, bat Luise den Gast zu einem kurzen Imbiß in die Küche. „Danach könnten wir auch über Ihr Porträt beraten, wenn es Ihnen recht ist", schlug der Künstler vor.

Luise war deswegen etwas besorgt: „Was soll ich denn anziehen?" „Ihr schönstes Kleid, Madame. Etwas nicht Alltägliches."

„Oh, ich habe nur ein schlichtes dunkles Kleid für die Stadt und den Kirchgang, sowie mein Hochzeitskleid. Ich weiß aber nicht, wo ich noch hineinpasse, denn ich bin im siebten Monat."

„Probieren Sie dennoch das Hochzeitskleid. Es geht mir um die Haltung. Die endgültige Ausstattung können wir uns aus Beispielen in meiner Mappe zusammensuchen.

„Ich meine ja nur, was machen wir mit meiner Schwangerschaft? Die Anzeichen sind ja nicht zu übersehen: diese roten Flecken an Hals und Wangen, die Ringe unter den Augen, geschwollene Hände und Füße?"

Der Maler beruhigte sie: „Ich denke, daß Schwangerschaft etwas Erfreuliches und Schönes ist. Es gehört momentan ganz natürlich zu ihrem Leben."

Luise war unschlüssig. „Sie sind der Künstler. Entscheiden Sie. – Aber ich möchte nicht so elend aussehen."

Münch kam und reichte dem Gast das „Befreite Jerusalem". Der schlug die erste Seite auf und notierte die Daten der Titelseite. Ein Zettel fiel heraus und landete zwischen Brot und Käse. Münch nahm das Blatt mit spitzen Fingern: „Ach ja, das ist aus der Widmung, die mein Freund August Follenius für seine Tasso-Übersetzung schrieb. Leider ist er nie fertig geworden damit. Heute leitet er eine Hochschule in Basel. Münch las:

Eins war Europa in den großen Zeiten,
ein Vaterland, des Boden hehr entsprossen,
was Edle kann in Tod und Leben leiten.
Ein Ritterthum schuf Kämpfer zu Genossen,
für einen Glauben wollten Alle streiten.

Gastauer verzog unmerklich das Gesicht. Er hatte schon immer Probleme mit dem lyrischen Pathos. Er malte lieber nach der Natur. „Gerusalemme liberata – das müßte für uns heute ein Europa liberata sein", rief der Pfarrer und er geriet nun in Eifer: „Das müsste der große Kreuzzug sein, den die Zukunft bringen sollte. Eine bedingungslose Hingabe aller Europäer für eine gemeinsame Sache: den Kampf gegen die Tyrannei des Adels und die Fremdherrschaft. Es gab so hoffnungsvolle Ansätze in der Befreiung Griechenlands von den Türken und dem Aufstand der Polen gegen die Russen. Mit welcher Begeisterung sind die Europäer in den Kampf gegen Napoleon gezogen. Dann aber war die Luft raus. Wir ließen es zu, daß unsere adligen Schmarotzer in Wien den europäischen Kuchen erneut unter sich aufteilten." Münch war erregt. Und wieder zitierte er laut und nicht ohne Pathos von dem Zettel des August Follenius:

„Ach, diese Zeit hat Glauben nicht noch Liebe,
wo wäre denn die Hoffnung, die ihr bliebe?"

Luise blickte auf ihren Gatten und dann etwas besorgt auf den Gast.

Der nahm einen Schluck Apfelwein und meinte ganz ruhig: „Bei mir lebt diese Hoffnung noch. Ich kann nämlich geduldig warten. Als kleiner Künstler kann ich zwar keine gesamteuropäische Erhebung organisieren. Aber mit meinen bescheidenen Fähigkeiten will ich wohl dabei sein, wenn es soweit ist. Sehen Sie, ich stand unlängst auch mit Frau und Kind auf Klingelhöffers Listen. Wer weiß, vielleicht würde ich heute schon Indianerhäuptlinge porträtieren. Doch dann traf ich Ludwig Weidig. Und dessen Visionen hatten mehr Feuer als die Visionen des Pfarrers von Heuchelheim. Klingelhöffer gefällt sich zu sehr in der Rolle eines messianischen Kolonistenführers und duldet wenig Widerspruch. Weidig aber kann mit Menschen umgehen, er hat Charisma und Mut und wird die Hoffnung nie aufgeben."

„Weidig sitzt in Untersuchungshaft", sagte Münch.

„Nicht mehr, mein Lieber! Sie haben ihm nichts nachweisen können und ihn entlassen. Längst schmiedet er in Butzbach neue Pläne."

Nach dem Imbiß statteten sie der Homer-Büste im Stall einen Besuch ab. Der Maler staunte nicht schlecht. So gewaltig hatte er sich den Kopf des antiken Epikers nicht vorgestellt. Er öffnete sein Skizzenbuch und setzte den Stift in Bewegung. Er würde den Kopf auf Normalgröße reduzieren und ihn dezent im Halbdunkel des Hintergrunds platzieren. Münch grinste plötzlich in sich hinein, denn ihm fiel die frappante Ähnlichkeit des vollbärtigen Epikers aus Smyrna mit dem vollbärtigen Maler aus Boppard auf: die gleiche rundliche Nase, der gleiche Schwung der Augenbrauen, die gleiche hohe Stirn mit den Runzeln.

Gastauer – darauf aufmerksam gemacht – lachte aus vollem Halse, klappte sein Skizzenbuch zu und meinte: „Gut, dann mach' ich zu Hause vor dem Spiegel weiter." Er lachte und wollte noch wissen: „Haben Sie denn eine Idee für ein Äquivalent im Bildnis Ihrer

Gattin? Eine andere, ihr entsprechende Skulptur? Eine Dichterin? Ich meine, es wäre doch schön, wenn die beiden Porträts motivisch und in der Komposition miteinander korrespondieren. Vielleicht eine Büste Sapphos?"

„Nein, nein, das würde nicht passen", sagte Münch, „Luise hat es nicht so mit Oden und Hymnen. Sie ist mehr praktisch ausgerichtet auf die Hausarbeit, auf die Fürsorge für die Kinder und vor allem auf den Garten. Dort sitzt sie manchmal und zeichnet Blumen. Ja, eine große Vase voller Blumen wäre vielleicht ein passendes Gegenstück."

Gastauer nickte: „Ausgezeichnet! Gerade mit Blumen läßt sich allerhand aussagen."

Luise wartete bereits in der Amtsstube in ihrem Hochzeitskleid, das sie in der Taille mit einer Klammer zusammen gesteckt hatte. Hals und Wangen waren nun vollends gerötet. Sie war etwas verlegen.

Der Maler drehte den Stuhl nun soweit herum, daß das Fensterlicht von der linken Seite auf sie fiel. Luise links und Friedrich rechts, – so würden die Bilder eine Einheit bilden. Er rückte das kleine, runde Tischchen an das Fenster und legte ein Blatt Papier mit Bleistift darauf. „Ihr Gatte verriet mir, daß Sie gut und gerne Blumen zeichnen. Also lassen Sie uns beide zeichnen. Einverstanden?

Luise nickte stumm.

Nach einer weiteren Stunde, einem Abstecher zum Grabe Georg Münchs und einem starken Kaffee hatte der Künstler alle die Skizzen und Notizen, die er für seine Arbeit im Atelier brauchte.

Inzwischen war Georg auch wieder vorgefahren. Auch ihm reichte Luise einen Kaffee. Münch umarmte seinen Bruder. Rasch verabredeten sie ein Treffen in der nächsten Woche.

Der Maler bedankte und verabschiedete sich von der Dame des Hauses, nahm Hut und Umhang von der Hand des Hausherrn, der ihn zum Gartentor begleitete. "Ich habe noch einmal darüber nachgedacht", sagte Münch, während er zu Boden blickte: „Eine Büste der Athene wäre vielleicht keine schlechte Entsprechung zu Homer. Aber es sollte erst einmal unter uns bleiben."

Gastauer schmunzelte verschmitzt und nickte: „Das ließe sich wohl machen. Ich habe in Boppard ein Buch mit den wichtigsten, klassischen Skulpturen."

16. Familie Göbel

Friedrich Münch hatte in seiner Kirche eine Trauung zelebriert. Die letzten Worte des gemeinsamen Vaterunsers waren verhallt, die Orgel dröhnte. Die Hochzeitsgesellschaft verließ langsam das Gotteshaus und formierte sich zu einem Zug in das Brauthaus. Kinder streuten Blumen.

Da trat ein Mann in die Kirche und näherte sich Münch. Er stellte sich als David Wilhelm Göbel aus Coburg vor: „Ich wollte doch einmal den Moses kennenlernen, der uns Deutschlandmüden aus den finsteren Provinzen ins gelobte Land führen wird."

Göbel? – Richtig, Paul hatte Friedrich eine Nachricht aus Coburg gezeigt: „Ein interessanter Mann, der sehr wichtig für uns sein könnte. Er ist Mathematiker und leitet das Gymnasium in Coburg. Wir brauchen dringend akademische Lehrer", hatte Paul gesagt.

Münch nahm erfreut die dargebotene Hand: „Wir sind eigentlich nicht deutschlandmüde, – wir hassen nur das, was Deutschland angetan wird."

„Wem sagen Sie das?! Auch im Coburgischen ist das Faß am Überlaufen. Deswegen bin ich ja hier."

„Wir haben uns schon gewundert. Es sind auffallend viele Coburger auf unseren Listen. Sie müssen unbedingt davon erzählen. Ich darf Sie doch zu einem Kaffee ins Pfarrhaus einladen?"

„Ich bin sozusagen selbdritt. Frau und Sohn warten draußen in der Kutsche."

„Um so besser. Wir freuen uns über jeden lieben Gast."

Münch schickte Johann, der die Gesangbücher einsammelte, um Luise zu informieren. Noch im Talar trat Münch an die Kutsche und begrüßte Henriette und Gerhard Göbel: „Herzlich willkommen in Niedergemünden!"

Dann saßen sie bei Kaffee und Riwwelkuchen im Garten des Pfarrhauses.

Henriette Göbel hatte es sich nicht nehmen lassen, der Hausfrau beim Auftischen zu helfen, denn Luise wirkte etwas müde und sie schien im Haus allein zu sein.

Göbels waren auf dem Weg nach Gießen, wo sie auch bei Follenius ihre Aufwartung machen wollten. Und übermorgen wollten sie zur Generalversammlung in Friedberg sein.

„Ich wollte der Gesellschaft meine Hilfe anbieten. Verfügen Sie über mich, wo immer Sie mich gebrauchen können", sagte Göbel.

„Sie sind Mathematiker? Da kommen Sie bei unseren Finanzen wie gerufen. Rentmeister Jordan hat seine Auswanderungspläne nämlich aufgegeben. – Aber sagen Sie, was treibt einen solchen Mann wie Sie außer Landes. Man sollte doch meinen, daß Sie als Gymnasialdirektor das Vertrauen der Obrigkeit genießen?"

„Nicht mehr, mein Lieber. Wir Pädagogen werden zunehmend in unerträglicher Weise gegängelt. Man zwingt uns, Lerninhalte zu vertreten, die nicht der Wahrheit entsprechen. Halbgebildete Leute, die von der Sache nichts verstehen, geben uns Anweisungen."

„Erzählen Sie doch bitte", sagte Luise.

„Nun, ich war ja für drei Jahre als Prinzenerzieher bei Hofe. Schon damals war mir kein selbständiger Gedanke erlaubt. Der Prinz durfte nur das lernen, was sein Vater erlaubte oder verfügte. Die Befreiung von der napoleonischen Fremdherrschaft beispielsweise sei allein ein Verdienst der Fürsten. Eine Volkserhebung gegen die Franzosen habe es nie gegeben. Ich war von morgens bis abends von dümmlichen, adeligen Hofschranzen umgeben, die meinten, alles besser zu wissen. Und wehe, man wagte es, das Gottesgnadentum in Zweifel zu ziehen.

Ich hatte mich zunächst über die Ernennung zum Gymnasialdirektor gefreut. Ich wollte nur fort vom Hofe, diesem Ort voller

Haß, Mißgunst und Intrigen. Ich hoffte auf eine gewisse Selbständigkeit. Aber es wurde alles nur noch schlimmer.

Im Lehrerkollegium saßen Spitzel, die jede Äußerung weitertrugen. Über Neueinstellungen wurde nicht nach Fähigkeiten, sondern nach dem gesellschaftlichen Stand entschieden. Bei einem Besuch herzöglicher Inspektoren erlaubte ich mir ein paar kritische Anmerkungen und Verbesserungsvorschläge. Ich wurde barsch zurechtgewiesen mit den Worten: „Überlassen Sie doch bitte die Schulorganisation den dafür zuständigen Beamten. Die verstehen mehr davon." Von „bedenklichem Freisinn" war die Rede. – Dabei gibt es auch in Coburg-Saalfeld seit 1821 eine Verfassung, die die Gleichheit aller Einwohner verspricht. Landständen werden Mitbestimmungsrechte eingeräumt. Aber Herzog Ernst interessiert das nicht.

„Noch Kaffee?"

„Nein Danke, aber von diesem köstlichen Riwwelkuchen nehme ich mir gerne noch ein Stück", meinte Göbel.

Auch Henriette war begeistert von Luises Backkünsten und fragte nach dem Rezept. Luise winkte müde ab: „Es ist ein Rezept meiner Schwägerin Leonore. Aber ich weiß, wo die Notizen dazu in der Küche zu finden sind."

Während die Damen sich zur kulinarischen Fachsimpelei in die Küche zurückzogen, erzählte nun Münch von seiner Situation und der unerträglichen Bespitzelung im Hessischen Großherzogtum nach dem Frankfurter Attentat. „Mehrfach haben auch Bauern in Oberhessen eine Erhebung versucht, aber jeglicher Aufstand wurde zusammengeschossen."

„Im Coburger Land sammeln sich revolutionäre Bauern zur Zeit um Fischbach und Weißenbrunn zu Tausenden. Die Armut in den Dörfern ist unbeschreiblich. Aber der Herzog vergrößert den Polizeiapparat und verdoppelt das Militär. Die Lage ist äußerst gespannt. Und in den Städten unterdrückt Herzog Ernst als Freund und glühender Verehrer Metternichs jede liberale Initiative.

Gerd Göbel ergänzte: „Alle bürgerlichen Vereine werden streng unter die Lupe genommen. Egal ob Gärtnerverein, Liedertafel, Sonntagsschule, Frauenverein... sogar das Armenhaus. Jede Versammlung muß genehmigt werden.

Neuerdings schließt die Polizei Gastwirtschaften, in denen Studentenlieder gesungen und patriotische Blätter wie der „Wächter am Rhein" gelesen werden. Lächerlich!"

David Göbel schüttelte den Kopf: „Sie können sich nicht vorstellen, wie ängstlich und verbittert viele Coburger sind. Das Herrscherhaus aber leistet sich einen unverschämten Prunk. Es fing ja vor Jahren schon damit an, daß dem Coburger Ländchen befohlen wurde, eine Woche lang die Hochzeit von Herzog Ernst zu bejubeln und dem jungen Paar göttergleich zu huldigen. Tagelang wurden Ritterspiele in alten Rüstungen aus dem herzoglichen Fundus veranstaltet. Die Coburger Bürger durften dabei Komparsen und Claqueure sein."

Und Gerd ergänzte: „Um seinen Luxus und seinen Polizei- und Militärapparat zu finanzieren, läßt der Herzog Falschgeld prägen."

Münch lachte: „Ja, ja, ich hab davon gehört. Über das Coburger „Spielgeld" wird auch in Hessen gespottet. Keiner will es haben."

„Na ja, Spielgeld oder Falschgeld ist wohl zu viel gesagt. Aber es sind ganz klar minderwertige Münzen mit einem geringen Silbergehalt, die in anderen deutschen Staaten nur sehr ungünstig verrechnet werden. Das muß man wohl berücksichtigen, wenn die Coburger Auswanderer ihre Beiträge bezahlen. Es hat ja auch kein anderes Land der Welt so verwirrende Finanzstrukturen wie Deutschland. Was in einem Ländchen Taler oder Gulden, das sind im anderen Kreuzer oder Grote. Wenn Sie wollen, dann könnte ich der Gesellschaft bei dem Währungswirrwarr ein wenig helfen. Ich kenne mich da aus.

In der Küche des Pfarrhauses war Luise plötzlich zusammengesackt. Sie taumelte und sank auf einen Stuhl. Frau Göbel öffnete schnell die Fenster zum Garten und füllte ein Wasserglas. „Hier, nimm ein paar kräftige Schlucke. – Sie sollten sich sofort eine Weile hinlegen." Luise nickte und zeigte auf die Tür zur Kammer: „Bitte verzeihen Sie, aber in letzter Zeit..."

„Aber Kindchen, da ist nichts zu verzeihen. Das ist normal bei einer Schwangerschaft." Sie half Luise auf das Bett nebenan, legte ihre Füße hoch und setzte sich auf den Stuhl daneben: „Wie häufig kommen jetzt diese Schwächungen?"

„Bis jetzt erst einmal vorgestern. – Aber ich komme immer schneller aus der Puste. Die Treppe nach oben zum Kinderzimmer – ich muß da immer eine Pause machen", sagte Luise langsam und leise.

„Ach, Du hast schon Kinder?"

„Nein, Pauline und Adolf haben eine andere Mutter. Sie ist gestorben."

„Ich dachte schon, weil Du noch so jung bist. Du könntest meine Tochter sein. Entschuldige, wenn ich plötzlich „Du" sage."

Luise lächelte: „Nein, nein, das ist schon gut so. Es ist so schön, wenn sich jemand kümmert."

„Gibt es sonst noch Frauen, die Dir helfen können?"

„Ich bin in diesen Tagen allein. Die Schwägerinnen sind gerade in Gießen, die Kinder bei Beckers und Friedrich hat so viel mit der Auswanderung zu tun. Und dann ist da die neue Kirche in Otterbach und er ist den ganzen Tag fort."

„Ich kann mir vorstellen, daß das eine große Belastung für Dich ist: All diese Vorbereitungen, die Kinder, der Haushalt, die ungewisse Zukunft. – Wann ist es denn soweit?"

„In fünf, sechs Wochen."

„ Oh Gott, und dann mit dem kleinen Bündel ein paar Wochen später die große Reise mit all den Strapazen! Und kein Zuhause mehr. Muß denn das sein? Ich mein'.... Glaub' mir, jede Aufregung und Anstrengung, jede Angst spürt auch dein Baby!"

Luise hatte sich abrupt zur Wand gedreht. Sie schniefte etwas. Henriette reichte ihr ein Taschentuch: „Habt Ihr mal überlegt, die ganze Auswanderung zu verschieben? – Um ein Jahr vielleicht?"

Luise warf den Kopf herum und sah Henriette mit feuchten Augen trotzig an: „Nein! Das geht nicht. Bitte sag nie so was! Hörst Du?" Henriette nickte und drückte fest ihre Hand. „Ich sag' ganz ehrlich: Ich gäb' was drum, wenn wir diese Reise nicht antreten müssten."

Münch war hereingekommen. Er begriff sofort die Situation und sagte mit sanfter Stimme: „Ich nehme an, es ist euch recht, wenn Göbels heute bei uns übernachten. David und Gerd sind damit einverstanden. Es gäbe noch so viele Gedanken auszutauschen und morgen könnten wir dann zusammen nach Gießen aufbrechen."

Henriette erhob sich und sagte mit fester Stimme: „Es ist besser, wenn ich hier bei Luise bleiben könnte, bis ihr von eurer großen Auswanderer-Versammlung zurückgekehrt seid. Dort braucht Ihr uns doch nicht. Ihre Frau aber kann jetzt Rat und Hilfe dringend gebrauchen."

17. Generalversammlung

Das Hotel „Zu den drei Schwertern" war ohne Zweifel eines der renommiertesten Häuser der Stadt. Schon Mozart und Goethe sollen hier auf der Durchreise genächtigt haben. Letzterer mit seinem Herzog. Das Haus bot eine Vielzahl gepflegter Zimmer und Suiten, ein gutes Restaurant und vor allem einen großen prächtigen Saal für Veranstaltungen jeder Art. Diesen hatte das „Provisorische Comitee der Gießener Auswanderer-Gesellschaft" für den ersten September ab 17 Uhr gemietet.

Die Einladung zur Generalversammlung in Friedberg war schon Mitte Juli an alle Mitglieder ergangen. Bereits Anfang August waren hier alle Zimmer ausgebucht und auch der „Darmstädter Hof", das Hotel „Seebach", der Gasthof „Zur Linde" und andere profitierten von diesem bis dato größten Auswanderertreffen in Deutschland. In den Nebenstraßen und auf den Plätzen rundum gab es schon am Vortag kaum noch Stellplätze für Kutschen und Wagen. Die Stallbetriebe meldeten Platzmangel.

In den Tagen zuvor waren bei Ricker in Gießen noch Blätter mit den Daten der Abreise, einer Liste der Hotels in Bremen und der Tagesordnung für das Treffen gedruckt worden. Pfarrer Münch sollte die Gäste begrüßen und nach ausführlichen Berichten und Erläuterungen des Vorstands sollte am Abend eine offene Aussprache stattfinden und schließlich die Aufteilung auf die beiden Schiffe. Das alles konnte bis Mitternacht dauern.

Schon ab 16 Uhr stiegen die ersten Familienväter und Junggesellen die breite Treppe hinauf und nahmen an den langen Tischen Platz. Der Saal hatte eine schlechte Akustik. Das langsam anschwellende

Geräuschwirrwarr aus Gesprächen, Gelächter, Gläserklirren und Stühlerücken hallte anfangs, wurde aber später bei gefülltem Saal besser. Es wurde eine reine Männerversammlung. Die einzigen Frauen waren zwei Serviererinnen, die unermüdlich zwischen den langen Tischen hin und her eilten und schwere Tabletts, vollgepackt mit Tellern und Gläsern, schleppten.

So unterschiedlich all diese Männer von Alter, Beruf und Herkunft waren, so einig waren sich alle in dem festen Entschluß, die deutschen Staaten zu verlassen. Sie hatten die Willkür ihrer Fürsten satt, die Hoffnung auf eine Besserung aufgegeben. Manche hatten im vergeblichen Widerstand gekämpft. Sie wollten hinter dem Ozean gemeinsam das neue Germanien erschaffen. Es waren Männer mit Tatendrang. Sie waren neugierig aufeinander und hatten viele Ideen und Fragen mitgebracht.

Für den Vorstand war auf einer kleinen Bühne ein Tisch vorbereitet. Flankiert zu beiden Seiten von zwei Fahnen, dem Sternenbanner und der Schwarz-Rot-Goldenen. Die Flaggen waren senkrecht aufgestellt, so daß man sie eben gerade an einer Falte identifizieren konnte. Diese dezente Art der Präsentation hatte Marie Follen sich ausgedacht, nachdem Sinn und Unsinn der Flaggen lange im Vorstand diskutiert worden waren. „Sie sollen doch quasi nur als „Zitate" dort wirken. Das sind die Pole, zwischen denen wir stehen. „Sonst ist es zu kahl", hatte sie gesagt.

Nützlicher dagegen war neben der Bühne eine große Wandkarte von Nordamerika, die Cornelius Schubert bei Perthes bestellt hatte. Immer wieder standen Mitglieder zu zweit, zu dritt davor und fuhren schwatzend mit dem Zeigefinger den Ohio hinunter oder den Mississippi hinauf.

Es gab – nicht zu vergessen – noch zwei Frauen, am Saaleingang. Marie Follenius und Bettina Münch. Sie saßen an einem Tisch vor der Tür. Wer auch immer Einlaß zur Versammlung begehrte, kam an ihnen nicht vorbei, ohne seinen Namen preiszugeben. Die beiden suchten die Namen in den langen Mitgliederlisten, die sie tags zuvor noch mehrfach in Schönschrift zusammengestellt hatten, hakten sie ab und überreichten dem Besucher eine Tagesordnung, ein Merkblatt mit Daten und eine Bremer Hotelliste. Dazu lagen zwei Schiffslisten blanko bereit und sollten sich noch im Laufe des Tages füllen. Marie und Bettina versahen ihre Aufgabe mit Freude und Freundlichkeit. Jeder sollte sich willkommen fühlen.

Nur einmal gab es Ärger. Drinnen im Saal sang zum Auftakt der Veranstaltung ein kleiner Chor von 4 Jungen, die sich etwas ironisch die „Coburger Sängerknaben" nannten, „Die Gedanken sind frei" – als zwei eilige Herren in Hut und Mantel am Eingangstisch vorbei in den Saal drängten. „Moment! Sagen Sie uns bitte Ihre Namen?"

Sie wollten partout ihre Namen nicht nennen. Nein, Mitglieder seien sie noch nicht, sie wollten sich nur ganz allgemein über die Möglichkeiten der Auswanderung informieren. Marie, die sich ihnen in den Weg stellte, wurde unsanft beiseite geschoben und schon waren die Herren im Saal verschwunden. Marie lief zur Bühne, um Paul zu holen. Es dauerte eine Weile, bis sie die Eindringlinge wieder ausfindig gemacht hatten. Nun war es an Paul, den Herren energisch klar zu machen, daß dies eine ordentlich angemeldete, geschlossene Gesellschaft mit privatem Charakter sei. Nur für eingeladene Mitglieder. Da die beiden Besucher immer noch uneinsichtig wirkten, sprach der Advokat von Hausfriedenbruch. Er drohte damit, ihre Namen polizeilich feststellen zu lassen. „Wenn Sie sich für eine Ausreise nach Amerika interessieren, dann finden sie alle Informationen in unserem „Aufruf" und können schriftlich einen Aufnahme-Antrag stellen. Hier ist meine Karte."

Die beiden Männer gaben schließlich maulend auf, ließen Paul und Marie mit dem „Aufruf" stehen und verließen eilig den Saal. „Spitzel raus!" rief jemand laut und deutlich aus dem Hintergrund.

Die beiden Herren von der Staatsmacht zogen ihre Hüte tief ins Gesicht und schoben sich im Foyer und im Treppenhaus durch ein

Spalier junger Leute, die hier zwanglos eine eigene Versammlung abhielten. Sie quasselten und lachten viel und rauchten aus langen Pfeifen. Man sah Studentenmützen und jene breitkrempigen Hüte, wie sie für Handwerksgesellen üblich sind. In der Garderobe neben dem Eingang stapelten sich die Zylinder der Väter. Mäntel, Taschen, seidene Schals und Stöcke verrieten, daß sich heute in den „Drei Schwertern" keine Armutsflüchtlinge und Abenteurer – aber auch keine adelige Arroganz trafen, sondern gut situierte „normale" Bürger.

Paul Follen hatte Friedrich Münch während dessen Begrüßungsrede einen Zettel zugesteckt mit einem Hinweis auf den Spitzelbesuch. Münch nickte und schloß dann seine Begrüßungsworte mit der Bitte an alle: „Laßt uns also über den gegenwärtigen Zustand des alten Deutschland nicht länger räsonieren und lamentieren. Unser einziges Thema sei heute das zukünftige Deutschland in einer neuen Heimat!"

Die „Coburger Sängerknaben" erhoben sich in den Beifall hinein und sangen eine Weise, die in Hessen bereits bekannt war:

Jetzt ist die Zeit und Stunde da,
Wir segeln nach Amerika.
Die Wagen steh'n schon vor der Tür,
Mit Weib und Kindern ziehen wir.

Wann und wo immer dieses Lied in jenen Jahren gesungen wurde, es gesellten sich immer neue Strophen hinzu und so wollte es scheinbar kein Ende nehmen. Damit das Treffen sich nicht nur damit erschöpfte, gab Paul den Sängern ein Zeichen, damit Rentmeister Gottfried Jordan das Wort ergreifen konnte. Er gab Rechenschaft über die Finanzlage. Während Münch mit seiner predigt-erprobten Stimme den Saal noch mühelos füllte, konnte der Rentmeister mit seiner dünnen Stimme kaum durchkommen und mußte die bereitstehende Flüstertüte benutzen. Er sprach, oder besser rief von den Ausgaben für Recherchen, Korrespondenzen, Druck und den Reisekosten der Emissäre und schloß mit der dringenden Bitte, noch ausstehende Einlagen zu begleichen. Jeder müsse zudem für sich an die späteren Kosten für die Schiffspassage, die Verpflegung, Medikamente, die Reisekosten in Amerika und den Landkauf, den Hausrat und so weiter denken.

Die Coburger sangen:

> *Und wenn wir kommen in Bremen an,*
> *Dort heißt's, Ihr Brüder tret' heran,*
> *Ihr Freunde weinet nicht so sehr,*
> *Wir seh'n uns heut' und nimmermehr.*

Follenius erzählte dann von Delius und den Daten der beiden Schiffe. Er bat die Gesellschafter, sich möglichst heute noch einem Abreisetermin zuzuordnen. Die Listen der „Olbers" und der „Eberhard" lägen bei seiner Frau am Saaleingang bereit. Die rechtzeitige Anreise nach Bremen müsse jeder nach den eigenen Möglichkeiten gestalten: per Post, mit eigenem Pferd und Wagen, per Schiff auf der Weser oder auf Schusters Rappen.

> *Und wenn wir kommen nach Baltimore*
> *Da strecken wir die Händ' hervor*
> *Und rufen aus: „Victoria,*
> *Jetzt sind wir in Amerika!"*

Damit war das Lied beileibe noch nicht am Ende. – Wichtiger aber war der Hauptpunkt der Tagesordnung, den David Göbel geschickt und souverän leitete: die Genehmigung der Satzung und die endgültige Wahl des Vorstands. Beides ging ohne langes Wenn und Aber und scheinbar einstimmig per Handzeichen über die Bühne. Die Mitglieder der Gemeinschaft drückten Follenius und Münch ihr volles Vertrauen aus und bestätigten den Vorstand in seiner bisherigen Zusammensetzung.

Soweit der offizielle und durchgeplante Teil der Generalversammlung.

Bevor es am Abend eine allgemeine Aussprache ad libitum geben würde, war nun Zeit für eine Erfrischungspause. Die Luft im Saal war etwas schwül und verqualmt. Draußen herrschte Gewitterstimmung. Man öffnete die hohen Fenster und sofort packte eine heftige Bö die Vorhänge und wirbelte die Papiere auf den Tischen durcheinander. Die Abreisedaten und der finanzielle Überblick gerieten leider in Unordnung.

Die Sängerknaben waren nun aus dem Treppenhaus zu hören. Das Amerikalied hatte wieder seinen Anfang genommen. Die jungen Leute waren weitgehend unter sich und alle sangen und tranken mit. Auch Maria und Bettina. An ihrem Tischchen saßen sie dem Spektakel quasi vor und hatten einen Riesenspaß daran. Besonders gefiel ihnen ein Junge in der Mitte, der von seinen Freunden Andi genannt wurde. Sein heller, klarer Gesang und die freudige Begeisterung in seinem Gesicht waren einfach ansteckend. Bettinas Blick wanderte immer wieder verstohlen zu ihm hin. Aber er sah sie nicht. Man müßte ihn einfach später mal ansprechen und nach den Liedertexten fragen, dachte sie. Aber schickt sich das?

Am meisten Freude bereitete allen ein Lied, das eigentlich ein Spiel war. Es begann:

Hallelujah, Hallelujah,
Wir wandern nach Amerika.
Was nehm' wir mit ins neue Land?
So allerlei – so allerhand:

Und dann folgte eine Aufzählung von allerlei merkwürdigen Gegenständen, deren Liste sich Mann für Mann reihum verlängerte. Der Versuch, die ganze Reihe immer wieder zu memorieren, ging jedes Mal im Gelächter unter. Etliche Herren warteten in einer Reihe, um sich in die Schiffslisten einzutragen. Maria konnte nur mühsam Auskunft geben, denn die Verständigung wurde wegen des Lärms und der verschiedenen Dialekte immer schlechter. Mit jeder geleerten Flasche verstärkte sich der Gesang. Nun kam auch noch eine Fidel dazu. Christoph, ein junger Musiker aus Altenburg, hatte seine Violine ausgepackt und fädelte sich mühelos in jede Melodie hinein. Bettina hatte noch nie so ein Fest erlebt. Es war wie ein Rausch.

Das ging eine Weile so, bis Friedrich Münch kam und um Mäßigung bat, denn im Saal hatte die Aussprache begonnen. Die Sängerknaben verlagerten sich darauf hin auf den nahe gelegenen Marktplatz, wo sie es am Brunnenrand noch einmal singend bis nach Baltimore und sogar bis St. Louis schafften. Dann wurde die Freude zum Ärger. Genervte Friedberger Bürger öffneten die Fenster und baten energisch um Ruhe. Von ruhestörendem Lärm und von Polizei war wieder einmal die Rede. Jemand entleerte einen Nachttopf über ihren Köpfen.

Die Coburger antworteten mit einer Strophe, die sie betont leise und behutsam raunten:

Die Trägen, die zu Hause liegen.
Erquicket nicht das Morgenrot.
Sie wissen nur von Kinderwiegen,
Von Sorgen, Last und Not um Brot.

Ein leichter Nieselregen hatte eingesetzt und vertrieb die Amerikafahrer.

Freundlich und mit viel Geduld beantworteten Follenius und Münch in den „Drei Schwertern" bis Mitternacht die banalsten und die seltsamsten Fragen – bis der Wirt die Sperrstunde signalisierte.

Ideen und Tips waren ausgetauscht, Zweifel beseitigt oder genährt worden. Freundschaften waren geknüpft und Zuversicht gewonnen worden.

Man würde sich in Bremen, – nein, in Little Rock am Arkansas wiedersehen. Und dann die Zukunft gemeinsam anpacken.

Eine große Familie war entstanden.

> *Wir seh'n mit hoffnungsvollem Blick*
> *Auf Dich, Amerika!*
> *Wir nah'n vertrauensvoll uns Dir,*
> *nimm freundlich auf uns alle hier.*

Friedberg, den 2. September 1833
(Bettinas Tagebuch)

Er heißt Andreas und kommt aus Coburg. Ich nahm allen Mut zusammen und sprach ihn an wegen der Liedertexte. Ich glaube, ich bin schrecklich rot geworden. Aber er nahm es ganz natürlich auf, lachte mich an und meinte, er habe im Moment keine aufgeschriebenen Texte. Sie seien in Coburg verboten.

Dann sagte er aber: „Weißt Du was? Das Amerikafahrer-Lied schreibe ich Dir jetzt schnell auf und die anderen Texte memoriere ich zu Hause in Ruhe und dann schicke ich sie Dir mit der Post."

Ich: „Es reicht, wenn Du sie mir nach Bremen mitbringst."

„Mit welchem Schiff fährt denn deine Familie?"

„Familie Münch. Wir fahren Ende April mit der „Eberhard."

„Wir Coburger auch! Wir fahren zusammen. Ich freu mich drauf."

„Ich mich auch." Ich fing irgendwie an zu stottern.

Er lachte wieder und sah mich an. Es waren seine Augen, die so lachten.

Maria gab mir Papier und Bleistift und wir setzten uns in eine Saalecke. Die Kellnerinnen räumten klappernd und klirrend die Tische ab und stopften die Tischdecken in Säcke.

Andreas schrieb und schrieb.

Er hat ein hübsches Gesicht: die Grübchen, wenn er lacht, die kleine senkrechte Falte über der Nase, die wuschelige Frisur, die keine ist.

Seine schöne Stimme beim Singen. Wenn nur dieser Dialekt nicht wär'. Kann man sich daran gewöhnen? Oder verliert sich das in Amerika? Oder müssen wir dann alle nur noch Englisch sprechen? Doch nicht untereinander.

Wenigstens hat er nicht dieses laute, besserwisserische Imponiergehabe wie gestern so manche Jünglinge mit seidenen Westen, langen Pfeifen und den lächerlichen Backenbärten, die noch nicht wachsen wollen. Besonders peinlich bei Cornelius und Gerd Göbel.

Andi ist – na ja – natürlicher, – ohne affige Schnörkel, ohne Eitelkeit.

Wir tauschten unsere Adressen aus. Ich gab ihm die Anschrift von Follenius, weil es im Hause Münch sicher Diskussionen geben würde, wenn plötzlich so ein Brief für mich käme. Ich machte ihm noch ein kleines Kompliment wegen seiner schönen Schrift. Nun wurde auch er etwas rot. Obwohl – er schreibt alles mit lateinischen Buchstaben. „Diese deutsche Schrift kann in Amerika sowieso kein Mensch lesen!"

Gießen, den 3. September 1833

Kaum aufgewacht, war ich wieder mittendrin. Es war wie ein Rausch: All diese Stimmen, die Lieder, das Lachen, diese ganze Begeisterung der jungen Leute. Und dann dieser Ohrwurm, den ich nicht mehr aus dem Kopf krieg. „Jetzt ist die Zeit und Stunde da…"

Beim allgemeinen Aufbruch in Friedberg, hab' ich Andreas noch einmal wiedergesehen. Vom Hotelfenster aus. Er war mit seinem Bruder dabei, den Familienwagen zu bepacken. Sie waren zu viert damit aus Coburg gekommen.

Es ist die Familie Krug. Ich glaube, die sind eine sehr große Familie (12 oder 13 Leute vielleicht).

Ich klopfte gegen die Fensterscheibe und winkte. Er winkte zurück und deutete mit einer komischen Geste an, daß er schreiben wolle. Ich nickte heftig. Dann rief er durch den Trichter seiner Hände: „Bis Bremen!" Ich riß das Fenster auf und rief: „Gute Reise!"

Ich glaub', ich freu' mich wirklich wahnsinnig auf Bremen!

Auf, auf ihr Brüder und seid stark.
Bald kommt der Abschiedstag.
Schwer liegt er auf der Seele, schwer,
Wir wollen über Land und Meer
Fort nach Amerika.

(Stammt von Daniel Schubart, der auf der Festung Hohenasperg als politischer Häftling starb.)

18. Vaterlandsverräter

In der Kanzlei Follenius in Gießen knieten Friedrich Münch und sein Schwager Paul auf dem Boden. Sie sortierten Bücher, Akten, Korrespondenzen. Neben ihnen stand mit aufgeklapptem Deckel eine der vier klotzigen Kisten, die Münch nach präzisen Angaben beim Dorfschreiner in Niedergemünden für beide Familien hatte anfertigen lassen. Eine weitere Kiste stand im Wohnzimmer, wo Marie und Bettina angefangen hatten, Hausrat und Kleidung zu sichten und zu sortieren.

Paul rief herüber: "Sagt, könnt Ihr uns einen Kaffee aufbrühen?" „Einen Moment", rief Marie zurück. Ihr Blick fiel durch das Fenster auf den Seltersweg, wo zwei Männer sich mit raschen Schritten der Haustür näherten. „Ich glaube, ihr bekommt Besuch."

Die Schwäger blickten nun auch hinaus: „Na Mahlzeit! Gerade den können wir nun am allerwenigsten gebrauchen!" rief Paul. Und Münch: „Aaach, der Weidig! Aber wer ist der Jüngling? Kennst Du den?"

„Nein, nie gesehen. Aber ich kann mir schon denken, was Weidig sagen wird, wenn er uns hier beim Packen ertappt."

Dann klopften die Besucher auch schon an die Tür. „Ist der Herr Advokat daheim? Verzeiht bitte den Überfall, wir werden auch nicht lange stören."

Marie nahm den Männern die Mäntel ab. Sie bat die Besucher herein und Weidig mußte wegen seiner stattlichen Größe auf der Schwelle den Kopf etwas einziehen. Sie traten in die Stube und begrüßten die Schwäger.

„Wir sind unterwegs nach Butzbach und kommen von einem Treffen mit Burschenschaftlern in Marburg. Das ist Georg, Studiosus der Medizin, er kam von Straßburg zu uns nach Gießen, um hier auch eine „Gesellschaft der Menschenrechte" mit aufzubauen. Nun sind wir auf der Suche nach klugen und mutigen Mitstreitern."

Der so Vorgestellte nickte nur kurz und verzog keine Miene in seinem blassen Gesicht mit den großen, durchdringenden Augen und der hohen Stirn.

„Ihr trinkt doch eine Tasse Kaffe mit uns?" fragte Follenius und gab den Frauen durch die offene Tür ein Zeichen. Münch räumte rasch die Bücher von den Stühlen.

„Bitte keine Umstände!" wehrte Weidig ab. „Wie ich sehe, stören wir beim Packen. Ihr meint es also wirklich ernst mit eurem Exodus?"

„Allerdings", sagte Friedrich, „Die Schiffspassagen sind in Bremen bestellt und die ersten Fünfhundert unserer Gesellschaft verlassen in den nächsten Wochen Deutschland. Es gab mehr als tausend Interessenten..." „Ich weiß, ich weiß" winkte Weidig ab und zog den Aufruf aus seiner Jackentasche. „Auch wir haben Euer Schriftchen gelesen und halten das – ehrlich gesagt – für die allerschlechteste Lösung!" Er ließ ein paar Seiten durch die Finger gleiten und reichte es dann beiläufig seinem Begleiter, der es durchblätterte und dabei etwas spöttisch den schmalen Mund verzog.

Weidig fuhr nun in einem etwas dozierenden Ton fort: „In Zeiten bitterer, politischer Not sollte man nicht dem Vaterland den Rücken kehren. Ich gebe die Hoffnung nicht auf, daß Ihr euch noch bedenken möget. Die Heimat braucht kritische, kluge und energische Leute wie euch so dringend. Ihr könnt sie nicht einfach im Stich lassen."

Georg, Weidigs studentischer Begleiter, warf das Heft auf den Tisch und räusperte sich, um mit Bedacht aber eindringlich zu ergänzen: „In unseren Tagen erwacht ganz Europa langsam aus seiner absolutistischen Narkose. Bedenkt, Tausende haben für die Freiheit Griechenlands ihr Leben riskiert. Das polnische Volk hat sich mutig gegen die zaristische Herrschaft geworfen. In Frankreich türmen sich wieder die Barrikaden. Deutschland jedoch verharrt weiter im Dornröschenschlaf. Jetzt aber ist nicht die Zeit der Resignation, sondern der Revolution."

Und wieder Weidig: „Follen, Münch, ich kenne Euch doch seit den Tagen der Burschenschaft. Seit den Kämpfen gegen die Napoleonischen". Er lachte kurz auf: „Wißt Ihr noch? Jeder Stoß – ein Franzos. Was waren wir wild entschlossen und so voller Hoffnung. Nehmt jetzt mit uns den Kampf auf und lasst uns der Fürstenherrschaft ein Ende setzen. Laßt diese dämliche Flucht ins Ausland.

Die deutsche Sache war und ist doch auch Eure Sache! Und sie wird hier in Deutschland ausgetragen."

Paul war angefasst und nickte heftig: „Gewiß doch! Gewiß! Nur, wir versuchen, sie auf unsere Weise anzupacken. Die Zeit ist noch nicht reif für eine deutsche Revolution und schon gar keine hessische allein. Was bei regionalen Aufständen so herauskommt, das haben wir doch vor einem Jahr in Württemberg, oder unlängst im Vogelsberg oder just beim Frankfurter Wachensturm gesehen. Nämlich nichts. Die Bürger ziehen nicht mit. Und das ist kein Wunder. Bei dreißig verschiedenen Herrschaftssystemen gibt es dreißig verschiedene Beziehungen zwischen Herrschern und Untertanen. Die Kleinstaaterei ist das größte Übel. Will sagen, man kann in Deutschland die Fürstenherrschaft nicht an einer zentralen Wurzel packen wie in Frankreich.

Wir setzen auf ein ganz anderes, ein neues Deutschland. Wir werden der ganzen Welt beweisen, daß deutsche Bürger auch einen demokratischen Staat in Freiheit und Gerechtigkeit aufbauen können. Das wird eine Signalwirkung auch für Europa haben."

„Aber Follen, doch nicht in der Pampa! Euer Deutschland liegt hier!!" warf Weidig heftig ein und seine Fingerknöchel bearbeiteten den Tisch.

„Wenn wir die Freiheit hier nicht erringen können, dann gehen wir eben zu ihr hin in die Neue Welt", erwiderte Paul.

Weidig rückte ein Stück näher und versuchte es nun mit einem beschwörenden Ton: „Auch wir suchen nun einen anderen Ansatz als beim Frankfurter Attentat. Wir setzen nicht mehr auf die satten, gutsituierten Bürger, die von Revolution nichts wissen wollen. Frankfurt war ein Fehler, das geb' ich ja zu. Außerdem schlecht organisiert."

„Wir wollen die Massen mobilisieren", ergänzte sein Begleiter ruhig. „Wir schaffen ein revolutionäres Bewußtsein bei der armen, geschundenen Landbevölkerung. Das sind die wahren Leidtragenden. Herr Münch, Sie sind doch Geistlicher und finden Gehör bei den Ärmsten der Armen."

Der schüttelte aber den Kopf: „Die bittere Armut schafft leider keine Grundlage für ein politisches Bewusstsein. Sie schafft nur kranke, kaputte Menschen. Glaubt mir, das wird nicht funktionieren. Es ist zwar absurd, aber es ist so: Die, denen es am dreckigsten geht, glauben um so mehr an die Obrigkeit."

Georg kramte in seiner Jackentasche: "Dann muß man sie eben mit Nachdruck überzeugen." Er legte ein paar handbeschriebene Blätter auf den Tisch und strich sie glatt: "Wir sind dabei, eine Flugschrift zu entwerfen, die sie wachrütteln und überzeugen wird. Den Bauern wird der Glaube an die Fürsten vergehen, wenn sie die Wahrheit über das himmelschreiende Unrecht erfahren. Herr Münch, als Pfarrer haben Sie Einfluß in den Dörfern. Helfen Sie uns, diese Schriften unter die richtigen Leute zu bringen. Es sind durchschlagende Texte."

Münch wurde nun eindringlicher: „Das wäre das Dümmste, was ich tun kann. Die Staatsgewalt würde mich noch am ersten Tag mitsamt diesen Texten kassieren. Außerdem können die meisten Bauern gar nicht lesen. Versteht doch: Paul und ich stehen seit unserer Studentenzeit auf den schwarzen Listen. In meiner Kirche sitzen die Spitzel und schreiben jedes Wort meiner Predigten mit. In der Untersuchungshaft wären wir niemand mehr nütze."

Weidig sprang auf und ging unruhig ein paar Schritte hin und her: „Ach erzählen Sie mir doch nichts. Man muß für eine gerechte Sache auch etwas riskieren. Ich habe gerade ein paar Monate Untersuchungshaft hinter mir, aber sie haben mir nichts anhängen können. Wenn man nur schlau, tapfer und standhaft bleibt, dann übersteht man auch das. Ihr seid doch gesunde und kräftige Kerle und könnt eine Waffe führen. Das ist besser als zu fliehen und an fremde Türen zu klopfen."

Georg lehnte sich zurück und blickte spöttisch über die Schulter auf den wandernden Weidig und dann auf Münch: „Laß doch. Der Herr Pfarrer will lieber wie Moses das Volk aus der Knechtschaft ins gelobte Land führen. Er hat drüben schon Milch und Honig bestellt."

Friedrich Münch verlor langsam den Geschmack an diesem Gespräch. Mußte er sich das unsachliche Geläster dieses jungen Mannes gefallen lassen?

Doch der legte noch nach, indem er sagte: „Ach, wenn es wenigstens das Volk nur wäre. Aber es sind vornehmlich die wohlhabenden Bürger, die sich einen Platz in der Auswanderungsgesellschaft leisten können. Euer Unternehmen ist doch eher so eine Art Reiseagentur für betuchte Europamüde." Er griff wieder nach dem Aufruf und blätterte. „Ja, hier steht's: 500 Gulden wollt Ihr von jedem Flüchtling für die Aufnahme in Euren erlauchten Kreis…"

Nun wurde es auch Paul zu viel mit der Polemik. Er hatte keine Lust mehr, sich weiterhin dieses arrogante Gespöttel anzuhören. „Es ist allemal besser als Eure sinnlose Revolution."

Das Gespräch stockte. Sie hatten sich nichts mehr zu sagen. Dabei hatten sie alle einmal auf derselben Seite gestanden in ihrem Haß gegen die Herrschenden.

Georg Büchner erhob sich hastig. Für ihn waren die Flucht aus

Deutschland und dieses Staatsgründungshirngespinst völlig indis-kutabel. Er zerriß langsam und sorgfältig das dünne Heft in klein-ste Schnipsel, die zu Boden trudelten.

Auch Weidig mußte Wut und Enttäuschung loswerden. „Wißt ihr, was ihr seid?" schrie er, „Ihr seid Verräter am deutschen Va-terland!"

Die beiden Besucher stürmten in dem Moment aus der Stube, als Bettina mit dem Kaffee-Tablett vor der Tür stand. Es gab kein Aus-weichen.

Sie ging mit dem Tablett zu Boden, das Geschirr zersplitterte in tausend Teile, Kaffee und Milch breiteten sich auf dem Boden aus. Die Revolutionäre kümmerten sich nicht um das Mädchen. Sie rafften ihre Mäntel und Hüte und traten rasch und grußlos auf den Seltersweg hinaus.

Fassungslos starrten die Frauen aus der Tür.

Der Pfarrer kniete im Kaffee und sammelte die Scherben ein.

Paul Follenius aber saß immer noch verstummt und brütend in der Stube, so als habe man ihm soeben gründlich die Leviten ge-lesen.

19. ATHENE

Im Flur des Pfarrhauses hingen plötzlich zwei Porträts. „Zur kritischen Ansicht", wie der Maler Gastauer in einem Begleitbrief schrieb. Ein Bote aus Boppard hatte sie gestern am späten Abend hier abgeladen. Münch war nach einem flüchtigen Blick im Lampenlicht sehr zufrieden und freute sich. Heute in der Frühe war er dann nach Alsfeld gefahren, um auf dem Kreisamt seine Ausbürgerung und den Reisepaß zu beantragen.

Nun stand die Familie vor den Bildern und staunte und rätselte. Sie waren geteilter Meinung.

Das Porträt des Vaters schien sehr gelungen. Ja, das war Friedrich Münch.

Respekt! Sein durchdringender und dennoch warmer Blick! Klugheit, Bildung und Stolz lagen in seinem Antlitz. Homer und Tasso, das war zu erwarten.

Leonore war stolz auf ihren Bruder: „Fritz ist ein würdiger, gebildeter Mann, der genau weiß, was er will."

Aber da gab es auch Rätsel: das zerbrochene Gefäß vor der (erfundenen) Mauer, das (erfundene) Bäumchen? Das morgenrote Wölkchen über der Kirche? Das Grab des Vaters?

Luise wollte in diesen Zutaten des Malers Friedrichs Bruch mit der Kirche und der vergangenen Welt des Vaters und die Hoffnung auf einen neuen Weg in die (amerikanische) Zukunft erkennen.

Mit ihrem eigenen Konterfei war sie nicht so glücklich: „Das soll ich sein? Diese rosa-pausbäckige Hofdame mit den Wurstfingern und diesem künstlichen Zopfhaufen auf dem Kopf? Ich hab' zuerst gedacht, der Mann will mich veräppeln. – Und dann dieses Kleid mit den Puffärmeln und den bombastischen Tüllspitzen. Und alles blau in Blau. – Nee!"

Lorchen dagegen fand: „Du siehst elegant und festlich aus. Wie eine städtische Dame. Was glaubst Du, Tüllspitzen und kunstvolle Haarteile sind sehr in Mode. Und deine blauen Augen schauen mich wirklich klug und freundlich an."

Luise lächelte: „Ja, ja, aber von Anatomie hat der Maler keine Ahnung. Ich hab' breite Schultern wie ein Schrank und lange, dicke Oberarme wie ein Rummelringer. Der Tüll bauscht das alles noch auf."

Pauline und Adolf kamen plötzlich, bereit für die Schule, dazu: „Mama, wer ist denn die weiße Tante hinter Dir?"

„Papa sagt, das ist Athene. Ich hab aber vergessen, was die zu bedeuten hat."

Bettina holte aus der Amtsstube das Lexikon, schlug nach und Pauline war begierig, laut zu lesen: „Athene. Griechische Göttin der Weisheit, der Kunst, der Handfertigkeit, Wehrhaftigkeit und des Ackerbaus. Burg- und Stadtgöttin von Athen."

„Das stimmt alles", rief Adolph begeistert. „Und Mama ist unsere Haus- und Hofgöttin."

Nun war Luise verlegen: „Das sind so Friedrichs Ideen. Die Männer haben da etwas aus mir gemacht, ein Idealbild nach ihren Vorstellungen. Aber das bin ich nicht. Ich wollte dort einfach einen großen, bunten Blumenstrauß, eine Erinnerung an meinen Garten."

Eleonore gab zu bedenken: „Dafür stehen einzelne, erlesene Blumen im Licht am Fenster und erzählen uns auch etwas."

„Ich weiß, die Rosen stehen für Liebe, Lust und Leidenschaft. Mein Gott."

Lorchen: „Ja, aber auch für die Vollkommenheit und das Paradies."

Luise: „Ach Du Schreck, geht es nicht ein bisschen kleiner?"

Leonore: „Während hier, die Winde Demut und Anhänglichkeit symbolisiert."

Luise: „Na, meinetwegen."

Pauline wollte wissen, ob auch die weißen Lilien etwas erzählen. Ihre Tante wußte auch dies: „Sie könnten eine biblische Anspielung auf Luises Schwangerschaft sein."

„Wieso das denn?"

„Na, als der Erzengel Gabriel der Jungfrau Maria die Geburt des Heilands verkündet, überbringt er eine weiße Lilie."

Luise schüttelte lächelnd den Kopf: "Lorchen, Lorchen, Was Du so alles weißt. – Das ist mir viel zu viel Bedeutung. Ich fühle mich mit diesem Bild unter einer Last von Ansprüchen, die mich bedrücken. Wie soll ich denn all dem gerecht werden?"

Leonore nickte zuversichtlich: „Du wirst es, Luise. Der Mensch wächst mit seinen Aufgaben und wir haben uns alle sehr viel vorgenommen."

Später am Tag, die Kinder waren in der Schule, Leonore und Betty brachten die Pferde auf die Weide, stand Luise wieder vor den Porträts. Allein. Lange grübelte sie.

Das also war das Bild, das von ihr in der Heimat zurückbleiben sollte? Als Erinnerung für Bekannte und Verwandte?

Eine selbstbewußte, tatkräftige und sorgende Gattin, Mutter und Hausfrau. Blieb sie selbst nicht weit hinter ihrem Bild zurück? Sie war keine „wehrhafte" Schutzgöttin für die Familie. Sie hatte genug mit sich selbst zu tun.

Seit unumstößlich feststand, daß sie ihre Existenz im Pfarrhaus von Niedergemünden aufgeben mußten, spürte sie immer mehr Zweifel und Widerstände in sich aufsteigen. Sie fühlte sich nicht stark, sondern zunehmend unsicher. Sie war keine Athene.

Gewiß, sie hatte stets versucht, eine gute Ehefrau und Mutter zu sein. Auch als Pfarrersfrau war sie bemüht, den Ansprüchen Münchs gerecht zu werden – immer in der tröstlichen Gewissheit, daß das, was er von ihr erwartete, genau das Richtige sei. Sie bewunderte Friedrich, seine Klugheit und Überzeugungskraft. Er war die Stütze und der Maßstab ihres Handelns.

Nun aber diese Auswanderung!?

Fritz und Paul hatten so entschieden und dieser Entschluß kam wohl zwangsläufig aus ihrer politischen Erfahrung, aus einer „existenziellen Bedrohung", wie Marie sagte.

Luise verstand nicht so viel von Politik und sie konnte nicht beurteilen, ob die Männer wirklich um ihr Leben fürchten mußten. Aber selbst eine Amtsenthebung wegen Demagogie von der Kanzel mußte ja zum Verlust dieses Zuhauses führen. So oder so war ihr Leben hier zuende.

Die ungewisse Zukunft stand wie ein unüberwindlicher Berg vor ihr. Sie hatte manchmal Angst, davor in die Knie zu gehen. Dann hörte sie wieder die leise Stimme Henriette Göbels, die gesagt hatte, sie gäbe was drum, diese Reise nicht antreten zu müssen. Aber die könnte ihr jetzt auch nicht helfen.

Niemand war da, dem sie sich anvertrauen konnte. Münch wollte sie auf keinen Fall mit ihrer Schwäche belasten. Sie durfte sein Vertrauen nicht enttäuschen.

Eleonore war ihr zu besserwisserisch, außerdem würde sie alles ihrem Bruder erzählen. Auch änderte sie zu den Auswanderungsplänen täglich ihre Meinung. Mal wollte sie mitreisen, mal wieder nicht. Maria lebte in Gießen und mußte auch einen Haushalt auflösen und mit vier Kindern auf die Reise. Sie stand fest hinter dem Entschluß der Männer.

Bettina hatte Einfühlungsvermögen und war immer sehr verständig und hilfsbereit. Aber sie war noch jung und unerfahren, und seit sie in Gießen das Lyzeum besuchte und bei Follens wohnte, war sie nur noch an Wochenenden und in den Ferien im Pfarrhaus. Zuletzt schien sie von der Auswanderung geradezu begeistert und nervte mit einem Amerikaliedchen, das sie immer wieder trällerte.

Nein, Luise war keine Athene! Jedenfalls nicht in dieser entscheidenden Zeit. Manchmal schob sie ihr Schwächeln auf ihren schwangeren Zustand. Das Kind zehrte sehr an ihren Kräften. Nach der Geburt würde es wohl wieder bergauf gehen.

Noch einmal blickte sie auf diese elegante, selbstbewusste Frau auf der Leinwand, mit dem sperrigen Tüllhaufen und dem seltsamen Flechtgebilde auf dem Kopf. Und dann diese strenge Göttin im Nacken?

„Der Gastauer muß da noch was ändern", murmelte sie und schlich durch die Küche in die Kammer, um sich für einen Augenblick ins Bett zu legen.

Spät am Abend kam Friedrich heim.

Er berichtete von seinem Tag in Alsfeld: „Ich habe also meine Entlassung aus dem Pfarramt eingereicht und denke, daß ich meine Suspension zum Jahresende erhalten werde. Das heißt also: bald leben wir ohne Gehalt und nur noch von den Ersparnissen."

„Oh Gott", stöhnte Leonore, „jetzt wird es also wirklich ernst!"

„Amtmann Neidhardt hat mir bedeutet, daß gegen mich eine alte Regel in Anwendung kommt, nach der Auswanderungswillige ein Zehntel ihres Vermögens an die Staatskasse abzuführen haben. Dazu kommen noch Kosten für die nötigen Reisepapiere."

Luise wurde wütend: „Das ist reine Schikane! Da hat doch jemand einen Pik auf dich. Wir haben aber auch wieder Einnahmen, wenn wir Hausrat oder Möbel oder Gerätschaften versteigern. Familie Becker hat schon angefangen, Kühe und Schafe zu verkaufen."

Münch lachte kurz und bitter auf: „Die meisten Möbel und die Ausstattung sowie Vieh und Pferde und Wagen gehören zur Pfarrei und werden natürlich von meinem Nachfolger übernommen. In gewisser Weise, meine Liebe, hatten wir uns hier in ein gemachtes Nest gesetzt. Wir dürfen all dies aber bis zur Abreise benutzen. Bis dahin kommt noch eine immense Arbeit auf mich zu."

Luise schüttelte unmerklich und langsam den Kopf: „Und was ist mit deiner Gemeinde, Friedrich? Ich mein', Du bist doch auch

Seelsorger? – So manche Schäfchen liegen dir doch am Herzen, oder?"

„Um Taufen und Todesfälle, Beerdigungen und Hochzeiten werde ich mich weiterhin kümmern. Auch die kleine Kirche in Otterbach soll erst einmal fertig werden."

20. Familie Becker

Gestern hatte der Vater ein längeres Gespräch mit Heinrich und Juliane vom Beckerschen Hof drüben am Hang.

Es steht also fest, daß die Familie Becker mit uns zusammen nach Bremen reisen wird. Heute früh dann erzählte Friedrich, daß wir Mitte April Niedergemünden verlassen werden, wahrscheinlich mit zwei Wagen.

Beckers müssen ihren prächtigen alten Hof aufgeben. Das heißt, „prächtig" war der schon lange nicht mehr. Die Gebäude verfielen. Für Reparaturen fehlt ihnen das Geld. Der Hof hatte in den napoleonischen Kriegen sehr gelitten und war von Soldaten wiederholt geplündert worden. Ein Stallgebäude war niedergebrannt.

Für die Auswanderung werden sie Haus und Grund, Tiere und Geräte verkaufen.

Beckers haben 6 Kinder und es geht ihnen schlecht. Es ist wohl immer dasselbe mit der Not der Bauern: die hohen Abgaben, die geringen Erträge, die Mißernten der letzten Sommer, die zunehmende Verschuldung.

Früher hatte Juliane Becker immer ein gutes Zubrot durch die Weberei gehabt. Nun aber, sagt sie, habe sie schon seit einem Jahr nicht mehr am Webstuhl gesessen. Was habe sie früher für wunderschönes Leinen auf den Markt getragen. Sie sagt, das wolle keiner mehr bezahlen. Die neue Fabrikware sei billiger. Außerdem fehle ihr die Zeit. Sie habe den ganzen Tag zu tun mit dem Haushalt, den Kindern und sie müsse im Stall und auf dem Feld mit anpacken. Ich finde sie fabelhaft. Sie ist praktisch und resolut und trotz der Not hat sie meist gute Laune und Humor.

Juliane brachte uns gestern einen Topf mit Honig, ein frisch ge-
backenes Brot und eine Kanne mit Milch in die Küche. Als sie Luises
Zustand sah, nahm sie sie in den Arm: „Du wirst schon sehen, es ist
alles halb so schlimm. Augen zu und durch! Hast Du eine gute
Hebamme? Sonst komm' ich und helf' Dir. Ich hab das schon sechs
mal durchgemacht. Ruft mich, wenn es soweit ist."

Und auch Johannes Bunding wird sich unserer Auswanderung
anschließen. Er lebt allein und hilft als Knecht bei Beckers und bei uns.
„Ich weiß' doch nicht, wo ich sonst hin soll." Es ist gut, daß er dabei ist.
Allerdings müssen ihm wohl die beiden Familien finanziell unter die
Arme greifen, sonst kann er die Gebühren nicht bezahlen.

Von Beckers bekommen wir einen geräumigen Leiterwagen und ein
zusätzliches Pferd. Ein Verdeck muß noch draufgebastelt werden.

21. OTTERBACH

Nur eine Stunde östlich von Niedergemünden lagen ein paar Ge-
höfte, hineingeduckt in das Tal des Otterbachs. Das gleichnamige
Dorf gehörte zu Friedrich Münchs Sprengel. Es war nicht leicht,
diesen Gemeinde-Zipfel seelsorgerisch zu betreuen. Immer selte-
ner sah er die Otterbacher in seiner Kirche. Der Weg nach Niedergemünden war für die Älteren beschwerlich und im Winter
bei Eis und Schnee kaum zu bewältigen Zwei Drittel der hundert-
dreißig Einwohner waren verarmt. Die schmalen Ackerstreifen im
Tal und an den Hängen gaben nicht viel her. Die Jüngeren zogen
fort, fristeten ihr Leben als Fabrikarbeiter oder wanderten aus.
Am Rande des Fleckens lagen aufgelassene Höfe mit eingefallenen
Dächern und leeren Fensterhöhlen.

Münch mochte die Leute und das Dorf und genoß bei ihnen Vertrauen und Ansehen. Bei Trauerfällen, Taufen und Hochzeiten
wurde er gerne auch privat eingeladen. Er mußte dann erzählen
von dem, was im Lande und in der Welt passierte und sie hörten ihm gerne zu und diskutierten mit ihm. Dabei – es war vor
drei Jahren etwa – entstand diese Idee, ein eigenes Kirchlein zu
errichten. Es mußte ja nicht gleich eine Kathedrale sein, mit Turm,
Empore und Orgel. Ein geweihter Versammlungsraum mit einem
kleinen Altar genügte für den Anfang.
   Die Otterbacher Gemeinde war sofort begeistert und brachte
den verlassenen Hof von Johannes Sichtbar genau in der Ortsmitte
ins Gespräch. Der geräumige Stall genau in der großen Wegeskurve
wäre vielleicht ausbaufähig. Das kleine Wohnhaus daneben sollte

sowieso der Schulmeister beziehen. Der könnte dann ja auch die Funktionen des Küsters übernehmen.

Die Verhältnisse waren rasch geklärt: Die Regierung in Darmstadt gab ihr Placet und die Gemeinde erwarb die Immobilie zu einem Spottpreis. Mit viel Mühe und Überredungskunst und Appellen an ihre christliche Hilfsbereitschaft konnte Münch einige Handwerker und Spender gewinnen. Zwei lange Sommer wurde dann gemauert, gezimmert und gemalt.

Nun war es soweit. Der Stall hatte sich in eine Kirche verwandelt. Oder bescheidener gesagt: eine Kapelle. Wohnhaus und Kirchenraum bekamen ein gemeinsames Schieferdach. Statt eines Turms war immerhin ein Dachreiter entstanden, mit einer spitzen Haube und einer kleinen Glocke.

Münch hatte der Gemeinde zu einer neuen Mitte verholfen, einem Treffpunkt. Die Otterbacher gewannen damit auch etwas mehr Zuversicht und Zusammengehörigkeitsgefühl in dieser trostlosen Zeit.

Man betrat einen Raum, der fast die Gemütlichkeit eines Wohnzimmers hatte. Altartisch und Kanzel waren schlicht und zu ebener Erde, denn Münch hatte keinen Niveauunterschied gewollt. Die Otterbacher begriffen das nicht so recht, denn für sie waren Pfarrer und Gottesdienst ehrbare Autoritäten. Sie selbst saßen in vier langen Bankreihen auf jeder Seite des Mittelgangs ohne auf- oder abwertende Unterschiede.

Das Gebäude ruhte mit seinem schlichten Fachwerk auf Grundmauern aus soliden Basaltblöcken, wie so viele Häuser und Mauern in der Gegend um den Vogelsberg. Die Menschen lebten hier seit eh und je mit diesem Gestein, das sie dem vulkanischen Ursprung ihrer Heimat zu verdanken hatten und das man überall in der Landschaft finden konnte. Es heißt, der Vogelsberg sei einmal ein Vulkan gewesen.

Es war nur zu verständlich, daß der Pfarrer die feierliche Einweihung unbedingt noch selbst vor seiner Ausreise zelebrieren wollte.

Das Otterbacher Gotteshaus war doch sein Werk, sein Vermächtnis und Abschiedsgeschenk an seine Gemeinde. Hier, am Rande der Pfarrei, wußte wohl noch niemand von seiner Absicht auszuwandern. Die Leute begegneten ihm mit gewohnter Herzlichkeit.

Nicht so in Niedergemünden – jedenfalls schien es ihm, daß er manchmal betont gleichgültige oder ablehnende Blicke einfing.

Luise meinte, sie bekomme es im Dorf auch zu spüren: „Das ist doch klar", sagte sie, „bei dieser zunehmenden Auswanderungssucht fühlen sich die Zurükbleibenden ja im Stich gelassen. Irgendwie verraten."

Da war er wieder: Weidigs Vorwurf vom Volksverrat, der auch ihn schmerzhaft getroffen hatte. Friedrich Münch: ein Hirte also, der seine Schäfchen auf der Weide im Regen stehen ließ? Aber es gab kein Zurück. Das Amt war gekündigt, das Schiff bestellt. Er war bei fünfhundert Menschen im Wort. Wahrscheinlich stand sein Nachfolger in den Darmstädter Akten schon fest.

Draußen hatte die Dämmerung eingesetzt. Münch kniete vor dem Altar zu einem kurzen Gebet. Dann nahm er die Heilige Schrift und blätterte in den Psalmen.

Er war auf der Suche nach einem Text für den Einweihungs-Gottesdienst.

Draußen waren Pferdehufe zu hören. Jemand sprang ab und die Tür flog auf. Johann Bunding kam mit raschen Schritten herein. Münch ahnte sofort die Botschaft: „Herr Pfarrer, bitte kommen Sie. Ihre Frau hat heftige Wehen. Es ist wohl bald soweit!" Johann war außer Puste.

Der Pfarrer stand auf, gab dem Knecht die Schlüssel für die Otterbacher Kirche, bat alle Lichter zu löschen und die Türen und Fenster sorgfältig zu verschließen. „Ist die Hebamme verständigt?"

„Ich denke, ja." Er stieg in den Einspänner und nahm die Zügel. Auf dem steilen Weg hinauf kam Pegasus mächtig ins Schnaufen.

22. RICHARD

Niedergemünden, Dienstag, d. 26. November 1833
(Bettinas Tagebuch)

Mein Gott! Ich wußte nicht, wie qualvoll eine Geburt sein kann. Die arme Luise!

Die ersten Wehen kamen mittags. Dann zog es sich endlos hin und wurde immer heftiger. „Richard", so soll das Baby heißen, kam gegen Mitternacht. Tante Leonore und ich waren zunächst allein zu Haus'. Vater war früh nach Otterbach gefahren und wollte am Nachmittag wieder zurück sein.

Keiner hatte so früh damit gerechnet. „Anfang Dezember", hatte die Hebamme gesagt. Für alle Fälle informierten wir Juliane Becker. Ihr Mann Heinrich übernahm es, die Hebamme in Burggemünden sofort zu informieren. Sie heißt Elfriede („ihr könnt „Frieda" sagen") und hatte uns bei ihrem letzten Vorbereitungsbesuch einen Merkzettel hinterlassen, an den wir uns nun hielten:

> *... Bett in die Mitte schieben,*
> *... Kl. Tisch neben das Bett,*
> *... große Schüssel, Waschlappen, Handtücher,*
> *... Ersatzwäsche und Bettzeug,*
> *... Wärmflasche und warme Socken,*
> *... eine Wiege oder ein Körbchen.*

Die Kammer neben der Küche, in der ich früher immer schlief, war schon seit Tagen gesäubert und vorbereitet, Von hier waren es nur ein paar Schritte zu Pumpe, Herd und Toilette.

Juliane kam sofort, half bei den Vorbereitungen und hat immer wieder beruhigend mit Luise gesprochen. Sie war die stabile Säule in der ganzen zunehmenden Aufregung. Ihr Mann brachte dann die Nachricht, daß die Hebamme sich wegen eines anderen Falles in Burggemünden verzögern würde.

„Das stehen wir auch so durch", lachte Juliane, „glaub mir, ich kenn' das alles." Sie goß einen Beruhigungstee für Luise auf.

Als es dämmerte und Münch immer noch nicht kam, schickten wir Johannes los.

Die Kinder schienen durch das ganze Ereignis etwas eingeschüchtert. Sie sagten nichts, verfolgten aber alles mit großen Augen.

Juliane und Lorchen wichen nun nicht mehr von Luises Bett.

Die Preßwehen hatten eingesetzt, als Münch erschien. Er eilte, noch in Hut und Mantel, an Luises Bett, ergriff ihre Hand und fragte etwas hilflos: „Wie geht es Dir?" Da Luise sich wegen der Schmerzen auf die Unterlippe biß, sagte Juliane mit einem leichten Lächeln: „Den Umständen entsprechend."

Münch legte Hut und Mantel ab, zog einen Stuhl heran und sprach ein „Vater unser", in das Leonore sofort mit einstimmte. Auch die Kinder und ich murmelten mit, ungewiß, ob das wohl helfen würde. Juliane aber forderte energisch: „Pressen! Feste Pressen, Luise. Gib Dir ganz viel Mühe!"

Schließlich wollte Richard Münch nicht länger warten und drängte an die frische Luft. Sein Köpfchen war zu sehen. Für die letzten Handgriffe stand dann plötzlich die Hebamme neben dem Bett. Sie stellte ihre Tasche auf den Tisch, krempelte die Ärmel hoch und zog geschickt Luises Baby in das Dämmerlicht dieser Welt. Ein Klaps, ein Schrei und noch ein Schrei, der dann zum anhaltenden Geschrei wurde. Frieda trennte und band die Nabelschnur ab und reichte das kreischende Bündel der überraschten Leonore: „Hier, er muß behutsam abgespült werden." Sie sah mich an: „Eine Schüssel mit abgekochtem, warmem Wasser?" Ich nickte und füllte die große Schüssel. Frieda kümmerte sich um die Nachgeburt, schimpfte dabei unverständlich und sorgte zusammen mit Juliane für frische Bettwäsche.

Luise lächelte ein wenig, als wir ihr das Baby in den Arm legten. Sie fiel dann aber bald in eine Art Tiefschlaf. „Das ist die totale Erschöpfung", sagte Frieda. Richard zog um in die hölzerne Wiege, in der schon Pauline und Adolf gelegen hatten.

Natürlich drängten die beiden Kinder heran, um ihr Brüderchen zu sehen. Aber ich glaube, sie waren etwas enttäuscht, denn ein neugeborenes Menschlein sieht manchmal nicht so süß und glücklich aus wie manche Tierbabys. Ich denke mal, daß die ganze Prozedur auch für das Baby sehr qualvoll ist. Daß dem Schöpfer da nichts Besseres eingefallen ist!? – Ich glaub', ich möchte später keine sechs Kinder haben. Ich möchte lieber....... (durchgestrichen und unleserlich)

Die Geburtshelferin war mit ihrem Wirken im Pfarrhause in jener Montagnacht nicht so ganz zufrieden. „Das ist zu wenig", hatte sie in Anbetracht der sparsamen Nachgeburt gesagt. „Das ist nicht gut, wenn da was zurückbleibt. Vielleicht wäre ein Gebährhocker besser gewesen."

Sie mahnte Münch, dafür zu sorgen, daß jemand mit Luise, sobald ihre Kräfte es zulassen, ein paar Schritte zu gehen versucht. Am besten mehrfach am Tag.

Der Vater blieb heute an Luises Bett. Die Wöchnerin war kaum ansprechbar.

Münch las in der Bibel und am Nachmittag holte er sein Diarium mit dem Titel *„Gedanken einsamer Stunden"* aus seinem Nachttisch, um ein paar Notizen zu machen. Er schrieb:

„Die erwartete Vermehrung meiner Familie ist erfolgt. Montags den 25. November 1833, nachts kurz vor 12 Uhr, wurde mir von meiner geliebten Luise ein Sohn geboren (das erste Kind dieser Ehe), ein Junge, den ein günstiges Gestirn glücklich mit uns über die Wogen des Oceans führen möge, damit er dereinst im freien Lande zum braven und glücklichen Mann sich bilde.

Willkommen von Herzen bist Du mir, lieblicher, holdseeliger Knabe. Nachdem die schwere Stunde überstanden ist, blickt deine Mutter zu Dir hin. Freundlich begrüßen Dich Schwester und Bruder. – Mögen unsere Hoffnungen auch für Dich nicht getäuscht werden."

Der Vater mußte das Büchlein nun schnell zur Seite legen, denn Luise war erwacht und mußte sich erbrechen. Ein Eimer mit Wasser stand bereit. Er half ihr, sich etwas aufzurichten.

„Glaubst Du, Du kannst nun versuchen, ein paar Schritte zu gehen?" Sie schüttelte den Kopf. „Ein paar Löffel Griesbrei? Ein Schluck Milch oder Tee?" „Nichts", sagte sie und versank wieder im Tiefschlaf.

Auch an den folgenden Tagen besserte sich Luises Zustand nicht. Im Gegenteil. Am Mittwoch bekam sie Fieber, das rasch anstieg. Sie war kreidebleich und wollte nichts essen. Starke Nachblutungen schwächten sie zusätzlich. Juliane und Frieda kamen täglich und versorgten Mutter und Kind. Die Frauen kamen überein, daß Juliane gleichsam als Amme das Kind weiter säugen sollte.

Am Donnerstag bekam Luise Schweißausbrüche und im Unterleib schmerzhafte Krämpfe. Sie warf sich hin und her. Der Vater schickte Bunding mit einer dringenden Meldung zu Dr. Engelbach, den er seit seiner Studienzeit kannte.

Engelbach untersuchte noch am Freitagabend Luise gründlich. Er befragte Juliane und die Geburtshelferin ausführlich nach dem Ablauf der Geburt und bat dann Münch um ein Gespräch unter vier Augen.

„Deine Frau leidet an einem Kindbettfieber. Das heißt, in ihrem Unterleib wütet eine Infektion, die sich ausbreitet. So etwas entsteht durch giftige Fremdstoffe, die da nicht hineingehören. Das ist eine verdammt gefährliche Sache, verstehst Du? Nicht selten sterben Frauen an dieser Wochenbettkrankheit."

Münch starrte seinen alten Studienfreund an. Sprachlos. Gedanken und Empfindungen überschlugen sich in seinem Kopf. Langsam und mit Nachdruck sagte er dann nach einer Weile: „Bitte sag uns alles, war wir nur irgend tun können! – Alles!"

„Ruhe", sagte Dr. Engelbach, „sie braucht viel Ruhe. Kühle Wickel und frische Luft. Wenn irgend möglich, geht mit ihr ein paar Schritte an der frischen Luft. Wenn sie nachts stark geschwitzt hat, wechselt die Bettwäsche."

Er kramte in seiner Tasche und griff ein braunes Fläschchen. Gebt ihr jeden Tag drei mal 10 Tropfen davon. Versucht auch, auf ihre Stimmung einzuwirken. Legt ihr das Baby immer wieder in den Arm und sprecht über erfreuliche Dinge. Malt ihr eine schöne Zukunft aus. Ihr Lebenswille muß gestützt werden. Aber ich denke, als Seelsorger und Ehemann wirst Du da schon die richtigen Worte finden. Du kannst es doch besser als ich. Vor allem glaubt alle fest daran, daß sie wieder gesund wird und laßt sie diesen Glauben spüren. Ich werde gleich mal mit deinen Damen einen Speiseplan besprechen." Er packte sein Stethoskop wieder in die Tasche. „Ach übrigens: habt ihr Ziegen auf eurem Hof?" „Nein." „Dann versucht, im Dorf frische Ziegenmilch zu bekommen. Täglich. Die ist für Kinder und Kranke viel leichter verdaulich als Kuhmilch und stärkt die Abwehrstoffe und damit die Selbstheilung. Täglich einen Becher. Es gibt nichts Gesünderes. Aber sie muß frisch sein."

Beckers hatten ein paar Ziegen hinter dem Haus und Juliane versprach, täglich einen Krug voll Milch mitzubringen.

In den nächsten beiden Tagen schien etwas Besserung einzutreten. Dann aber – in der Woche drauf – gab es wieder Rückschläge. Luise war kaum noch ansprechbar, obwohl sie mit offenen Augen dalag. Das Fieber stieg wieder und sie phantasierte. Sie krümmte sich unter Krämpfen im Unterleib.

Münch saß stundenlang an ihrem Bett. Er las ihr aus der Bibel vor, wechselte die kühlen Umschläge, sprach Gebete, las laut Gedichte (auch selbst verfaßte) und sprach von einem neuen, glücklichen Leben in Arkansas. Sie würden sich ihr eigenes Haus bauen, einen Obstgarten anlegen mit Blumen und Kräutern und in einer freien und demokratischen Gesellschaft leben.

„Warte", sagte er nach einer Weile, „ich habe an einem Lied für unsere Gesellschaft geschrieben. Es soll Mut machen und Paul wird dafür noch eine Melodie finden. Ich hole es eben." Er holte aus seinem Nachttisch die *„Gedanken in einsamen Stunden"* und setzte sich wieder zu Luise. „Es sind erst zwei Strophen, aber die anderen habe ich schon grob im Kopf." Er las mit Begeisterung:

> *Auf in mutigem Vertrauen,*
> *Fest und brüderlich vereint!*
> *Vorwärts, vorwärts laßt uns schauen,*
> *Am Arkansas Häuser bauen,*
> *Wo der Freiheit Sonne scheint.*

Er sah auf seine Frau. Als sie nicht reagierte, las er die zweite Strophe.

> *Vaterland, das mich geboren,*
> *Lebe wohl, ich scheide nun.*
> *Glück und Freude war verloren,*
> *Tyrannei, Du seist verschworen!*
> *Will in freiem Lande ruhn.*

Münch legte die Notizen beiseite. „Wie gesagt, es ist erst halb fertig. Gefällt es Dir?"

Luise nickte und sagte langsam mit schwacher Stimme: „Es wird der Gesellschaft Mut machen."

Auch Bruder Georg, so erzählte Münch, trage sich mit dem Gedanken, ein, zwei Jahre später nach Arkansas zu folgen. Er habe sie, die Familien Münch und Follenius zum Weihnachtsfest nach Homberg eingeladen, zu einer Art großem Familien-Abschiedstreffen.

Abends ging er in die Kirche hinüber, kniete vor dem Altar,

blickte auf den Gekreuzigten und bat: „Herr, nimm meinen Kindern nicht die Mutter und mir meine geliebte Gefährtin. Ich kann meine Mission nicht ohne sie erfüllen. Wo auch immer wir dereinst in der neuen Welt siedeln werden, ich verspreche, daß ich dort mit allen mir zur Verfügung stehenden Kräften ein Gotteshaus errichten werde."

Luise lag in der abgedunkelten Kammer. Sie atmete kaum wahrnehmbar.

In der Küche nebenan saß Juliane Becker mit dem Säugling an der Brust. Leonore kochte mit Ziegenmilch einen Haferbrei und süßte ihn mit Honig. Im Hause war es still geworden. Bettina half Johannes im Stall.

Die Kinder liefen nach der Schule lieber auf den Beckerschen Hof, wo sie mit Carl und Cathrin spielen konnten. Dort hatten sie auch einen Brief geschrieben, den Juliane für Luise mitnahm:

Liebe Mutter, bitte werde bald wieder gesund.
Wir brauchen Dich. Und wir lieben Dich von ganzem Herzen.
Pauline und Adolph

Es war Paulines etwas unbeholfene Schrift und Adolph hatte eine Rose und ein Herz darunter gemalt. Luise schien mit einem Lächeln zu reagieren.

In der zweiten Dezemberwoche ließ das Fieber nach. Münch ging mit der dick vermummelten Luise ein paar Schritte durch den Garten und flößte ihr einen Becher Ziegenmilch ein. Er las ihr Briefe vor.

Die Münch-Schwester Amalie, die in Hamburg verheiratet war, schrieb herzliche Glückwünsche zur Geburt Richards. Luise möge sich glücklich schätzen. Es gäbe nichts Schöneres als das Mutterglück. Ihr selbst sei es leider nicht vergönnt.

Henriette Göbel gab einige praktische Ratschläge und schickte ihr Babywäsche aus dem eigenen Schrank.

Marie Follenius kam für ein Wochenende, um im Haushalt zu helfen und kleine Spaziergänge mit Luise im Dorf zu machen. Dabei gelang es ihr wohl, der Schwägerin Mut zuzusprechen. Sie sprachen über den Ehrgeiz der Männer und wichtige Reisevorbereitungen.

23. HOMBERG

Die neue Schule in Homberg war so neu, daß in ihr noch kein Unterricht stattgefunden hatte. Auch die beiden Lehrerwohnungen waren bezugsfertig aber unbewohnt.

Als Georg Münch vor sieben Jahren das Amt als Pfarrer der Marienkirche und Rektor der Knabenschule antrat, hatte er ein marodes Gebäude vorgefunden, mit erbärmlichen Unterrichtsräumen für die wachsende Homberger Kinderschar. Schon lange vor ihm war von einem Neubau die Rede gewesen, aber erst Georg war es, der sich mit aller Kraft energisch für diese Pläne einsetzte. Er war seit ein paar Monaten kinderlos verwitwet, hatte aber in Charlotte Strack eine tüchtige Hilfe im Haushalt und fand Kraft und Zeit genug, die er dem Bauvorhaben opferte.

Bereits im letzten Jahr war die Schule im Wesentlichen fertig geworden. Die Homberger staunten über die Wucht dieses dreistöckigen Gebäudes. Es schien für die Ewigkeit gebaut und wirkte neben der Zeile der älteren Fachwerkhäusern sehr modern.

Dann zeigten sich im Winter aber wieder handwerkliche Mängel, die nachgebessert werden mußten. Das zog sich hin. Auf dem Schulhof lagerten immer noch Schutt und Baumaterialien. Wiederbeginn des Unterrichts sollte nun nach Ostern sein.

So kam Georg Münch auf den Gedanken, die leerstehenden Räume für ein ganz großes, letztes Familientreffen zu nutzen. Ein Weihnachtsfest zum Abschied für die Follenius-Münch-Verwandtschaft. Weihnachten, das Familienfest, – gewährte Ruhe und Besinnlichkeit für so manches wichtige Gespräch. Später – in den letzten, hektischen Wochen vor der Abreise – war das vielleicht nicht mehr möglich.

Schwester Leonore war schon ein paar Tage vor dem Fest aus Niedergemünden herübergekommen, um bei den Vorbereitungen zu helfen. Friedrich hatte sie gebracht, samt zwei Gänsen und einem Kaninchen für das Festmahl, sowie den beiden Gastauer-Porträts. Dabei sprachen die Brüder noch einmal unter vier Augen über ihre Zukunft.

Erst in den letzten Wochen war Georgs Entschluß gereift, dem Bruder Friedrich ein, zwei Jahre später nach Amerika zu folgen. Zwar hatte er mit einem Gehalt von 146 Gulden für seine Doppelfunktion als Pfarrer und Schulrektor ein gutes Auskommen. Dazu kamen allerlei Nutznießungen. Er genoß bei den Hombergern ein hohes Ansehen und liebte vor allem seine pädagogischen Aufgaben. – Aber auch er litt unter einer penetranten Bespitzelung. Die gleichen Gestalten, die Friedrichs Predigten in Niedergemünden mitschrieben, observierten tags darauf die Gottesdienste in der Homberger Stadtkirche.

Georg stand eigentlich schon seit 1819 unter Beobachtung, als er in den Verdacht geraten war, mit dem Attentäter Carl Sand, einem Studienfreund, unter einer Decke zu stecken. Sand hatte den reaktionären Schriftsteller und russischen Staatsrat August von Kotzebue erstochen.

Georg kam damals in Untersuchungshaft, wurde aber bald ergebnislos wieder freigelassen. Doch er blieb als ehemaliger Burschenschaftler und Verwandter von Karl und Paul Follenius im Fokus der Geheimpolizei.

„Ich werde deine Briefe aus Arkansas abwarten und wenn Du eine gute Bleibe zur Ansiedlung gefunden hast, komme ich nach. Ich muß hier nur in Ruhe ein paar Dinge zum Abschluß bringen.“

„Du könntest doch eine zweite große Abteilung für unser amerikanisches Deutschland sammeln und hinüberführen. Interessenten gibt es genug. Wir mußten viele vertrösten. Ich kann Dir die Listen geben. Alle unsere Erfahrungen stehen Dir dann zur Verfügung.

Was ist denn mit Bruder Ludwig?"

„Ich weiß es nicht. Er scheint unentschlossen."

„Wie Leonore. Sie hat Angst, die Heimat zu verlassen. Wo aber sollte sie hier bleiben? In Niedergemünden gibt es ab Mitte April keine Münchs mehr."

„Zunächst einmal könnte sie bei uns wohnen. Das ist gar keine Frage", sagte Georg.

„Ich sehe schon: Du bringst sie dann mit."

Gemeinsam mit Charlotte Strack wirkte nun Leonore in der Küche des Pfarrhauses. Sie buken Plätzchen, Pfefferkuchen und Stollen, rupften die Gänse und füllten sie mit Äpfeln und Rosinen.

Im leeren Schulhaus entstanden ein Schlafsaal und ein Spielzimmer für die Kinder, Schlafräume für die Erwachsenen, sowie ein großes Esszimmer für alle, das von einem Kanonenofen geheizt wurde. Hier hatte Charlotte schon einen kleinen Tannenbaum aufgestellt. Sein Fuß steckte in einer großen, abgeplatteten Runkelrübe. Auf einem Tisch daneben bauten Leonore und Georg „die Krippe" auf. Es waren die Figuren aus dem Stall zu Bethlehem, die sie selbst als Kinder unter der Anleitung ihres Vaters dereinst in Niedergemünden geschnitzt, gesägt, geklebt und bemalt hatten. Dazu stellte Leonore ein „Engelkarussel" zusammen, das die Mutter aus dem Erzgebirge mitgebracht hatte. Auf einer grünen Drehscheibe standen fünf lautlos singende Holzengel, die Notenblätter in den Händen hielten. Der heiße Aufwind von vier Kerzen setzte eine Art Windmühle in Gang. Doch irgendwie hatte Leonore das falsch zusammengesteckt. Die Engel bewegten sich rückwärts.

Die Frauen behängten nun das Bäumchen mit Strohsternen, Pfefferkuchen und bemalten Nüssen. Sie schienen sich gut zu verstehen.

Am 24. Dezember reisten die Familien aus Gießen, Alten-Buseck und Niedergemünden an und versammelten sich zur Christvesper in der Homberger Kirche.

Die Stadtkirche bot einen seltsamen Anblick: Sie wirkte so, als hätte man dereinst zwei halbe Kirchen unterschiedlicher Größe ineinandergeschoben: eine kleinere romanische Kirche mit gotischem Turm und einen deutlich größeren Chor mit gotischer Absis. Friedrich Münch, der wegen seines eigenen Gottesdienstes im Nachbarort später kam, hatte immer den Eindruck, daß den Hombergern für eine Vergrößerung ihrer Kirche auf halbem Wege das Geld ausgegangen war.

Johann Bunding hatte Luise, Bettina und die Kinder bereits gebracht. Aus Luises Familie waren nur eine Schwester und ihr kleiner Bruder Lukas gekommen. Der Vater und ein älterer Bruder waren vor einem Jahr gestorben. Die Mutter war in einem Pflegeheim. Luise liebte ihren jüngeren Bruder sehr und sie hatte schon überlegt, ob es einen Weg und ein Einverständnis der Familie geben könne, den Elfjährigen nach Amerika mitzunehmen.

In der Kirche las und erzählte Georg Münch in seiner Predigt von der Nacht in Bethlehem und von der Flucht Josephs und Marias nach Ägypten und versuchte dabei, eine Parallele anzudeuten zu der geplanten Flucht nach Amerika. Hier wie dort, sagte er, ginge es um die Zukunft der Kinder und ein Leben in Freiheit, ohne Bedrohung. Bruder Ludwig fand diese Parallele nicht so ganz geglückt.

Ein Chor der Homberger Schüler sang die schönsten Weihnachtslieder und bot ein kleines Krippenspiel. Die Orgel intonierte *„Ein feste Burg ist unser Gott"* und alle sangen kräftig mit. Nur Luise sang leise mit Rücksicht auf den schlafenden Richard in ihrem Arm. Den anderen Arm hatte sie um Lucas gelegt. Die feierliche Stimmung tat ihr gut. Sie fragte sich, wen Luther wohl gemeint hatte mit dem *„großmächtigen und listigen, altbösen Feind"*? Die Franzosen? Die Türken? Oder gar den *„christlichen Adel deutscher Nation?"* Jedenfalls: *„Auf Erd' ist nicht sein's gleichen."*

Ein gemeinsames „Vater unser" beschloß die Feier.

Draußen empfing die Kirchgänger eine weihnachtliche Überraschung: Frau Holle hatte kräftig die Betten geschüttelt und die kleine Stadt stand in einem weißen, weichen Wirbel. Bald lagen Straßen, Plätze und Dächer unter einer Schneedecke und die Gespräche klangen seltsam gedämpft. Schneebälle flogen und die Kinder kreischten vor Vergnügen. Ob sie auf dem Schulhof einen Schneemann bauen dürften? „Der Schnee ist noch zu dünn", sagte Paul, „aber bis Friedrich aus Niedergemünden kommt, könnt ihr es ja versuchen. Bettina hilft euch sicher."

Im Wohnzimmer des Pfarrhauses gab es einen Schluck Wein, während in der Küche ein bescheidenes Mal vorbereitet wurde.

Dann wechselte man in die Schule hinüber. Die Gäste staunten nicht schlecht über das geräumige neue Gebäude, für das viele Homberger gespendet hatten.

Im Eßzimmer wurden die Kerzen angezündet, in der Krippe, am Tannenbaum und auf dem Engelkarussel ebenfalls. Die Engel drehten sich immer noch in die falsche Richtung. In der Ecke standen zwei gefüllte Wassereimer.

Dann kam Vater Münch – ganz außer Atem, denn er war gegen das Schneetreiben galoppiert. Er umarmte jeden und blickte dann bewundernd auf die weihnachtliche Pracht. Im ganzen Raum lag ein Duftgemisch von Kerzenwachs, Tannengrün und Pfefferkuchen.

Die Kinder wurden hereingerufen. Ihr Schneemann war noch sehr schwach auf der Brust... Aber wenn der Himmel während der Nacht noch kräftig nachlegte, könnte er morgen noch wachsen. Für den Fall hatte der Hausherr sogar eine Rodel-Partie in Aussicht gestellt, denn er wußte, daß sich zwei bis drei Schlitten im schulischen Inventar befinden mußten.

Nachdem sich alle umgezogen und frisch gemacht hatten, kam Knecht Ruprecht ins Schulhaus. Er klopfte mit seinem Stock an die Tür und schleifte einen großen Sack hinter sich her. Es war wider Erwarten ein kleiner, zierlicher Kerl und seine Stimme und Gestik erinnerte sehr an Pauline, obwohl sie sich große Mühe gab, eine tiefe, männliche Stimme zu imitieren. Schon das alleine war komisch. Aber Ruprecht mochte es nicht so, wenn er ausgelacht wurde und er bedrohte besonders die Erwachsenen mit der Rute, was wiederum die Kinder amüsierte. Pauline selbst gab aber mehrfach Anlaß zu schallendem Gelächter, wenn zum Beispiel Bart, Perücke und Zipfelmütze verrutschten.

Aus ihrem Sack kam für jeden ein kleines Geschenk zum Vorschein. Es waren praktische Dinge des Alltags, für die Kinder beispielsweise Mützen, Handschuhe, Schals. Schon im Sommer hatte Tante Lorchen mit dem Stricken angefangen.

Die Erwachsenen beschenkten sich mit kleinen Erinnerungsstücken, Portrait-Miniaturen oder Stadtansichten, Briefpapier, feinumhäkelten Taschentüchern und Tabakbeuteln.

Allgemeine Bewunderung fanden die größeren Portraits von Luise und Friedrich. Sie sollten nach der Ausreise zunächst bei Georg in Homberg verbleiben und könnten später weiterwandern zu Ludwig oder Amalie. Luises Abbild fand viel Beifall „Du siehst liebenswert und würdevoll aus!" sagte Georg und hob sein Glas und die Runde stieß auf Luise an. Sie saß mit ihrem Baby etwas abseits und lächelte verlegen.

Nach dem Tischgebet gab es den Kartoffelsalat und Würstchen, Apfelwein und einen Brief von Tante Amalie aus Hamburg. Friedrich las ihn vor.

Amalie richtete an alle herzliche Weihnachtsgrüße und ein besinnliches und frohes Fest, trotz der Abschiedsstimmung. Sie selbst könne die beschwerliche Reise nach Hessen wegen ihres schweren Rheumas nicht so leicht bewältigen. Sie bitte aber um das Datum der Abreise von Bremen. Wenigstens dorthin wolle sie zum Abschied kommen.

Daß es dort zwei verschiedene Abreisetermine geben würde, schien sie nicht zu wissen. Ein zweiter Brief war an Luise persönlich gerichtet, die ihn verwundert an sich nahm, um ihn später zu lesen.

Nach dem Essen klappte Charlotte Strack das schuleigene Harmonium auf, und Münch bedauerte, daß er seine Flöte nicht dabei hatte. Sie sangen „*Stille Nacht*" und „*Es ist ein Ros entsprungen*". Es gab einen Schluck Punsch.

Die Kinder hatten in einem Klassenzimmer eine große Tafel entdeckt und Georg stiftete eine Schachtel mit bunter Kreide. Bettina schlug vor, gemeinsam ein Bild zu malen, indem jeder – reihum – immer nur ein Detail hinzufügte. Das ging ein Weilchen ganz gut, aber dann war die kindliche Ungeduld zu groß und alle redeten durcheinander und malten ziemlich ungeordnet drauflos. Es entstand ein wirres Utopia mit Schiffen, Häusern und Kutschen, Wolken, Vögeln und Fischen, Elefanten und Indianern, Prinzessinnen und Königen. Und über allem lachend Sonne und Mond gemeinsam.

Die Mütter kamen, staunten über das bunte Chaos an der Tafel, auf dem Fußboden und in den Gesichtern ihrer Kinder, wuschen sie und brachten sie zu Bett.

Bettina kümmerte sich um Pauline, Adolf und Lukas. Luise hatte sich schon zurückgezogen, um Richard zu stillen. Dann legte sie das Baby ins Körbchen und ging zu Bett. Doch bevor sie das Licht löschte, öffnete sie noch Amalies Brief.

Es waren Worte tiefen Mitgefühls. Die Münch-Schwester ahnte, welche Belastungen Luise überstehen mußte und welche Hürden noch vor ihr lagen. Sie spielte an auf die Geburt Richards und die gefährliche Wochenbetterkrankung sowie die Reisevorbereitungen. Sie könne sich vorstellen, wie schwer Luise die Trennung von ihrem bisherigen Leben fallen würde und wie beschwerlich die bevorstehende Reise sein könnte. Sie wünschte der Schwägerin viel Kraft und vor allem Vertrauen in Gott.

Der Brief schloß mit einem Satz, den Luise zweimal lesen musste, um ihn zu verstehen: „*Du meine geliebte Luise, folgst dem Rufe der Pflicht und ob Du gleich viel dafür opfern mußt, so gibt das Bewußtseyn treuer Pflichterfüllung einen Frieden, den wir um kein Erdengut vertauschen.*"

Luise faltete den Brief wieder zusammen und pustete die Kerze aus. Trotz ihrer Erschöpfung konnte sie lange nicht einschlafen.

Der erste Weihnachtsfeiertag verging in Harmonie und Muße und dennoch viel zu schnell. Die gesamte Verwandtschaft zog hinauf zur Burg. Die Kinder, um zu rodeln, – die Erwachsenen, um noch einmal einen Blick in das weite, verschneite Marburger Land und das Tal der Ohm zu genießen.

Bäume und Sträucher waren nun weiß verzuckert und glitzerten im Sonnenschein. Die Ohm schlängelte sich durch eine verzauberte Landschaft. Doch die Luft war etwas dunstig. Die Amöneburg und die Dörfer Erfurtshausen und Gontershausen waren am Horizont nur schimmrig verschleiert auszumachen. Erinnerungen kamen auf, – an die Kindheit, die die Münch-Geschwister in dieser Landschaft verbracht hatten. An den Vater, der sie erzogen und geprägt hatte.

Im Pfarrhaus hatten derweil Leonore und Georgs Haushälterin mit den Vorbereitungen für das Festessen alle Hände voll zu tun. Auch Luise half so gut sie konnte, das Körbchen mit Richard neben sich.

Der Gänsebraten rutschte in den Nachmittag und wurde zu einem unvergesslichen Festmahl, zu dem alle Mitglieder der Familien Münch, Follenius und Fritz gemeinsam an einer langen Tafel saßen, jung und alt.

Allerdings mußten Charlotte Strack, Leonore und Bettina mehrfach die wenigen Schritte zwischen Schule und Pfarrhaus hin und her pendeln, um das Mahl zu versorgen.

Dann wurde es Zeit für einen letzten, gemeinsamen Gottesdienst mit Abendmahl.

Nach dem Kirchgang drehten sich die letzten Gespräche vor dem Kamin im Pfarrhaus um die bevorstehende Auswanderung. Was war alles noch zu bedenken?

Maria Follenius erzählte, wie sie bereits zwei Kisten mit Wäsche, Kleidung und Hausrat vollgepackt hätten, um sie in den nächsten Tagen mit der Post zur Firma Delius in Bremen zu expedieren. „Ich möchte nicht so viel schleppen, wenn ich mit vier Kindern in die Post steige."

Und was ist mit Haus, Hof und Garten? Was mit Möbeln, Kutsche, Pferden?" fragte Luise. „Und deinen vielen Büchern", ergänzte Friedrich.

„Wir haben schon für Ende Januar einen Auktions-und Besichtigungstermin im Gasthof „Zum Rappen" angesetzt. Demnächst kommt eine Annonce in den „Gießener Anzeiger", sagte Paul. „Von den Büchern nehme ich nur wenige mit. Der Rest kommt auf die Auktion."

„Kann ich einen Teil meiner Bücher dazustellen?" fragte Friedrich.

„Gewiß. – Die Gesellschaftskasse werde ich mit meiner Gruppe mitnehmen, obwohl noch nicht alle Mitglieder bezahlt haben. Es könnte aber wichtig sein, daß die erste Abteilung für eventuelle Landkäufe flüssig ist. Denk' daran, daß auch in deiner Gruppe noch säumige Zahler sind."

„Ich schreibe sie in den nächsten Tagen an."

„Hoffentlich bekommen wir vor unserer Abreise noch Nachricht von unseren Emissären."

Inzwischen war auch der Schneemann auf dem Schulhof robust und korpulent geworden. Er wirkte sehr gewichtig mit seiner Möhrennase, den Kohle-Augen, dem alten zerfransten Strohhut und dem Reisigbesen.

Seine Schöpfer mußten heute früh zu Bett, denn morgen, nach dem Frühstück, ging es auf die Heimreise und man wußte nicht, wie die Wege sein würden.

Am zweiten Feiertag, nach dem Frühstück, wurden die Pferde wieder gesattelt oder angeschirrt, die Kutschen bepackt, die Kinder dick eingemummelt. Zwei unvergeßliche, gemeinsame Weihnachtstage mit der ganzen Verwandtschaft lagen hinter ihnen und sie würden nun in verschiedene Richtungen aufbrechen.

Dann, mitten in der turbulenten Abschiedsszene auf dem Homberger Kirchplatz, passierte plötzlich das Unfaßbare, im Durcheinander von Lachen und Rufen und Winken und Weinen, mit langen Umarmungen. Als Ludwig sein Pferd besteigen wollte, schreckte es plötzlich auf, stieg auf die Hinterbeine, bäumte sich hoch auf und verlor das Gleichgewicht. Das Tier stürzte zu Boden. Seine Vorderhufe trafen den Kopf eines Kindes. Luises kleiner Bruder fiel, knallte mit dem Kopf auf das Pflaster und verlor augenblicklich die Besinnung.

Ein Aufschrei kam von den Umstehenden. Oh Gott! Es mußte schnell gehandelt werden! Charlotte holte Decken und Kissen aus dem Haus. Georg lief in die Unterstraße, den Arzt zu holen. Der kniete sich eine Weile zu dem Verletzten, machte ein bedenkliches Gesicht und riet dringend, den Knaben schnell in das Marburger Hospital zu fahren.

Sie hoben Lucas vorsichtig in die Kutsche von Münchs. Elisabeth, die Schwester, setzte sich dazu und nahm seinen Kopf in ihren Schoß. Sie war kreidebleich und brachte kein Wort heraus. Friedrich nahm die Zügel.

Erst spät in der Nacht kam Münch mit der leeren Kutsche zurück. Er sagte: „Eine schwere Schädelfraktur. Sie konnten nicht mehr helfen. Lucas ist am Abend gestorben."

Und nach einer Pause: „Elisabeth wird bis zur Überführung dort bleiben."

24. El Dorado

Ich war allein zu Hause, als dieser junge Pfarrer vorgestern plötzlich vor der Tür stand. Das heißt, allein mit den Kindern.

Friedrich, Leonore und Luise (mit Richard) waren zur Trauerfeier und Beisetzung von Lucas Fritz nach Gießen gefahren. Sie wollten dort auch mit Paul und Maria zusammentreffen. Friedrich hatte viele Bücher für die Auktion mitgenommen.

Luise ist seit dem Unglück mit Lucas stark verändert. Sie spricht kaum noch. Am besten lasse man sie wohl ganz in Ruhe, meinte Friedrich und nahm Lorchen und mich beiseite: „Es braucht seine Zeit, bis sie sich wieder fängt."

Der Besucher sagte, er sei August Lotz und als Nachfolger von Friedrich Münch designiert. Dabei zeigte er mir irgendeinen Schrieb, auf den ich mich aber nicht verstand. Er wolle sich heute nur einen ersten Überblick verschaffen, über die Gegebenheiten, die er und seine Familie hier zu erwarten hätten.

Zu dumm, daß Friedrich oder Luise nicht da waren! Oder auch gut, denn ich mag mir Luise nicht vorstellen, wenn sie sieht, wie der Nachfolger begutachtend in ihrem Garten herumtrampelt. Was sollte ich tun? Dem Mann etwa die Zimmer, die Küche, die Kammern zeigen? Und die Kirche? Sollte ich den Schlüssel aus der Amtsstube holen?

Ich nannte ihm meine Lage und bat ihn wiederzukommen, wenn der Pfarrer daheim wäre. Ich könnte hier nicht eigenmächtig Besichtigungen durchführen. Er bettelte. Er wolle doch nur einen Gesamteindruck gewinnen. Später, Ende April vielleicht, würde er sicher noch einmal mit Frau und Kind vorbeischauen. Angekündigt.

Der Mann wirkte äußerst korrekt und höflich. Er war schwarz, aber elegant gekleidet, mit weißem Beffchen.

Irgendwie wurde ich weich und zeigte ihm wenigstens das Erdgeschoß des Pfarrhauses, den Garten und den Stall. Immer nur so einen Blick vom Eingang her. Das reichte ihm auch. Friedrichs Refugium sah er nicht.

Die Tiere? Ja, die gehörten dazu – bis auf den Pegasus. Die Geräte auch, die Kutsche nicht. Da müßte er mit Friedrich Münch verhandeln, denn wir könnten sie wohl nicht mitnehmen.

Mit der Kirche hatten wir Glück. Sie stand offen, denn Johann wischte den Boden und der Organist probte etwas. Hier sah sich Lotz alles genau an, ging auf die Empore und in den Turm, fragte Johann und den Organisten, ob sie auch zu den Auswanderern zählten, und schließlich mich. Nein, Johann und ich freuten uns schon auf Amerika. Und der Organist, der hauptamtlich als Lehrer in der Schule nebenan dient, bekannte, daß er genauso gerne hier bliebe. Das sei ein schönes Instrument!

Herr Lotz nickte immer wieder, zustimmend, wie es schien. Schließlich meinte er, so schön und vielseitig und gepflegt habe er sich das alles nicht vorgestellt. Er freue sich sehr auf sein künftiges Wirkungsfeld. Und auch seine Frau werde sich hier wohlfühlen. Und er nickte wieder.

Ich beschrieb ihm den Weg zum Pfarracker am Rande des Dorfes und er bedankte sich. Doch nach ein paar Schritten kam er wieder und sah Johann und mich an: Ob wir denn wirklich glaubten, in Amerika quasi unser El Dorado finden zu können? Johann und ich sahen uns an und mußten lachen, was ihn wohl irritierte. Zum Glück kannte ich dieses Wort aus der Lektüre von Lottes „Geschichte der Konquistadoren".

„Nein, es geht uns überhaupt nicht um Gold und Wohlleben!" Und Bunding ergänzte etwas empört: „Wir sind doch keine Goldgräber und Glücksritter." Ich verfiel, vielleicht etwas zu energisch, in so einen Lehrerinnenton: „Uns geht es allein um Freiheit und ein menschenwürdiges Leben in einem neuen, besseren Deutschland. Ohne Bespitze-

lung!" Die „Adelherrschaft" verkniff ich mir.

Er war etwas verblüfft und wußte offenbar nicht, wie er uns einordnen sollte.

Er nickte langsam und ging die Hohlstraße hinunter, ohne uns noch einmal anzusehen.

Später sah ich ihn unten im Dorf mit großen Schritten den Pfarracker abschätzen.

25. Zur Badenburg

Bettina bewegte sich sehr wackelig auf ihren Beinen. Sie verlor schon wieder das Gleichgewicht und landete wieder auf ihrem Hinterteil. Charlotte und Cornelius lachten. Sie hatte es satt, diese ersten Gehversuche auf geliehenen Schlittschuhen und den Spott dazu. „Du sollst auch nicht gehen, sondern gleiten. Immer leicht vornüber gebeugt!", rief Cornelius. Er konnte das recht gut, schwang sich in Kurven und Kreisen und wedelte rückwärts.

Es war Cornelius Schuberts letzter Besuch in Gießen. Er hatte für seinen Freund und Kollegen Johann Ricker noch eine Kiste mit neuen Büchern, Papier-Packen, einen gut gefüllten Setzkasten und einen Stapel Regalbretter in einer geliehenen Kutsche mitgebracht. Seine Dessauer Buchhandlung, eine lange Familientradition, war nun aufgelöst. Die Demagogenverfolger hatten einen Teil seiner Bücher konfisziert.

Aber zurück auf die gefrorene Lahn: Auch Lotte hatte sich schnell mit dieser Eislauf-Mode angefreundet, obwohl sie ihre Schlittschuhe erst zu Weihnachten bekommen hatte.

Ganz Gießen schien an diesem sonnigen Sonntag auf dem Eis zu sein. Kinder spielten Hockey, Studenten kurvten ihren Slalom durch das Gewühl, höfliche Herren schoben ihre Damen in pelzigen Mützen, Muffs und Mänteln auf Schlitten-Sesselchen aus der Stadt.

Sogar eine Reitergruppe folgte hinter weiß bepuderten Büschen und Schilf gemächlich den Windungen des Uferwegs.

„Betty, schau mal, dort drüben, Madame hoch zu Roß!" rief Lotte aufgeregt. Bettina hatte gerade die Schlittschuhe abgeschnallt, stand auf und sah nun zu der Reiterin, die ihnen lachend zuwinkte. Tatsächlich, dort war Madame St. Just, ihre Französischlehrerin, beim Ausritt mit einigen Damen des Polenvereins. Die Mädchen riefen und winkten zurück.

„Das Pferd, schau doch mal", sagte Lotte hastig, „Fällt Dir nichts auf?"

Erst nach einer Weile dämmerte es Bettina. Richtig, diese Stute mit dem schwarzbraunen Fell und das verwachsene Brandzeichen, kaum noch auf dem Fell zu erkennen: AL, das war Alexander Lubanskis Pferd. Wie hieß es noch? Richtig, Wisnia.

„Ich denk' der ist geflohen", sagte Cornelius verwundert. „Wie kann denn sein Pferd....?"

Lotte überschlug sich nun: „Er ist doch in Frauenkleidern mit einem Rheinfischer nach Frankreich. Und vorher hat er sein Pferd dem Gießener Polenverein verpfändet, verpachtet, verkauft, in Kommission gegeben oder so ähnlich. Und Madame St. Just hat gegen Zahlung die offizielle Patenschaft und Verantwortung für das Tier übernommen. Mein Taschengeld hätte da nicht gereicht. Ich sei auch zu jung, wurde mir gesagt. Aber ich hab' der Madame alles gebeichtet und wir pflegen Wisnia gemeinsam. Ich darf täglich im Stall vorbeikommen, da wird jede Hilfe gebraucht. Ich darf sie füttern, striegeln und ihr ins Ohr flüstern. Der Verein hat nämlich noch mehr Polen-Pferde in Pflege und Benutzung. Sollten die Jungs eines Tages wiederkommen, – ich mein, wenn es hier gegen die Fürsten geht, – dann kriegen sie ihre Gäule sofort wieder. Ist doch klar. Vom Polenverein hat Lubanski Geld für seine Flucht bekommen und Madame hat ihm ein paar Adressen und Empfehlungsschreiben mitgegeben."

Marie-Natalie St. Just, von ihren Schülerinnen liebe- und respektvoll „Madame" genannt, war gebürtige Pariserin und zu Napoleons Zeiten als Dolmetscherin und später Lehrerin nach Gießen gekommen. Sie hatte hier zusammen mit Doktor Louis de Braque das Lyceum aufgebaut. Sie sei, hieß es, eine heimliche Tochter des Jakobiners Antoine de St. Just, der bekanntlich mit Robespierre unter der Guillotine endete. Bestätigt hat sie das aber nie. Sie ist jedenfalls eine beliebte Lehrerin in Gießen und hat auch sonst im kulturellen Leben der Stadt ein Wort mitzureden. Charlotte war eine ihrer Musterschülerinnen.

Bettina hatte sich begreiflicherweise in der letzten Zeit mehr auf den Englischunterricht konzentriert und damit auch auf den Lehrer.

Monsieur de Braque hatte mit dem Polenverein und den Pferde-Waisen weniger am Hut. Er hätte auch gar nicht reiten können, denn er trug eine sehr starke Brille und ging wegen seiner Kurz-sichtigkeit etwas gebückt. „Ich muß doch sehen, wo ich meine Füße hinsetze."

Seine Schülerinnen liebten seinen trockenen Humor. Sie fanden es aber nicht so gut, daß Bettina wegen ihres Englisch-Eifers und ihrer literarischen Begabung von ihm bevorzugt wurde.

Louis de Braque wurden heimliche Kontakte zu Karl Follenius nachgesagt. Auch er lebte deshalb im Augen- und Ohrenmerk der Demagogenverfolger.

Die Lahn-Wanderer hatten schließlich die Badenburg erreicht. Alle, die sich in den letzten zwei Stunden unterwegs mal irgendwie begegnet waren, sahen sich nun hier wieder, aßen Dickmilch mit Zucker und Zimt oder Reibekuchen mit Pflaumenmus und tran-ken Apfel- oder Glühwein. Man saß trotz Winterkälte draußen an langen Tischen und blinzelte in die Sonne über der verschneiten Flußlandschaft.

Die Badenburg war eine Ruine aus alter Zeit, als noch ein Ritter-geschlecht in ihr hauste. Sie hatte unheimliche, leere Fensterhöhlen und kein Dach mehr. Daneben hatte sich längst eine Wirtschaft etabliert, die zum beliebten Treffpunkt für Ausflügler, für studen-tische Kneip- und Pauk-Tage, aber auch für heimliche Treffen der Regime-Gegner genutzt wurde. Charlotte wußte zu flüstern, daß ihr Vater sich hier vor ein paar Tagen des Nachts mit der „Gesell-schaft der Menschenrechte" getroffen habe.

Das Gebäude einer alten Schmiede, deren Mühlrad sich im Sommer noch drehte, lag daneben am Ufer.

Dieser Treffpunkt war sicher einer der malerischsten Plätze in Gießens Umgebung, eine Kulisse aus dem Märchenbuch der Brüder Grimm. In der Ferne wurde das Panorama abgerundet durch den Gleiberg und den Vetzberg mit ihren Burgruinen.

„So alte Burgen soll es ja in Amerika überhaupt nicht geben", sagte Lotte, „und auch keine schiefergedeckten Kirchlein." „Und keinen Reibekuchen und keinen Äppelwoi", ergänzte Bettina. „Aber auch keine Bespitzelung und Unterdrückung", sagte Schubert.

„Wann geht es denn los, Betty?" fragte Lotte

„Hier in Gießen ist Anfang März schon Schluß. Dann bricht die Follenius-Familie auf und ich werde nach Niedergemünden zurückkehren. Familie Münch folgt einen Monat später."

"Ich mach' mich schon bald auf die Socken – zu Fuß!" verkündete Cornelius stolz.

„Was? Nach Amerika?"

„Quatsch! Nach Bremen."

„Warum denn das?"

„Zum Sparen und weil ich gerne zum Abschied in der Erinnerung noch ein möglichst dickes Stück von meinem Vaterland mitnehmen möchte. An den Schuhsohlen sozusagen."

„Auf Schuberts Rappen nach Bremen? – Na denn viel Spaß!"

26. Von Gottes Gnaden

Anfang Januar erschien im „*Gießener Anzeiger*" folgende Ankündigung:

MITTWOCH, DEN 15. DIESES MONATS, *Vormittags um 10 Uhr, wird das dem Großh. Hofgerichts-Advokaten* FOLLENIUS *dahier gehörige, im Januar 1829 neu erbaute Wohnhaus, mit Nebengebäuden und großem Hausgarten, an den Meistbietenden versteigert, und werden Kaufliebhaber eingeladen, im bemerkten Termine im Gasthaus „Zum Rappen" sich einzufinden.*

Sollten Liebhaber zu dem, dem Hofgerichts-Advokaten FOLLENIUS *zugehörigen großen Garten auf dem Rodt im besagten Termin sich einfinden, so soll auch dieser dem Meistgebote ausgesetzt werden. Haus und Garten können eingesehen werden.*

Im Auftrag des Eigenthümers
Christian von Buri
Hofgerichts-Advokat

Bereits am nächsten Tage erschienen die ersten Interessenten, stiefelten – misstrauisch beäugt von den Follenius-Kindern – im Haus herum und hatten Fragen über Fragen. Marie war bald genervt: „Was ich vor allem nicht verstehe, ist, warum die sich nicht die Schuhe ordentlich abputzen können. Wir sind doch hier keine Jahrmarktsbude."

Paul hielt sich zumeist bei seinem Freund und Kollegen Christian von Buri auf. Hier konnte er ungestört die letzten Korrespondenzen vor dem Aufbruch seiner Gruppe nach Bremen erledigen. Die Hotels in Bremen mußten bestellt, säumige Zahler in der Gesellschaft gemahnt, Wertpapiere aufgelöst, der Gemeinderat, die Anwaltskammer, der Polenverein informiert und ehemalige Combattanten aus dem Frankfurter Attentat auf heimlichen Wegen nach Bremen geschleust werden.

Auch die beiden Amerikakisten wurden nun sorgfältig verschlossen und zur Post gebracht. Zuletzt hatte Paul noch zwei Hirschfänger obendrauf gepackt, die von seiner Jäger-Ausstattung im Krieg gegen die Franzosen stammten. Ganze sechzehn Jahre alt war er gewesen, als er heimlich von zu Hause fort zu den Hessischen Jäger-Bataillonen ausgebüxt war. Voller Begeisterung hatte er geglaubt, es würde auch ein Kampf für ein geeintes, freies Deutschland werden.

„Was willst Du mit diesen Mordwerkzeugen?" fragte Maria.

„Falls mal eine Meuterei auf der Olbers ausbricht", sagte Paul.

Ende des Monats brachte dann endlich ein reitender Bote höchst offiziell den „Reisepaß", oder treffender gesagt, die amtliche „Entheimatung" in den Seltersweg.

LUDWIG II.
Von Gottes Gnaden
Großherzog von Hessen und bei Rhein pp. pp. pp

Wir haben den Hofgerichts-Advokaten Paul Follenius aus Gießen auf Nachsuchen betreffs seiner Auswanderung nach Nordamerika aus dem hiesigen Unterthanen-Verbande mit Wirkung vom 1. März 1834 gnädigst entlassen.

Unterschrift, etc. pp.

Maria war beim Abwasch in der Küche, als Paul mit dem Schreiben zu ihr kam:

Maria pustete aus dem Mundwinkel eine Haarsträhne aus ihrem Gesicht. „Donnerwetter!" lachte sie, „Ich wußte gar nicht, was für *gnädige* Herren und Götter wir haben. Welch ein Glück!" Und sie griff das Papier mit nassen Abwaschhänden, hob es über ihren Kopf und tanzte damit durch die Küche: „Staatenlos und ohne Heim – wir sind jetzt die Vogelfreien."

„Vorsicht! Das ist unser Reisepaß. Den müssen wir bis Bremen an jeder Landesgrenze vorweisen."

Die letzten Wochen vor der Abreise waren ein ständiges Abschiednehmen: Abschied von Freunden, Bekannten, Vereinen, Ämtern, lieb oder lästig gewordenen Verpflichtungen und Gewohnheiten.

Bettina verließ das Lyceum und nahm Abschied von Charlotte Ricker.

Bereits Anfang Februar erschien diese Annonce im „Gießener Anzeiger":

„NÄCHSTEN DIENSTAG, DEN 11TEN DIESES MONATS, werden in meinem Hause Mobilien aller Art gegen gleich baare Zahlung versteigert. Es wird durch die Schelle noch besonders bekannt gemacht werden. Im Allgemeinen nur wird bemerkt, daß Meubles jeder Gattung, darunter namentlich zwei gute Sophas und eine große Schreib-Commode, mehrere Kleider- und Weißzeug-Schränke, auch Bettwerk, Zinn und Küchengeräthe usw. mit versteigert werden.

Zur Versteigerung kommen auch ein Theil meiner Bücher, vornehmlich juristischen Inhalts, sowie eine Anzahl Bücher eines Freundes. Die Verzeichnisse sind bei Herrn Buchhändler J. RICKER zur Einsicht ausgelegt.

Gießen, den 7. Februar 1834
P. FOLLENIUS."

Für das wohnliche Anwesen im Seltersweg hatte die Familie Vogt plötzlich Interesse gezeigt, einschließlich der im „Hirsch" untergestellten Kutsche und Pferde. Das Salär von Thaddeusz sollte etwas aufgestockt werden, wenn er sich weiter darum kümmern würde.

Den großen Garten auf dem Rodt wollten Louis de Braque und Madame St. Just für das Lyceum übernehmen. Es könnte ein pädagogisch ausgerichteter Schulgarten mit einer kleinen Pferdeweide entstehen. Nur die Finanzierung war noch unklar.

Auch die Liquidität der Familie Follenius bedurfte letzter Klärungen. Mehrfach mahnte Paul säumige Klienten, die einfach nicht zahlten. „Wie soll ich an mein Geld kommen, wenn ich schon auf der Reise bin?" schimpfte er.

„Mach Dir keine Sorgen", tröstete ihn sein Freund Buri: „Ich kümmere mich um deine ausstehenden Honorare. Du gibst mir eine Liste und eine Vollmacht. Wir bleiben ja in brieflicher Verbindung!? Was glaubst Du, wie lange so ein Brief von Arkansas nach Gießen braucht?"

„Keine Ahnung. Eine Nachricht von Klingelhöffer war zehn Wochen unterwegs. Aber auch die Postschiffahrt soll ja immer moderner werden. Und von New York nach St. Louis ist eine Eisenbahnlinie im Bau. Der Fortschritt ist in Amerika nicht zu bremsen."

„Ja, Amerika, nur die alte Welt hier, die bleibt eben die alte: spießig, muffig, reaktionär!"

27. Adieu – Good Bye

„Lotti, es ist soweit. Ich komme, um Adieu zu sagen. Sieh zu, daß Du nach Frankreich kommst. Ich wünsch' Dir viel Glück und daß es mit Alex klappt." Bettina kramte in einer prallgefüllten Reisetasche und überreichte ihrer besten Freundin ein Geschenk. Die Mädchen stiegen hinauf in Lottes Kammer und lümmelten sich auf das noch ungemachte Bett. Unter dem Bett angelte Charlotte auch ein Abschiedgeschenk hervor. Die Mädchen wollten die Geschenke aber erst später für sich alleine öffnen. Lotte wußte, daß Bettina heute die Stadt für immer verlassen würde. Sie nahmen sich gegenseitig das feierliche Versprechen ab, ganz viele Briefe zu schreiben.

„Wann fährst Du?"

„In einer Stunde holt Paul mich ab und bringt mich nach Niedergemünden. Seine Familie fährt schon nächste Woche mit der Post. Aber wir sind ja noch drei Wochen in Niedergemünden. Vielleicht sehen wir uns bis dahin ja noch mal."

„Au ja, wie wär's mit einem kleinen Abschieds-Picknick am Seenbach?"

„Oh, das wär' so schön!"

„Du, gestern kam endlich ein Brief von Alexander." Sie druckste herum.

„ Und? Nun mach's nicht so spannend."

„Also, er schreibt zwar, daß er mich noch ganz doll liebt, aber ich solle Geduld haben, sehr viel Geduld! Er wohnt mit zwei anderen polnischen Studenten in einer Mansarde am Montmartre. Sie leben von der Hand in den Mund. Von Gelegenheitsarbeiten. Das sei gewiß keine Grundlage für eine Zweisamkeit, meint er. Er sei im Medizinstudium aber sehr fleißig. Vielleicht, schreibt er, könne man sich mal für ein, zwei Tage in Straßburg treffen. Madame St. Just habe ihm dort für seine Flucht eine sehr gastfreundliche Familie vermittelt."

„Dann hab' Geduld und warte noch, Lotte."

„Ach warten, warten, – Du weißt, daß ich das nicht kann. Ich will hier fort. Ich will Gewißheit. In der Sonnenstraße halte ich es nicht mehr aus. Meine Eltern streiten sich nur noch. Sie schreien sich an."

„Wie bitte?"

„Ach ja, mein Vater ist ja seit ein paar Wochen mit diesem Weidig und seinem Medizinstudenten Georg Büchner irgendwie verbandelt. Weidig hatte angefragt, ob wir auf unserem Tiegel eine wichtige, geheime Flugschrift drucken könnten. Da ist meine Mutter wütend geworden. Weißt Du, der Name Weidig ist wie ein rotes Tuch für sie. „Seine Vaterlandsliebe und sein Tyrannenhaß in allen Ehren!" rief sie, „Aber der ist doch Stammgast im Untersuchungsgefängnis." Der nehme keine Rücksicht auf Frau und Kinder und sei ein Besessener. Und gestern Abend schrie sie: „Ich hab' keine Lust, Dich im Kerker zu besuchen und den Henker um eine Locke anzubetteln. Wenn Du bei denen weitermachst und auch nur einen Zettel druckst, dann geh' ich mit Lotte nach Frankreich."

„Da wird die Polen-Truppe in der Mansarde sich aber freuen", lachte Bettina.

„Und wie ist bei Euch in Niedergemünden die Stimmung?"

„Da ist wohl noch einiges vorzubereiten. Wir fahren selbst – mit der Familie Becker – und nehmen das ganze Gepäck selbst mit. Zur Zeit werden die Leiterwagen ausstaffiert. Eine Dachplane kommt oben drauf. Du weißt ja, bei uns muß alles immer ganz sparsam sein. Friedrich hat außerdem viel mit den Schreibereien zu tun."

„Und Luise?"

„Luise hat sich verändert, ist irgendwie wortkarg und verbittert. Der Tod ihres kleinen Bruders hat sie furchtbar geschockt."

„Und Tante Leonore? Hat die sich nun endlich entschlossen?"

„Leonore weiß immer noch nicht, ob sie nach Amerika möchte.

Die Kinder freuen sich jedenfalls auf die Reise mit dem Schiff und stellen sich darunter etwas ganz Tolles vor.

„Und Bettina?"

„Bettina – ja, die ist natürlich sehr traurig, weil sie ihre geliebte Freundin hier lassen muß. Aber irgendwie freut sie sich auch. Auf Bremen, auf die Reise, auf Amerika. Übrigens, in Pauls Gruppe reisen zwei polnische Offiziere mit, die auch beim Frankfurter Aufstand dabei waren. Es soll in den amerikanischen Staaten auch polnische Siedlungen geben und ganze Stadtviertel in den großen Städten. Vielleicht kannst Du ihn ja überreden?"

„Einmal hat er von dieser Möglichkeit auch gesprochen. Drück' mir die Daumen. Ich hoffe, Du lernst einen süßen Indianerprinzen kennen."

„Ach, ich glaube, ich kenn' da schon einen. Der ist aber vom Stamm der Coburger."

„Erzähl!"

Und Bettina erzählte vom großen Treffen in Friedberg und von Andreas und von der Begeisterung und dem Spaß der jungen Leute und den mitreißenden Liedern. Sie sang ihrer Freundin ein paar Strophen vor.

Sie hörten vor dem Haus eine Kutsche halten und dann die Hausglocke. Dann deutlich die Stimme von Paul Follenius unten in der Stube.

Christine Ricker kam schnell die Treppe herauf und steckte ihren Kopf durch den Türspalt: „Kinder, es wird Zeit, Adieu oder meinetwegen auch Good Bye zu sagen. Paul wartet mit der Kutsche unten. Ich hab' einen letzten Schluck für alle vorbereitet."

Auf dem Weg nach Niedergemünden wickelte Bettina Lottes Geschenk aus. Ein Buch und ein kleines braunes Apotheker-Fläschchen kamen zum Vorschein. Auf das Etikett der Medizin hatte Lotte winzig klein, aber gestochen scharf mit Tinte geschrieben: HESSISCHE WASSER-MELANGE. Und auf der Rückseite stand:

Ingredienzien: Lahn, Ohm, Felda, Seenbach.

Das Buch war von Daniel Defoe und hieß „ROBINSON CRUSOE".

In einem Begleitbrief schrieb Lotte:

„Der Robinson soll Dir ein Ratgeber sein für den Fall, daß ihr Schiffbruch erleidet, Du als einzige überlebst und eine unbewohnte Insel in der Nähe ist.

Die Medizin ist gegen Heimweh. Bitte bei starkem Heimweh drei Tropfen auf die Seele träufeln.

Machs gut, Betty. Du bist die Beste!"

Wahrscheinlich würde Lotte jetzt das Gegengeschenk auspakken, dachte Bettina. Es war ein elegantes Bündel Briefpapier. Auf dem Deckel des Päckchens waren in einem Seidenpapier-Fenster ein paar Vergissmeinnicht getrocknet und gepresst. Dabei lag noch ein kleines Wörterbuch Deutsch-Polnisch, das Bettina dem Thaddeusz abgebettelt hatte.

28. Extrapost

Niedergemünden, Mittwoch, d. 12 März 1834
(Bettinas Tagebuch)

Heute sehr früh aus dem Bett, um die durchreisende Post der Follenius-Familie in Homberg abzupassen.

Sie sind wohl schon in der Nacht in Gießen aufgebrochen, weil sie keinerlei Aufsehen wollten. Marie hatte ja gesagt: „Nur kein herzzerreißendes, langes Winke-Winke an der Kutsche." Aber hier, die Familie, – das mußte sein.

Gegen 6 Uhr kam der Wagen ohne Signal in den Hof der Poststation gerumpelt. Paul hat tief in die Tasche gegriffen für eine Sonderfahrt Gießen – Bremen, nur für die Familie. (Vgl. Friedrichs Äußerung, Paul sei immer so großspurig und könne nicht mit Geld umgehen.)

Luise wollte keinen neuen Abschied in Homberg und war mit den Kindern zu Hause geblieben. Sie hatte aber für Paul und Marie je ein kleines zugenähtes Säckchen mit Erde vom Grab des Vaters mitgegeben. Es war auch nur eine kurze, letzte Begegnung auf der Durchreise.

Georg Münch und Charlotte Strack hatten eine Flasche Apfelwein und auch Gläser mitgebracht. Auch der Postillion war eingeladen, durfte aber nicht. Jedenfalls nicht auf dem Hof.

Wir steckten den Reisenden noch ein Brot, einen halben Schinken, einen Steintopf mit Zwetschgenhonig und zwei Flaschen Apfelwein zu.

Fritz und Paul tauschten letzte Informationen: Paul führte die Hauptkasse der Gesellschaft mit sich. Friedrich bekam noch eine Liste der säumigen Zahler seiner Gruppe und Belege für die Hotelbuchungen in Bremen. Dazu wichtige Adressen und die Schiffspassagen.

Die Emissäre hätten immer noch nicht von sich hören lassen. Seine letzte Hoffnung sei, daß bei Delius ein Brief liegen könne, sagte Paul.

Georg und der Postillion sprachen kurz über das Wetter der nächsten Tage und den Zustand der Straßen bis Göttingen. Leichter Nieselregen setzte ein.

Dann umarmte Paul uns Gemündener alle auf einmal. Er kann das, denn er ist groß und hat lange Arme. Er lachte: „Ihr Lieben, laßt es uns kurz machen. Wir sehen uns ja alle in ein paar Wochen am Mississippi wieder." Wie das klang! Ich kann es noch gar nicht glauben.

„Viel Glück und gute Reise!" riefen wir und: „Bleibt gesund!"

Follens stiegen wieder in ihre Kutsche. Die Kinder waren sehr, sehr müde, Johanna und Minchen gähnten entsetzlich.

Der Kutscher zog eine Pellerine an, stellte die Wassereimer zur Seite und kletterte auf den Bock.

Auf der Unterstraße stieß er dann doch ins Horn. Es war die Melodie von Schubarths Lied „Auf, auf ihr Brüder und seid stark". Ein verbotenes Lied.

Solange wir sie noch sehen konnten, winkten wir aus Leibeskräften und Tante Lorchen weinte.

29. Viele Wege

Cornelius Schubert ging tatsächlich zu Fuß. Er wollte von Dessau in sieben Tagen in Bremen sein. Aber er brauchte länger, denn schon nach zwei Tagen hatte er sich verlaufen und irrte durch den Harz. Er schloß sich dort zwei wandernden Handwerksburschen an. Sie schliefen auf Moos und im Heu und in schmutzigen Spelunken, wo man sie beklaute. Cornelius trug all sein Geld am Körper.

Des tagelangen Wanderns ungewohnt, bekam er schmerzhafte Blasen an den Füßen und manchmal auch Atembeklemmungen.

An der braunschweigischen Grenze hatten die Zöllner Probleme mit seinem anhaltinischen Paß und wollten ihn nicht durchlassen. Die jungen Männer wurden der Schmuggelei verdächtigt und ihre Pässe bis zur Klärung konfisziert. So hatten sie Zeit genug, sich die Residenzstadt anzusehen. Auf einer gigantischen Baustelle wirkten Hunderte von Arbeitern an prunkvollen Erweiterungsbauten des großherzoglichen Schlosses.

Über Celle gelangte Schubert voller Verwunderung in die, wie es ihm schien, „größte Wüstenei" Deutschlands, die Lüneburger Heide. Er übernachtete bei Menschen, die völlig verarmt in verräucherten, zugigen Katen vegetierten und in einem ihm unverständlichen Dialekt sprachen.

Völlig erschöpft konnte Cornelius dann nach 12 Tagen endlich in der Ferne die Bremer Kirchtürme sehen.

Familie Göbel aus Coburg hatte sich auf einen bequemeren Weg gemacht, wie sie hofften. Auch sie hatten die größere Bagage schon nach Bremen aufgegeben und reisten nun mit Handgepäck und

Thurn und Taxis von Coburg nach Kassel und weiter an den nördlichen Rand Kur-Hessens, nach Karlshafen. Hier hatte der Professor fünf Passagen auf einem Weserschiff bestellt, das sie über Hameln, Minden, Nienburg nach Bremen bringen sollte.

Es war dies eine Schiffsroute, die eine traurige Berühmtheit erlangt hatte durch den Transport zigtausender hessischer Soldaten nach Bremen, die der Kasseler Kurfürst einfach an die englische Krone für eine hohe Gebühr vermietet hatte. Sie wurden im Unabhängigkeitskrieg gegen die um ihre Freiheit kämpfenden Amerikaner verheizt. Geopfert für englische Interessen von einem deutschen Landesvater, der dabei reich wurde.

Henriette Göbel und den Töchtern gefiel das malerische Städtchen mit seiner Uferpromenade, den Kuranlagen und Hotels und der hohen Kulisse des Weserberglandes. Ihnen gefielen auch Höxter und Hameln und sie staunten über die Porta Westfalica. Doch dann kamen nur noch Flachland, viel Wind und Regen. Blies der Wind entgegen, mußte das Schiff getreidelt werden, das heißt, es wurde mit langem Tauwerk von kräftigen Ackergäulen vom Ufer aus gezogen. Hinter Nienburg standen allerdings nur Ochsen zur Verfügung, die selbst durch die Peitsche nicht aus ihrem Trott zu bringen waren.

Das dauerte und das Leben an Bord wurde in enger Kajüte, feuchtkalten Nächten und Schaukelei auf die Dauer unbequem oder quälend, wenn auch noch Regen dazu kam.

Dennoch wählten diesen Weg noch andere Coburger und vor allem die Handwerker-Familien aus Altenburg. Sie kannten und verstanden einander recht gut und hockten jeden Abend gemütlich am Ufer oder an Bord, aßen, tranken, plauderten in ihrem Dialekt und sangen ihre Lieder. Mittendrin und alle mitreißend immer das Geigenspiel Christoph Espenhains.

Der Weg, den die Brüder Bunsen und der polnische Major Neyfeld zu den Schiffen nach dem Bremer Hafen nahmen, gestaltete sich schwieriger. Sie standen auf den Fahndungslisten obenan, denn alle drei gehörten zu den Rädelsführern des Frankfurter Aufstands. Eine legale Reise verbot sich also. Doch die Bunsens entstammten der Familie des Frankfurter Münzmeisters Johann Bunsen und sie waren befreundet mit dem hervorragenden Graphiker und Kupferstecher Jürgen Schmitz, der für die Münze arbeitete.

Der Münzhof war das logistische Zentrum der Rebellion gewesen. Hier lagerten die Waffen, hier war der Treffpunkt vor dem Anschlag.

Schmitz redete nicht viel. Er setzte sich hin und gestaltete in einer Nacht drei falsche Reisepässe. Keiner konnte so wie er auch die winzigsten kalligraphischen Details in Wappen und Stempeln gestochen scharf zeichnen.

Georg Bunsen reiste nun als Maurice Boulanger mit eigener Kutsche und angeblich im diplomatischen Dienst Frankreichs nach Hamburg. Sein Französisch war ausgezeichnet. Die Zöllner winkten ihn höflich durch. In Bremen bestieg er den neuen Raddampfer und fuhr unbehelligt nach dem Bremer Hafen. Dort wartete er in einem Landgasthof in Geestemünde auf seine Frau und die Kinder, die mit der Post kommen wollten.

Margarethe Bunsen wurde an der Kurhessischen Grenze erkannt und einen Nachmittag aufgehalten, kontrolliert und verhört. Sie gab vor, vom Verbleib ihres Mannes nichts zu wissen. Der habe sie verlassen und die Familie verraten und sie wolle nichts mehr mit ihm zu schaffen haben. Nun wolle sie mit den Kindern zu ihrer Mutter nach Oldenburg. Es sei Eile geboten, denn zwei der Kinder seien ernsthaft und hochansteckend an Scharlach erkrankt. Die Zöllner ließen sie schnell ziehen.

Frau Bunsen reiste mit den Kindern nach Oldenburg, mietete eine Kutsche nach Blexen an der Wesermündung und ließ sich von einem Fährmann übersetzen nach Geestemünde.

Gustav Bunsen und der deutsch-polnische Major Christian Neyfeld waren enge Freunde und kannten sich seit dem Warschauer Aufstand, wo sie in der polnischen Kavallerie gegen die Russen gekämpft hatten. Sie waren noch jung und galten in ihrem Regiment als Draufgänger und die schnellsten Reiter. Ihre Pferde trugen auf den rechten Hinterschenkeln eingebrannt die breite Elchschaufel des Königlich Preußischen Gestüts in Trakehnen.

So wundert es nicht, daß sie sich entschlossen, die „Olbers" in einem scharfen Ritt über die grünen Grenzen zu erreichen. Sie ritten nachts, schliefen tags nur kurz in Heuschobern oder im Wald und hatten auch noch Spaß dabei.

Nur einmal gerieten sie in eine Kontrolle. In einem Waldstück westlich Osnabrück wurden sie frühmorgens von einer preußischen Grenzpatrouille aufgestöbert und kontrolliert. Den drei Grenzern kamen die Reiter suspekt vor, aber sie konnten vor Ort die Lage nicht klären. Sie entwaffneten Neyfeld und Bunsen und zwangen sie mit vorgehaltenen Gewehren zu einem Fußmarsch zum nächsten Grenzposten. Die Pferde mit den preußischen Brandzeichen wurden am Zügel mitgeführt.

Doch die beiden Flüchtigen verständigten sich auf Polnisch für ein kurzes Manöver und an einer unübersichtlichen Wegstelle gelang es ihnen, ihre Pferde an sich zu reißen, die Säbel zu ziehen und die Grenzer mit einigen Hieben abzuwehren. Zwei Schüsse krachten und Bunsen wurde an der Schulter getroffen. Christian half ihm aufzusitzen und sie galoppierten davon.

Sie schafften es in einem harten Ritt durch Oldenburger Land bis zum Abend an die Hunte.

In Huntorf bekamen sie beim Pfarrer eine Suppe und eine Schlafstelle. Die Pfarrersfrau versorgte Georgs Wunde notdürftig. Später würde sich der Schiffsarzt der „Olbers" darum kümmern.

Am Tag darauf verkauften Bunsen und Neyfeld schweren Herzens ihre Trakehner auf dem Viehmarkt in Elsfleth und fanden dort rasch einen Schiffer, der sie gegen ein anständiges Entgelt zum Bremer Hafen bringen wollte.

30. NIEDERGEMÜNDEN ADE!

Mitte April wurde es dann auch in Niedergemünden höchste Zeit, die Heimat zu verlassen. Eleonore Münch war bereits nach Homberg gezogen, wollte aber zum Abschied noch einmal vorbeikommen.

Hinter der Pfarrei wartete der robuste Bauernwagen mit einem wasserdichten Verdeck auf die Abfahrt. Das Gepäck war bereits verladen. Im Pfarrhaus knieten Luise und Bettina auf dem Boden und wischten die Dielen und die Fliesen in der Küche. Luise wollte ein sauberes Haus hinterlassen. Was sollte Frau Lotz denn denken?

Es ging in den späten Abend und Pauline und Adolf schliefen schon.

Der Pfarrer saß ein letztes Mal in seiner Amtsstube und hatte die Pfarrchronik aufgeschlagen.

Er las noch einmal, was er unter dem Datum vom 2. März auf den Seiten acht bis elf eingetragen hatte: Es waren die Daten seines Lebens, der Kindheit in Niedergemünden, des Gymnasiums in Darmstadt, des Studiums in Gießen. Nicht vermerkt waren der Versuch, an den Befreiungskriegen teilzunehmen und die Mitgliedschaft bei den radikalen Gießener „Schwarzen".

Als „*bemerkenswerth*" aus seiner Dienstzeit beschrieb er die „*Erbauung einer Kirche in der Filialgemeinde Otterbach*" und deren Einweihung im letzten November.

Die Chronik erwähnt dann den langsam gereiften Entschluß, Deutschland zu verlassen und „*in den Freistaaten von Nordamerika zu suchen, was ich von einem würdigen, den Forderungen der Vernunft entsprechenden Leben fordern zu müssen glaube.*"

Münch drehte den Docht der Lampe etwas höher, tauchte die Feder ein und schrieb:

„Bereits ging die von Follenius geführte erste Abtheilung der Gesellschaft ab, um sich in Bremen nach Neworleans einzuschiffen.

Die zweite, von mir zu leitende Abtheilung wird Ende April von Bremen nach Baltimore abreisen, um von dort mittels einer Landreise von 600 Stunden in Little Rock zur ersten Abtheilung zu stoßen. Es soll dort vorerst eine teutsche Pflanzstadt mit Namen Freistadt gegründet und dahin gewirkt werden, daß von nun an die seither schon so zahlreichen Auswanderungen aus dem unglücklichen teutschen Lande sich eben dahin dirigieren.

Mit Wehmuth scheide ich von meinem so heiß geliebten Vaterlande, mit schmerzlichem Gefühl von einem Ort, an welchen für alle Zeiten die Erinnerungen für mich gebunden sind; aber mit gefaßtem Muth gehe ich dennoch der neuen Bestimmung entgegen, fest hoffend, daß mein Wirken für die Sache der Menschheit, für Freiheit, Wahrheit, Recht und Sittlichkeit auch hinfort nicht vergeblich sein werde.

Das Band der Liebe und des Vertrauens, das bisher zwischen meiner Gemeinde und mir bestand, ist nur äußerlich gelöst; Geistig wird es fortbestehen und ich erflehe des Himmels Segen für sie."

Friedrich Münch

Er schwenkte die Streusandbüchse über die glänzende Tinte und legte die Chronik offen auf den Tisch. Dann zog er noch einmal den Brief von Paul hervor, der vorgestern gekommen war.

Lieber Fritz!
Unsere Reise war anstrengend, besonders für Marie und die Kinder, verlief aber im Ganzen ohne Probleme. Wir logieren nun im Bremer Hotel „Stadt Frankfurt" am Domshof. Eine betont vornehme und teure Bleibe. Dafür liegt er im Zen-

trum der Stadt und die anderen Gesellschafter wohnen drum herum. Sie sind tatsächlich alle pünktlich und guten Mutes eingetroffen.

Mit Delius' Vermittlung traf ich auf Wilhelm Müller, einen unserer Emissäre, der auf uns gewartet hatte. Seine Erzählung war chaotisch und deprimierend. Die Essenz: Die Verhältnisse und vor allem das Klima in Arkansas sind für unser Vorhaben ungünstig. Demnach wäre es vielleicht doch vernünftiger, sich – gemäß der Empfehlung von Duden – nach Missouri zu wenden. Herr Müller will noch hier in Bremen bleiben, um auch Eure Ankunft abzuwarten. Er wird Dir selbst alle Einzelheiten erzählen. Wo sein Begleiter Schmidt abgeblieben ist, ist mir nicht so recht klar geworden.

Auf jeden Fall schlage ich vor, daß wir uns nicht in Little Rock sondern in St. Louis treffen. Dann wäre – geographisch gesehen – noch alles offen. Man sollte Dudens Buch noch einmal genauer studieren!

Die „Olbers" liegt im Bremer Hafen an der Nordseeküste. Von dort starten jetzt alle Seeschiffe, denn die Weser ist versandet.

Die Bremer Pfeffersäcke haben dem König von Hannover vor ein paar Jahren ein Stück Land an der Wesermündung abgekauft und angefangen, dort einen Hafen auszuheben. Wir fahren morgen mit kleineren Schiffen dorthin, das soll etwa zwei Tage dauern, je nach Wind und Gezeiten.

Kutsche und Pferde sind hier gut zu verkaufen. Es gibt eine sogen. „Bürgerweide", wo ich eine Kuh gekauft habe, die mir nach dem Bremer Haven als Milchlieferant an Bord gebracht werden soll. Auch Deine Ziegen bekommst Du hier.

Aber sei vorsichtig! Ausnehmen ist in Bremen so eine Art Volkssport. Worum auch immer Du bittest und fragst – Du mußt zahlen, zahlen, zahlen. Die Hanseaten wittern in der zunehmenden Auswanderei das ganz große Geschäft ihres

Lebens. Buten und Binnen – Wagen und Winnen! So hat es die
Kaufmannschaft über ihrem Vereinspalast (Schütting) einge-
meißelt. Das heißt wohl, auch aus einer menschlichen Notlage
noch Kapital zu schlagen.

Für Deine Familie sind im Hotel „Stadt Frankfurt" (Doms-
hof 18) ab 24. April zwei Zimmer reserviert. Von Delius
bezahlt. Du weißt ja: mit Speck fängt man Mäuse.

Genieße es! Deinen Damen wird die Stadt sicher gefallen.
Es gibt sehr elegante Geschäfte hier und Clubs und Theater.
Maria hat sich eine englische Stola gekauft. Es ist alles ein
bisschen lockerer, weltoffener als in Darmstadt oder gar in
Kassel. Die Luft riecht hier tatsächlich etwas freier – in jeder
Beziehung. Es gibt hier zwar keine dekadente Aristokratie mit
ihrer Geheimpolizei, dafür aber so eine Art Geldadel. Ein paar
sehr reiche Familien haben das Sagen. Und basta.

Zu ihnen gehören gewiß auch die Deliusse. Eine Art Oligar-
chie also.

Gute Reise, lieber Schwager und liebe Luise, Deine Schwester
umarmt euch. Küßchen für die Kinder.
Wir sehen uns im Juni in St. Louis wieder.

Dein Schwager Paul

Münch löschte die Lampe und meinte zu Luise und Bettina: „Wollt
ihr nicht ein Ende machen? Das dankt euch doch niemand. Wenn
die Nachfolger hier einziehen, wird im Nu alles wieder dreckig.
Wir könnten doch noch 3 Stunden Schlaf finden!?"

Es wurde doch später als geplant. Die Sonne kam eben über den
Horizont, als die beiden Fuhrwerke das Dorf in Richtung Alsfeld
verließen. Der Beckersche Wagen rollte vorweg. Zwischen seinen
Hinterrädern baumelten ein Wassereimer und ein Hemmschuh.
Christina und Kathrinchen schauten müde durch die hintere Öff-
nung der Plane.

Keiner schenkte dem Treck Beachtung. Die meisten Einwohner lagen noch in den Betten.

Es war Dienstag, der 15. April 1834.

Münch kutschierte selbst. Neben ihm saß Johannes Bunding. Er sollte später die Zügel übernehmen. Pegasus war mit einem kräftigen Ackergaul aus dem Beckerschen Stall zusammengespannt. Die beiden fanden aber schnell einen gemeinsamen, kräftigen Schritt.

Auf einer Anhöhe hielt der Beckersche Wagen vor ihnen. Juliane und Heinrich stiegen ab und erklärten: „Wir wollten nur noch einen Abschiedsblick auf das Dorf mitnehmen." Münch nickte und folgte ihnen auf den Hügel neben der Straße. Dann aber zögerte er und stieg noch einmal auf seinen Wagen: „Luise, Liebes, komm und nimm noch mal einen Blick zurück. Es ist ein bleibendes, schönes Bild für die Erinnerung."

Sie schüttelte trotzig den Kopf und blickte auf den trinkenden Richard in ihrem Arm.

Aber Pauline, Adolf und Bettina folgten dem Vater.

Das Dorf lag eingebettet in das frische Frühlingsgrün der Büsche, Bäume und Wiesen. In den Gärten leuchteten dicke Trauben von Goldregen, blauen Hyazinthen und weiße Wolken von Kirschblüten. Aus Schornsteinen kräuselte Rauch.

Inmitten der schiefergedeckten Häuschen erhob sich stolz der gelbe Kirchturm mit der dreifach gestaffelten Haube. Ein Hund bellte in der Ferne.

Das bunte Dorf-Mosaik wurde eingerahmt durch die bewaldeten und sanft geschwungenen Berge. Am Horizont, nur als bläulich dunstiger Schemen erkennbar, der Vogelsberg.

Bettina holte heimlich eine kleine, braune Medizinflasche hervor und gab sich einen Tropfen auf die Zunge.

Die Gruppe der beiden Familien stand eine ganze Weile wortlos und etwas fröstelnd auf dem Hügel. Doch die Frühlingssonne wärmte schon ihre Gesichter.

31. Bettinas Reisetagebuch 1

Münden, Donnerstag, d. 17. April 1834

Oh, was war das für ein endloses Gerumpel und Geschaukel auf
diesem schwerfälligen Bauernwagen! Welch eine Reise! In zwei Tagen
haben wir es bis ins Hannöversche geschafft.

Na fein, aber auch wir sind geschafft.

Dabei fing alles so gemütlich an: unsere heimatlichen Dörfer in der
Pracht des Frühlings, das schmucke Alsfeld, die imposante Wasser-
festung in Treysa. Und wir wollten vorgestern noch weiter bis Kassel.
Aber im Tal der Fulda kamen wir in die Dunkelheit und waren froh,
bei Melsungen noch einen Gasthof zu finden, der uns und die Pferde
aufnehmen wollte. Dabei platzte die Unterbringung sowieso aus
allen Nähten. Das Essen war dürftig und die Kammern ziemlich
schmuddelig. Johann Bunding und Heinrich Becker verbrachten die
Nacht auf den Wagen, um unsere Bagage zu bewachen. Da wuselte
einfach zu viel Volk herum.

Am nächsten Morgen in der Gaststube sahen wir eine Familie aus
Thüringen, deren Kinder offensichtlich krank waren. Sie hatten dick
geschwollene Gesichter, mit rötlichen Pusteln, waren nörgelig und
kreischten.

„Wenn das mal nicht die Frieseln sind", flüsterte Juliane, „das ist
gefährlich und ansteckend, besonders für Kinder!" Und sie befragte
nach dem Frühstück eindringlich ihre und unsere Kinder, ob sie mit
jenen Kontakte gehabt hätten. „Och nö, nur gestern Abend, da ha'm
wir noch zusammen auf dem Hof mit dem Ball gespielt."

Luise und Juliane waren sich einig, daß sie nicht nach Kassel fahren wollten, während die Männer ganz gerne einen Blick auf die kurfürstliche Residenz geworfen hätten. Wilhelmshöhe! – Angeblich soll sie ja der Gipfel an Pracht und Herrlichkeit sein. Aber die Mütter wollten sich nicht als „darmhessische Zigeuner" mit Sack und Pack den spöttischen Blicken der Kurhessen aussetzen, wie sie sagten. Die Kurhessen gelten nun mal als die feineren und vornehmeren Hessen. Die „Darmhessen" dagegen sind lebenslustiger und auch liberaler und werden von der Kasseler Gesellschaft etwas belächelt.

So fanden wir im Laufe des Mittwoch einen Weg am Ostrand von Kassel entlang bis tief hinunter ins Tal der Werra. Es ging sehr langsam. Die Straße war steil und wir mußten die Wagen mit allen Mitteln abbremsen. Tolle Sache, so ein Hemmschuh.

Dann standen wir plötzlich vor einer Schranke und einer gelbweißen Flagge mit einer Krone und einem springenden Pferd. Hier fing das Königreich Hannover an. Ein prächtig uniformierter Gendarm in hellblauen Hosen, mit kunstvoll gezwirbeltem Schnauzbart wollte die Reisepapiere sehen und gebot uns abzusteigen. Vor einem Holzhäuschen stand sein sehr artiger, junger Kollege stramm, mit aufgepflanztem Bajonett. Wir sollten alle Kisten und Koffer öffnen und „nur zur Kontrolle" deren Inhalt am Straßenrand ausbreiten. Andernfalls könnten wir auch eine beträchtliche Pauschalsumme bezahlen. „In Reichsthalern und nicht in Gulden", wie er nachdrücklich betonte. Herrgott, war der aufgeblasen!

„Ich halte das ja für reine Schikane", murmelte Juliane. Und Luise schimpfte: „Wir verlieren nur kostbare Zeit, während die Kerle genüsslich unsere Unterwäsche betrachten." Aber Münch blieb hart: „Wir sollten ihnen kein Geld geben, weder Gulden, noch Taler, noch Kreutzer oder Schilling. Die paar Sachen haben wir schnell wieder eingepackt."

Friedrich hatte natürlich Recht. Die hellblauen Hosen verloren bald die Lust an der Wäscheschau und winkten uns durch.

Wir blieben in Münden, denn die Kinder nörgelten. Das Hotel „Zum grünen Jäger" nahm uns auf und wir hatten noch Zeit für einen

Spaziergang an der Werra. Oder war's die Fulda? Dort, wo die eine in die andere mündet, oder die andere in die eine, entdeckten wir auf einem Schild einen Spruch, über den selbst Luise lachen mußte:

„Wo Werra sich und Fulda küssen, sie ihren Namen büßen müssen."

Mit anderen Worten: plötzlich waren wir schon an der Weser und das war ein Gefühl, als ob hinter der nächsten Flußbiegung schon das Schiff „Eberhard" liegen müßte. Und dann war es ja auch bis Baltimore nicht mehr weit, oder? Plötzlich hatten wir alle gute Laune. Wir saßen am Weserufer und sangen aus vollem Halse:

„Wem Gott will rechte Gunst erweisen,
den schickt er in die weite Welt,
dem will er seine Wunder weisen,
in Berg und Tal und Wald und Feld."

32. Göttingen

Die „Wunder", die Gott den Auswanderern in Münden wies, waren die Frieseln.

Als Luise am Donnerstagmorgen die verquollenen und bepickelten Gesichter der hustenden Kinder erblickte, stöhnte sie: „Uns bleibt ja wohl gar nichts erspart. Ich glaube, unserem Herrgott missfällt unsere ganze Unternehmung." Auch Carl und Catharina Becker hatte es erwischt. Sie hatten zudem starke Halsschmerzen. Die Nachthemden der Kinder waren durchgeschwitzt.

Mutter Juliane verwandelte Handtücher in kühle, feuchte Wickel für Stirne, Hals und Waden und schickte Bettina in die Apotheke, um Rat und Kamillentee zu holen.

Die Apothekerin empfahl, die erkrankten Kinder zu isolieren. Sie bräuchten viel Ruhe. Scharlachfrieseln seien gefährlich für Kinder, weniger für die Erwachsenen. Die Friesel-Kinder wurden gründlich gewaschen und frisch eingekleidet.

Münch meinte, es wäre wichtig, heute noch bis Göttingen zu kommen. Dort praktiziere ein Kommilitone von ihm, aus Gießener Studienzeiten. Ein guter Kinderarzt. „Das ist ein netter, hilfsbereiter Kerl. Da sind wir in den richtigen Händen."

So quälten sich die Pferde, die Wagen und die Reisenden auf der anderen Seite der Werra die steile Straße wieder hinauf. Zeitweilig stiegen die Erwachsenen ab und halfen den Pferden mit Schieben. Aber bis Göttingen war es dann nicht mehr so weit.

Münch fand seinen Studienfreund in seiner Praxis am nördlichen Stadtrand. Noch am Abend untersuchte Dr. Booß die Kinder und riet ebenfalls zur Isolation. Sie bekamen allesamt eine Medizin und wieder kühle Wickel und frische Wäsche.

Der Doktor wußte einen Bauern in Weende, der vier kleine Zimmer für Studenten billig zu vermieten hatte, die in einem ehemaligen Stallgebäude eingerichtet waren.

Der hessische Treck blieb zwei Tage hier in Göttingen, um die Genesung der „Frieselchen" abzuwarten.

Heinrich Becker und Johann Bunding kümmerten sich um die Reisewagen. Ein Rad mußte ausgewechselt werden. Die Pferde tobten auf einer Weide des Bauern Völke. Besonders Pegasus wälzte sich im frischen Gras und genoß die Ausspannung. Als Bettina mit einer Mohrrübe kam, klang sein Wiehern wie ein Lachen.

Für Luise und Juliane fand sich bei Völke die Gelegenheit, für die kranken Kinder zu kochen und die Wäsche zu waschen.

Die Gespräche mit Juliane gaben Luise neuen Mut. Die unkomplizierte und witzige Art Julianes, die Dinge anzupacken, half Luise.

Anderntags brachte Dr. Booß die neueste Ausgabe der Märchensammlung der Brüder Grimm. Jacob und Wilhelm Grimm dozierten an der Göttinger Universität Germanistik und Literatur. Der Doktor war mit Jacob Grimm befreundet und konnte ihn gewinnen, eine Widmung für die Kinder hineinzuschreiben: „Für alle Kinder, die nach Bremen reisen." Bettina mußte den Kindern vor dem Schlafengehen daraus vorlesen.

Das Klima an der Göttinger Uni sei momentan zuversichtlich und voller Hoffnung, erzählte Booß, seit das Land vor einem Jahr eine neue, liberale Verfassung bekommen habe. Eine Gruppe demokratisch gesinnter Akademiker treffe sich einmal in der Woche, um über die gesellschaftliche Lage und die Zukunft Deutschlands zu diskutieren. Die Grimms und der Literaturprofessor Gerwinus vertraten die Ansicht, daß der Fortschritt auch ohne gewaltsame Revolution möglich sein müsse. An Friedrich Münch erging die Frage, ob er nicht übermorgen dazukommen könne, um über Hessen zu berichten und das republikanische Staatsmodell der Auswanderer.

Friedrich reagierte ausweichend. Er müsse dringend nach Bremen und dürfe dort als Führer der Auswanderer-Gesellschaft nicht zu spät eintreffen.

Tatsächlich aber fürchtete er, nur wieder in moralisierende Debatten über Sinn und Unsinn von Auswanderung zu geraten. Er war es leid, sich ständig rechtfertigen zu müssen. Das konnte Paul besser.

Jedoch für den Rest des Tages ließen diese Gedanken ihn nicht mehr los. Sollten tatsächlich liberale und demokratische Tendenzen in die Verfassungen der deutschen Staaten Eingang finden? Kam nun endlich auf friedlichem Wege eine Entwicklung in Gang, die wenigstens zu demokratischen, konstitutionellen Monarchien führte?

Das Problem waren nur die Monarchen selbst. Das Beispiel Hessen zeigte ja, daß die Potentaten sich im Ernstfall einen Dreck um die Verfassungen kümmerten, die sie selbst unterschrieben hatten. Außerdem standen diese Fürsten der deutschen Einheit im Wege.

Münch schüttelte den Kopf. Nein, nein, das konnte hier nichts werden.

Die deutsche, demokratische Republik in Arkansas wollte keine Monarchen, die behaupteten, im Sinne Gottes zu handeln. Sie wollte Gleichheit und Gerechtigkeit für alle!

An dieser Stelle sei ausnahmsweise ein historischer Vorgriff erlaubt:

Münch und die Göttinger Professoren konnten nicht ahnen, daß alle Hoffnungen und Verheißungen der Hannoverschen Verfassung nur drei Jahre später wieder zerschlagen würden. Nur drei Jahre später, 1837, würde König Georgs Nachfolger, nämlich Ernst August von Hannover, die liberale Verfassung von 1833 wieder streichen.

Sieben liberale, Göttinger Dozenten würden daraufhin dem neuen Herrscher einen öffentlichen Protestbrief schreiben. Ernst August würde wütend mit Berufsverboten und Verbannung reagieren. Sechs Akademiker würden entlassen. Die Professoren Jacob Grimm und Wilhelm Gerwinus würden des Landes verwiesen und die Lehre und Forschung im Königreich Hannover wieder in der Restauration versinken.

Der Protest der Göttinger Sieben würde allerdings eine Protestwelle in allen deutschen Landen auslösen. Eine gewaltige Spendensammlung sorgte für den Lebensunterhalt der arbeitslosen Göttinger Dozenten.

Der Dr. Booß aber würde gemäß der Grimmschen Märchen-Devise „Komm mit nach Bremen!" auch auswandern. Nur bis Bremen. In der Hansestadt würde ihm später die Leitung des Kinderkrankenhauses übertragen.

33. BETTINAS REISETAGEBUCH 2

Einbeck, den 21. April 1834

Gestern Abend in Göttingen brach bei Friedrich die große Unruhe aus. Er wurde unruhig und sprach von Weiterfahrt. Dr. Booß wollte nichts davon hören. Bei den Kindern sei zwar eine leichte Besserung erkennbar, aber die solle man jetzt nicht riskieren. Ein, zwei Tage sollten sie schon noch im Bett bleiben.

Friedrich drängelte aber: „Wenn wir den Termin nicht einhalten, zieht uns der Reeder das Fell über die Ohren. Das kann sehr, sehr teuer werden." Der Doktor schüttelte den Kopf: „Ich würde das Geschäftliche nicht über die Gesundheit stellen, schon gar nicht bei Kindern!"

Und Luise: „Fritz, es wär' doch aber vernünftig, die Kinder erst mal zu kurieren."

„Kurieren können wir in Bremen noch. Wir werden vorsichtig sein."

Heute Morgen brachte der Doktor die Kinder und meinte, wir sollten auf keinen Fall den ganzen Tag durchfahren, sondern kleinere Abschnitte planen. Er gab uns eine Adresse für ein sehr gutes Hotel in Einbeck und eine zweite von einem Dorf-Gasthof in Herrenhausen bei Hannover. Das läge genau an unserem Wege nach Bremen. „Dort, wo die Welfen ihr Schloß haben."

Dann schenkte er Friedrich einen abgegriffenen Bremer Stadtplan. Den habe ein Patient auf der Durchreise bei ihm liegen lassen.

Zuletzt reichte er noch zwei Flaschen mit Ziegenmilch auf den Wagen. (Siehe da!) Das stärke die Abwehrkräfte. Und die Kinder sollten nicht in der Zugluft sitzen: „Schnürt die Plane ganz zu!"

Das war der netteste Doktor, den ich erlebt habe. Der hatte so eine

*ruhige, überzeugende und humorvolle Art. Alles, was er sagte, schien
so vernünftig und selbstverständlich.*

Hannover, Dienstag, den 22. April 1834

*Es ging tatsächlich mit den Kindern so ganz gut. Trotz der beschwer-
lichen Reise besserte sich ihr Zustand. Vielleicht auch Dank der Milch.*

    *Abends, im Einbecker Gasthof, sollte ich wieder aus den Grimm-
schen Märchen lesen. Die Stadtmusikanten haben es ihnen besonders
angetan: „Komm mit nach Bremen, sagte der Hahn, etwas Besseres
als den Tod findest Du überall."*

    *Nun wollten sie auch so schnell wie möglich nach Bremen, obwohl
wir nicht vom Tode bedroht waren, oder?*

*Heute Morgen eine Weile im Tal der Leine. Hinter Elze wurde die
Landschaft flach und es ging rasch voran, denn wir hatten Rücken-
wind.*

*Am Nachmittag durch Hannover (langweilige Stadt) bis nach Herren-
hausen. Was sofort auffiel, war das prächtige Schloß direkt an unserer
Straße. Wir fuhren an einem endlosen Gitterzaun entlang, hinter
dem sich ein weitläufiger Park verbarg. So eine Art Barockgarten, mit
symmetrischen Wegen, Büschen, Beeten und Bassins, gesäumt von
allegorischen Skulpturen. Zwei Dutzend Gärtner wuselten herum, um
die Pracht zu trimmen.*

*Im Dorf gab es einige Wirtshäuser. Das von Dr. Booß empfohlene, das
Gasthaus „Le Centre", war wirklich das günstigste, mit einem schönen
Stall für Pferde und einer Kegelbahn. Der Wirt, ein Herr Diepenbrock,
zeigte sich gut gelaunt und gesprächig. Er stamme aus Norden in
Ostfriesland.*

    *Im Moment stünden die Gasthöfe leer. Sie waren vom Schloßbe-
trieb abhängig. Das Schloß sei nur eine Sommerresidenz und die*

Welfenfamilie würde nur gelegentlich hier wohnen. Schließlich gebe es in Hannover ein Stadtschloß und König Georg sei sowieso meistens in London, denn er sei ja ganz zufällig auch noch König von Großbritannien. Immerhin aber würde auch jetzt ein Heer von Dienern, Zofen, Köchen und Kutschern bereit stehen, um jederzeit die königliche Familie zu bedienen.

„Manchmal nämlich wird auch hier ganz große, europäische Politik gemacht." erzählte der Wirt. Der russische Zar, der preußische König und ähnlich hohe Herren seien hier auch schon zu Gast gewesen. „Ach, deshalb der Name Herrenhausen", meinte Heinrich Becker. Der Wirt lachte, „nein, ganz und gar nicht. Eher das Gegenteil, denn vor zweihundert Jahren hieß das Dorf noch Höringhusen und das könnte eher bedeuten, daß hier mal Hörige hausten."

Als die Kinder im Bett lagen, saßen wir noch eine Stunde beim Einbecker Bier in der Gaststube und Diepenbrock erzählte noch so manches vom Königreich Hannover. Morgen auf dem Weg nach Nienburg würden wir die andere Seite der Medaille kennenlernen: bittere Armut und verlassene Dörfer. Besonders in den Moorlandschaften nach Diepholz rüber. Da seien schon Dörfer von der Landkarte verschwunden. Ihre Namen tauchten dann in Illinois oder Ohio wieder auf: Heittorp oder Sandhagen oder Moorlohe.

Er gab uns noch den Rat, unsere kostbaren Taler und Gulden in Bremer Groten umzutauschen, Wir würden sonst bei der Umrechnung ständig übers Ohr gehauen.

Nienburg, Donnerstag, d. 23. April 1834

Früh am Morgen weckte uns der Wirt überraschend mit einem Trompetensolo. Er stand auf dem Balkon mit dem Blick in den Herrenhäuser Schloßpark und schmetterte eine fröhliche Melodie. Was war das für eine Melodie? „Ich nenne es den Royal-Garden-Blues!" lachte Diepenbrock und schüttelte die Spucke aus dem Horn.

Von Hannover heute nur das Stück nach Nienburg, um die Kinder zu schonen.

Es ist schon so, wie es der Herrenhäuser Wirt geschildert hatte: einige Dörfer sind ziemlich heruntergekommen und entvölkert. Weiden und Äcker sind verkrautet und ohne Vieh. Friedrich sagt, hier sei das deutsche Leben zum Stillstand gekommen. Wir seien buchstäblich in den Niederungen angelangt. Das Land ist endlos flach und langweilig. Es gibt nichts, woran sich das Auge festhalten kann. Wo ist die Landschaft geblieben? Ich meine: wo sind die bunten Dörfer in den Tälern? Die kleinen Bäche, die grünen Hänge mit den braunen Kühen und die bewaldeten Bergkuppen?

Bremen, d. 24. April 1834

Und gestern der traurige Rest der Strecke bis Bremen. Die Weser bei Nienburg ist schon viel breiter als die Lahn. Ein Segelkahn zog vorbei, voller Volk mit viel Gepäck. Sie winkten uns heftig, riefen irgend etwas und fingen an, das bekannte Lied zu singen:

„Jetzt ist die Zeit und Stunde da
Wir fahren nach Amerika..."

Waren das Leute, die zu unserer Gesellschaft gehörten? „Aber ja",
sagte Münch und winkte seinerseits.

Er wurde nun wieder unruhig und kramte die Gesellschaftslisten hervor und das Hotelverzeichnis. Er studierte Namen und den Kalender. Und den Bremer Stadtplan von Dr. Booß. Bunding hatte die Zügel übernommen.

Am Nachmittag passierten wir die Zollkontrolle in Brinkum ohne Schwierigkeiten.

Wir tauschten Gulden in Groten und Schwaren und fragten uns durch zum „Weißen Schwan". Hier fand Familie Becker eine Bleibe und so manche anderen Auswanderer der Gießener Gesellschaft. Es wurde ein großes Hallo!

Unsere Familie mußte noch über die Weser ins Centrum der Stadt.

34. BREMEN

Familie Münch hatte kaum die Halle des Hotels *Stadt Frankfurt* am Bremer Domshof betreten, als auch schon der Coburger Professor David Göbel vor ihnen stand und sie freundlich anlachte: „Willkommen in Bremen!"

Er wolle nur ein wenig den Empfangschef spielen und seine Hilfe anbieten. Familie Göbel war schon seit zwei Tagen hier und er habe sich bereits einen Überblick verschafft und könne später – am Abend vielleicht – Auskunft geben über die bisher eingetroffenen Gesellschafter und die Situation in Bremen. Sicher wolle die Familie Münch sich erst einmal ausruhen.

Münch wechselte ein paar Worte mit Luise und Bettina, die dann mit den Kindern die Zimmer aufsuchten.

„Ich bin munter genug, mich in diese Themen zu stürzen. Ich will nur eben die Kleidung wechseln. Sagen wir in einer halben Stunde hier unten?" Göbel nickte und ging auch auf sein Zimmer, um Listen und Pläne zu holen.

Johann Bunding kam mit Koffern und Taschen in die Halle und sah sich verwundert um. Der Raum wirkte riesig durch die großen Spiegel an den Wänden. Aus Winkeln und Ecken beobachteten ihn seltsame, spärlich bekleidete, allegorische Marmorfiguren. Obwohl es draußen noch hell war, brannten die Kerzen in den Kronleuchtern.

Johann stellte das Gepäck neben die Rezeption: „Für Pfarrer Münch aus Niedergemünden." Ein Page übernahm die Bagage.

Bei einem starken Kaffee erklärte dann David Göbel, daß fast alle

Mitglieder der Gießener Gesellschaft bereits eingetroffen seien und sich über diverse Unterkünfte der Hansestadt verteilten. Er breitete Listen aus, nach denen die meisten in Hotels in der Neustadt, also auf dem anderen Weserufer, untergekommen seien, einige aber auch hier in der Altstadt. Es gäbe da gravierende Preisunterschiede. Teuer aber seien sie allesamt. Kein Vergleich mit Gießen etwa.

„Das Problem scheint zu sein, daß die Stadt momentan mit Auswanderern überlaufen ist, aber zu wenig Betten hat. Das treibt die Preise in unverschämte Dimensionen. Einige unserer Auswanderer sind schon seit ein paar Tagen hier und möchten nun so schnell wie möglich auf ihr Schiff. Es hängt nun alles von Delius' Terminen ab."

Friedrich Münch hatte den Kaffee in einem Zug ausgetrunken, zog seine Taschenuhr heraus und wollte nun wissen: „Glaubst Du, daß man ihn heute noch aufsuchen kann? Es ist kurz vor sechs Uhr?"

Göbel hob die Schultern: „Ich weiß es nicht. Bestimmte Öffnungszeiten scheint es dort gar nicht zu geben. Nach meiner Beobachtung gehen in seinem Kontor am Weserkai die Leute Tag und Nacht aus und ein: Passagiere, Lieferanten, Seeleute, Kapitäne, und alle machen einen sehr beschäftigten Eindruck."

„Dann laß uns jetzt gleich die Firma aufsuchen. Vielleicht haben wir Glück und treffen ihn an."

„Willst Du als Führer der Gruppe nicht erst einmal alleine mit ihm...."

„Zwei sehen und verstehen mehr", lachte Münch.

David führte den Gießener über den Markplatz zur Schlachte. Der Pfarrer sah den Dom, den Roland, das Rathaus, den Schütting und die Martinikirche und hatte den Eindruck, daß er sich das alles noch einmal ganz in Ruhe ansehen müßte, am besten mit Luise, Betty und den Kindern. Wichtig war zunächst einmal, einen verbindlichen Abreisetermin zu bekommen.

Everhard Delius stand im Eingang seines Kontors und listete mit seinem Lagerverwalter große Bündel von Decken und Kleidung auf, die von Mitarbeitern aus den hinteren Lagerräumen durch das Haus hindurch geschleppt und auf einen Wagen gepackt wurden.

Es dauerte eine Weile, bis er sich ihnen zuwandte. Münch stellte Göbel und sich vor, erntete aber keine freudige Begrüßung sondern eher ein besorgtes Gesicht. Delius bat sie ins Kontor, wies auf eine Sitzecke in seinem Büro und kam gleich zur Sache: „Tja, meine Herren, da ist wohl etwas schief gelaufen. Rund heraus gesagt: ich habe kein Schiff für Sie."

„Wie bitte?"

Delius stöhnte etwas: „Sie haben wohl meine Post nicht bekommen?"

„Welche Post?"

„Ich bat Sie in einem Eilbrief nach Niedergemünden, Ihre Abreise noch um ein paar Wochen zu verschieben, weil die „Eberhard" in Baltimore offensichtlich noch länger aufgehalten wird. Ich weiß nicht warum."

Münch blickte recht verdattert und Göbel vergewisserte sich: „Das heißt also im Klartext, daß wir tage- nein wochenlang warten sollen?"

„So ist es. Unsere ganze Flotte ist auf See. – Und selbst, wenn die „Eberhard" morgen käme, dann dauert es vierzehn Tage, bis sie wieder klar zum Auslaufen ist. Da müssen ja erst mal die Zimmerleute beigehen zum Bettenbauen."

Münch stand auf und ging unruhig ein paar Schritte auf und ab. Er blieb vor einer Wandtafel stehen, die einen Dreimaster im Schnitt zeigte, d. h. man konnte in die Decks hineinsehen. Im niedrigen Zwischendeck standen enge Reihen von Etagenbetten wie in einer Kaserne.

Er drehte sich um: „Herr Delius, selbst, wenn ich Ihren Brief rechtzeitig bekommen hätte, so hätten wir den Aufbruch unserer Gesellschaft nicht mehr aufhalten können. Das hätten Sie mir doch viel früher signalisieren müssen!"

Und Göbel ergänzte energisch: „Sehr viel früher! Denn die meisten unserer Auswanderer haben seit Wochen kein Zuhause mehr. Schauen Sie mal: viele Familien kommen aus Thüringen und Sachsen. Die haben alle Brücken hinter sich....."

Ein Prokurist war hereingekommen und zeigte dem Reeder eine Notiz. Delius schüttelte heftig den Kopf, stand auf und ging mit ihm – „Moment bitte!" – nach nebenan. Von dort rief er laut: „Bitte sprechen Sie doch weiter, meine Herren, ich hör' Ihnen zu!"

Göbel sprach nicht weiter, weil er diese Art sehr unhöflich fand. Und zu Münch murmelte er: „Ich verhandle doch nicht mit einem Türspalt."

Münch ging wieder ein paar Schritte hin und her, die Hände auf dem Rücken – und blieb vor einer Seekarte des Atlantiks stehen. Mit Bleistift waren Positionen hineingemalt. Eine runde Glasenuhr daneben aus blankgeputztem Messing sagte: Pling! Das Barometer zeigte auf „Veränderlich".

Delius nahm wieder hinter seinem Schreibtisch Platz und setzte nun ein freundliches Gesicht auf und, als habe er einen rettenden Einfall, sagte er: „Wissen Sie was, meine Herren? Heute ist Mittwoch, – nun lassen Sie uns mal drei Tage abwarten. Bis Samstag fließt ne Menge Wasser die Weser runter. Dat löpt sich allens torecht. Ich bekomme mittags immer die Meldungen aus Bremerhaven. Kommen Sie doch Samstagnachmittag wieder, dann kriegen wir das schon klar."

David Göbel schüttelte verärgert den Kopf und sagte: „Aber Herr Delius, das ist doch inakzeptabel. Wir sitzen hier wartend auf unbestimmte Zeit und setzen Moos an. Vielleicht für Wochen. Wir verzehren unsere finanziellen Reserven."

Und energisch ergänzte Münch: „Dafür müßten Sie aber aufkommen, Herr Delius, denn das Verschulden liegt auf Ihrer Seite! Wir sind hier pünktlich eingetroffen."

Delius setzte sein freundliches Gesicht wieder ab, räusperte sich und sagte nicht minder energisch: „Ich – muß gar nix! Sucht euch ne preiswertere Unterkunft und rückt'n beten tosomen. Ich kann da nich für, wenn ein Schiff nicht kommt! Das hängt von Wind und Wetter ab. Ich bin doch nich' der liebe Gott." Er stand auf und wieder wurde ihm ein Zettel gereicht. Er nickte, knöpfte seine dunkelrote Samtweste zu und rückte die seidene Krawatte mit den maritimen Motiven zurecht.

„Also bis Samstag. Moin, die Herren!"

Es gab keinen Händedruck.

Münchs Ankunft hatte sich bei den Auswanderern wie ein Lauffeuer herumgesprochen und damit sie nicht alle mit ihren Fragen im vornehmen Hotel *Stadt Frankfurt* aufkreuzten, luden Münch und Göbel die ganze Gesellschaft für den folgenden Tag zu einer Generalversammlung um 16 Uhr in den *Weißen Schwan* in der Neustadt ein. Göbel wußte, daß es dort einen preiswerten, geeigneten Saal gab und er sorgte für die nötigen Verabredungen und Benachrichtigungen.

Ebenfalls sehr hilfsbereit war der Apotheker Friedrich Brühl aus dem hessischen Rodheim, der auch am Domshof logierte, aber bereits nach erschwinglicheren Unterkünften für seine Familie mit vier Kindern geforscht hatte. „Sehr preiswert und freundlich ist ein Herr Ordemann hier im Stadtzentrum, in der Langenstraße. Das ist Dicht an der Weser, wo die Schiffe liegen. Es sind allerdings sehr schlichte Verhältnisse. Dort sind schon drei kinderreiche Familien aus Coburg untergekommen."

Bei einem Glas Wein im Clubraum des Hotels besprachen Münch und Göbel am späten Abend noch einmal die Situation. Sie zogen Brühl hinzu und informierten ihn über das Gespräch mit Delius. Der meinte: „Natürlich muß er uns entschädigen, wenn sich das Warten noch hinzieht. So etwas steht doch im Vertrag, oder?"

Münch nickte: „Gewiß! Nur das Original mit Delius' Unterschrift befindet sich jetzt irgendwo auf dem Atlantik – bei meinem Schwager Paul. Ich habe nur so ein paar inhaltliche Notizen."

„Das ist natürlich schlecht. Vielleicht sollten wir einen Anwalt bemühen, wenn der Reeder stur bleibt?

Die drei Herren verabredeten, den nächsten Tag bis zur Versammlung zu nutzen, um weitere Hotels zu erforschen, ein Vorgespräch mit einem Anwalt zu führen und vorsichtig Informationen über Delius und eventuelle Schiffsmeldungen einzuholen. Auf der morgigen Versammlung wollte man die Situation nicht unnötig dramatisieren.

Bremen, Freitag, d. 26. April 1834
(Bettinas Tagebuch)

Bremen ist eine aufregende Stadt voller Leben und Trubel. Luise, die Kinder und ich haben am Vormittag einen langen Spaziergang gemacht. Für Richard hat uns das Hotel einen Kinderwagen zur Verfügung gestellt. Es war nicht einfach, durch die engen, hohen Gassen zu lavieren, mit all den Fuhrwerken und Handkarren. Die Händler stapelten ihre Waren oft vor der Haustür, so daß kein Durchkommen war. Trottoirs fehlen zumeist.

Die „gute Stube" ist natürlich der Marktplatz gleich nebenan, mit seinen Prachtbauten und der Rolandstatue. Die Figur hat irgendwas mit der Freiheit der Stadt zu tun.

Im Gegensatz zu den engen, krummen Straßen mit den spitzgiebligen, hohen Häusern steht der prächtige Wall. Es ist eine noble Flaniermeile mit eleganten Geschäften auf der einen Seite und dem Blick in die Parkanlagen auf der anderen. Beeindruckend ist das Schauspielhaus.

Angesichts der modisch gekleideten Flaneure steht für uns fest: Wenn wir noch' mal hier bummeln, dann ziehen wir unsere Sonntagskleider an.

Am Nachmittag dann das Treffen mit der ganzen Gesellschaft in der Neustadt. Hier sind die Straßen breiter, nicht so krumm, mit schönen Baumreihen. Vor dem „Weißen Schwan" hockten die „Coburger Sän

gerknaben" und die ganze sangesfreudige Clique. Sie waren schon
wieder mitten im Thema:

> „Amerika, Du freies Land,
> wie bist Du uns so wert!
> Du kennest keine Tyrannei.
> Du machst uns froh, Du machst uns frei...."

Und natürlich Andreas mittendrin. Er winkte mir zu.

Auch drinnen im Saal herrschte eine tolle Stimmung. Diesmal waren
auch einige Frauen mit dabei. Irgendwie freuten sich alle, einander
wiederzusehen und hatten viel zu erzählen, so daß Friedrich sich erst'
mal Gehör verschaffen mußte.

Dann sank die Stimmung aber schlagartig auf den Nullpunkt, als
sie hörten, daß das Schiff noch etliche Tage oder gar Wochen auf sich
warten ließ. Abreise ungewiß.

Unruhe kam auf. Wer das bezahlen soll? Bremen sei sehr teuer. Hätte man das nicht früher wissen können? Kann man denn diesem Delius
nicht juristisch beikommen? Es gäbe noch andere Auswanderergrup-
pen in der Stadt und keine vernünftige Bleibe. Unverantwortlich! Es
heißt, Wartezeiten von einer Woche und mehr seien hier nichts Unge-
wöhnliches. Die Stadt solle doch Zelte in den Wallanlagen aufstellen.
Jemand wußte zu berichten, daß ein riesiges Auswandererhaus mit
500 Betten im Bremer Hafen geplant sei. Aber was nützt uns das jetzt?

Familie Krug aus Coburg erzählte von der ziemlich preiswerten
Unterkunft bei Ordemann in der Altstadt. Nach Zetteln und Bleistift
wurde gefragt.

Hier hatte nun Herr Göbel sein Stichwort, denn der hatte sich
inzwischen einen Überblick über die Hotels verschafft und auch ein
paar Bleistifte vorbereitet. Er nannte Adressen und die Preise und die
Lage in der Stadt. Einige wollten auch dort bleiben, wo sie jetzt waren.
Nur in einem waren sich alle einig: länger als ein paar Tage konnten
und wollten sie das nicht bezahlen. Es waren große Familien darunter
und die Finanzreserven waren ausschließlich für den Neuanfang in

Amerika gedacht. Hinzu kam, daß nicht alle Bremer den Flüchtlingen ein freundliches Gesicht zeigten. Hier und da war man auch auf Mißtrauen gestoßen.

Man einigte sich darauf, engen Kontakt zu halten, geänderte Anschriften dem Göbel zu melden und sich am Montag zur gleichen Zeit am gleichen Ort wiederzutreffen.

Die Sangesfreude war ihnen für heute im Halse steckengeblieben.

„Da bist Du ja!" grinste er mich an, „und noch hübscher geworden!"

Andreas strahlte mich an und natürlich wurde ich wieder rot wie eine Tomate. Ich spürte es. Seine lachenden Augen, die Grübchen und die wuschelige Frisur, – was soll ich da machen?

„Hast Du nicht Zeit und Lust auf einen kleinen Bummel durch Bremen? Ich lade Dich zu einer Fremdenführung ein".

Friedrich war einverstanden und so bummelten wir beide los über die Weserinsel an die Schlachte. Das ist der Hafen in Bremen. Andreas kaufte an einer Bude zwei „Babbeler", an denen wir den ganzen Abend zu lutschen hatten. Er war frech genug, seinen Arm um mich zu legen und ich hielt still. Es war ein schönes Gefühl.

Am Kai herrschte viel Trubel, wie man ihn in ganz Gießen nicht findet: die vielen Kähne, aneinander zusammengebunden. Matrosen und Hafenarbeiter, die über schmale Bretter balancierten, Mägde mit Krügen oder Schüsseln auf dem Kopf, Brauereikutscher in langen Lederschürzen, die Fässer rollten, Marktstände mit Fisch, Schiffer, die ihre Segel zusammenlegten. Zum ersten Mal im Leben sah ich einen Raddampfer, der aus einem langen, schwarzen Schornstein ebenso schwarz qualmte.

Wir saßen mit unseren Babbelern am Kai und sahen viel und schwatzten und lachten.

Ich vergaß völlig die Zeit und drängte dann aber zur Rückkehr.

Dann standen wir vor dem Roland. „Kannst Du das lesen?"

Ich versuchte, die Inschrift auf seinem Schild zu entziffern und stotterte herum, weil es so altmodische Buchstaben waren: „Fryheet ...do *ick ju ...openbahr ...Ist das bremisch?"* Herr Ordemann, unser Wirt, hat uns so manches über Bremen erzählt. Er sagte: *„Der Roland verspricht uns Freiheit!"* Es ist eine Art von *„Reichsfreiheit"*, wie er sagt, d. h. Bremen ist keinem Fürsten untertan.

Dann plötzlich, mitten auf dem Marktplatz, trafen wir auf Cornelius Schubert. Er war mit Runkwitz und Köhler aus Altenburg im Ratskeller gewesen und sie hatten anscheinend mächtig gebechert. Conny war furchtbar aufgekratzt und albern und redete mit schwerer Zunge ziemlich wirres Zeug. Im Ratskeller, sagte er, gebe es Weinfässer so groß wie ein Pferdefuhrwerk. Auf einem sitzt Bacchus höchstpersönlich und nackt.

Und unter dem Dom sei ein Keller voller uralter Leichen. Die könne man einfach so besichtigen. *„Die können nicht verwesen, sondern sie sind so merkwürdig dunkelbraun eingeschrumpelt. Haare und Fingernägel sind alle noch dran."*

Cornelius schwankte. Ich hatte nicht das Gefühl, ihm alles glauben zu müssen. Ich wußte ja, daß er ein kleiner Angeber ist.

Aber Andreas war sofort begeistert. *„Au ja, laß uns morgen zusammen in den Leichenkeller gehen!?"*

Brrrr! Um nichts in der Welt! Aber ich hätte Lust, am Wall zu bummeln.

Kurz vor dem Hotel zeigte mir Andreas einen Stein im Pflaster des Domplatzes, in den ein Kreuz eingemeißelt war. *„An dieser Stelle"*, sagte er, *„soll unlängst eine Massenmörderin geköpft worden sein, die dreizehn Verwandte vergiftet hat. Es sollen zig Tausende hier zugesehen haben. Die Leute kamen für das Spektakel aus ganz Norddeutschland."*

Schöne Gute-Nacht-Geschichten waren das.

Der Freitag verging mit Umzügen von Hotel zu Hotel. Auch Münchs zogen zu Nicolaus Ordemann, in die Langenstraße 116.

Sie wollten nicht länger luxuriös privilegiert auf Delius' Kosten leben, sondern so wohnen wie die andern auch.

Bierbrauer Ordemann hatte große Gewölbekeller, die er nach dem Umzug der Brauerei an den Stadtrand zu Schlafsälen ausgestattet hatte. Er verstand sich auch darauf, Auswanderer an amerikanische Kapitäne zu vermitteln und half auch sonst gerne kostenlos mit Rat und Tat. Es ging ihm nicht darum, hohe Provisionen zu erzielen. Er verdiente gut mit dem Bier, das er in Unmengen für die Seeschiffe lieferte. Nein, ihm taten besonders die großen Familien leid, die mit Kind und Kegel ihre Heimat aufgegeben hatten. Er fand auch nicht, daß Bremen mit seiner Enge ein guter Auswandererplatz war. Zunehmende hygienische und kleinkriminelle Probleme waren kaum zu vermeiden. Er unterstützte deshalb die Pläne für ein großes Auswandererhaus in Bremerhaven.

Natürlich war er mit seinen niedrigen Preisen und seinem menschlichen Engagement den großen Kaufmannsreedern wie Wätjen, Iken und Delius ein Dorn im Auge. Diese mächtigen Herren dominierten den Rat der Stadt und Ordemann durfte sich nicht mit ihnen anlegen.

Bremen, den 25. April, 1834

Nach dem Umzug in die Langenstraße fuhren wir (Becker, Münch, Bunding und ich) mit den Wagen und allen Pferden zum Grünen Kamp in der Neustadt, wo wir mit einem Pferdehändler aus Syke verabredet waren. Ich war mitgefahren, um von Pegasus Abschied zu nehmen - mit einem Strauß frischer Möhren vom Markt. Aber vielleicht hätte ich das nicht tun sollen. Nachdem ich ihm lange die Nase und den Hals gestreichelt hatte, blickte er immer wieder zu mir hin. Vielleicht spürte er nun, daß das ein Abschied für immer sein sollte. Wie oft hatte er uns auf den Wegen und durch die kleinen Orte am Vogelsberg und in der Wetterau gezogen - immer treu und unendlich geduldig.

Kein Pferd konnte in Niedergemünden so schön auf der Pfaffenweide toben, wie Pegasus.

Dieses verdammte endlose Abschiednehmen – hört das nie auf? Es war dieser Blick, der so weh tat.

Der Mann aus Syke zahlte wohl für Pferde und Wagen einen passablen Preis, denn es wurde nicht lange gefeilscht. Wir verließen den Grünen Kamp zu Fuß in Richtung Altstadt. Und immer, wenn ich mich umsah, blickte uns Pegasus immer noch nach.

Dann war ich doch noch mit Andreas in diesem „Bleikeller" mit all den Toten. Er gab einfach keine Ruhe und spendierte auch den Eintritt.

Es heißt, sie können nicht verwesen durch die bleihaltige Luft. Hier sollen mal Bleiplatten gelagert worden sein.

Mein Gott, warum macht man sowas? Warum kann man den Leuten nicht ihre Ruhe lassen? Gibt es nicht so etwas wie „Totenruhe"?

Aber ich glaube, wenn es um Sensation und Gewinn geht, dann schrecken diese Hanseaten vor nichts zurück.

Tja, „Wagen und Winnen."

Dabei sind die Bremer in der alltäglichen Begegnung eigentlich sehr höflich, hilfsbereit und korrekt. Nur fühlt man sich eben immer wie ein „Fremder" betrachtet. Die natürliche Herzlichkeit und der gemütliche Humor der Hessen – das fehlt ihnen.

Cornelius Schubert hatte beim Zechen im Ratskeller einen ganz makabren Spruch über die Bremer aufgeschnappt: „Der echte Bremer" hieß es, „ wird erst im Krematorium so richtig warm!?"

35. Eine Insel

Henriette Göbel putzte sich fein heraus und ging am Nachmittag zum Delius-Kontor an der Schlachte, um sich nach einem Schrankkoffer zu erkundigen, den sie in Coburg einer Expedition anvertraut hatten, aber im Hotel noch nicht auffinden konnten. Luise begleitete sie. Auch sie hatte sich fein gemacht und nun freute sie sich auf einen unbeschwerten Bummel mit Henriette durch Bremen. Die Kinder waren bei Bettina in bester Obhut.

Sie hatten Glück. Everhard Delius war persönlich anwesend, hörte ihren Wunsch und schickte sofort einen Mitarbeiter zu den Packhäusern am Ende der Schlachte. Während sie warteten, zeigte sich der Reeder galant, bat sie in sein Büro und bot ihnen einen Liqueur an. Luise bestaunte seine chaotisch geordnete Frisur und die Eleganz seiner Erscheinung. Er verstand sich auf Manieren und drückte auf höfliche Art sein Bedauern aus, daß die Abreise der Gießener Gesellschaft sich nun derart verzögerte.

Da erkannte Luise die Gelegenheit, diesem Mann die Notlage der 250 Reisenden kurz aber eindringlich zu schildern. Sie sprach von den kinderreichen Familien, den Strapazen der Reise, der Heimatlosigkeit und ungewissen Zukunft und sie schilderte, wie mühsame Ersparnisse, die eigentlich für Reise, Landkauf und Ansiedlung in Amerika gedacht waren, hier in Bremen für Verpflegung und Hotelkosten draufgingen. Sie fand gute und geschickte Worte und die richtige Tonlage, denn der Reeder hörte ihr aufmerksam zu und nickte ein paar Mal.

Nun schlug auch Henriette in die gleiche Kerbe: „Es wäre ja nur wichtig, daß wir von diesem teuren Pflaster herunterkommen. Raus aus Bremen. Verzeihen Sie, aber vielleicht in ein Dorf in der

Nähe. Und Luise ergänzte: „Es reicht ein Schuppen, eine Kegelbahn, ein Saal, ein Stall. Meinetwegen auch ein Biwak mit Zelten.“

Und Henriette wieder: „Wir könnten uns selbst organisieren und bekochen. Niemand soll durch uns belastet sein.“

Delius kaute leicht an seiner Unterlippe. Der gesuchte Koffer kam, wurde von Henriette bestätigt und in das Hotel *Stadt Frankfurt* dirigiert.

Delius versprach, über das Unterbringungsproblem nachzudenken, bat noch einmal um etwas Geduld und reichte den Damen die Hand.

Als Friedrich Münch und David Göbel sich am Sonnabend verabredungsgemäß im Kontor des Reeders meldeten, wurden sie enttäuscht. Herr Delius, so hieß es, habe leider eine dringende Geschäftsreise antreten müssen. Er ließ den Gießener Herren ausrichten, daß noch kein Schiff in Sicht sei und sie am Mittwoch wiederkommen sollten.

„Es reicht“, sagte Münch, „laß uns jetzt einen Advokaten aufsuchen!“

Sie holten sich am Nachmittag Rat bei Nicolaus Ordemann, der in seinem Büro Rechnungen sortierte. Delius wäre doch verpflichtet, sie finanziell zu entschädigen? Welcher Jurist in Bremen wäre wohl geeignet, die Interessen der Auswanderer zu vertreten?

Da mußte Ordemann aber laut lachen: „Keiner!“ „Sie glauben doch nicht im Ernst, daß es irgend einen Anwalt in Bremen gibt, der sich mit dem Platzhirschen anlegt.“ Er dämpfte seine Stimme: „Was ich ihnen jetzt sage, muß aber unter uns bleiben. Sie sollten wissen, die Deliusse sind die wichtigsten Leute in der Stadt. Sie haben die größte Flotte, die größten Grundstücke und den größten Einfluß. Sie zahlen die meisten Steuern und helfen der Stadt, wichtige Bauvorhaben zu finanzieren. Sie sind Senatoren und Ältermänner, besitzen eine stattliche Reihe von Häusern und ein prunkvolles Landgut in der Nähe von Schwachhausen. Sie haben auf jeden Fall den längeren Arm, erst recht, wenn Sie nicht den unterschriebenen Vertrag vorweisen können. Versuchen Sie auf jeden Fall, einen Vergleich zu erreichen. Es muß sich ein Kompromiß finden lassen.

Außerdem sollten Sie wissen, daß Ihr Problem für Delius eine Lappalie darstellt, gemessen an der Katastrophe, die ihn zur Zeit wirklich quält. Hier, lesen Sie diesen Aufruf an die Bremer Öffentlichkeit. Der Wirt reichte den Gießenern die *„Bremer Nachrichten"*. Münch las halblaut:

„... Bremens Einwohner, stets zur Hülfe bereit, wenn ihr Mitleid, selbst von entfernten Unglücklichen, in Anspruch genommen wird, werden nicht säumig seyn, das Elend der armen Auswanderer zu mildern, welche am 10. April Abends am Ausflusse unsers Weserstroms das Unglück hatten, Schiffbruch zu erleiden."

Es folgte eine Beschreibung der schrecklichen Strandung der amerikanischen „Shenandoah" mit knapp 200 Passagieren, die im wörtlichen Sinne nur ihr „nacktes" Leben retten konnten. Der Schiffbruch erwischte sie nachts. 17 Passagiere kamen dabei ums Leben.

„Jeden Beitrag von Geld oder Kleidungsstücken werden wir dankbar entgegennehmen und dem Bremerhavener Amtmann Thulesius zur gewissenhaften Vertheilung einsenden.
Fredk. u. Everhd. Delius, Bremen, den 14. April 1834"

Ordemann wußte zu berichten, daß in den letzten Tagen durch eine immense Spendenaktion in Bremen, aber auch Hamburg, Oldenburg und Hannover über 25.000 Taler zusammengekommen waren, nebst einer Flut von Sachspenden an Kleidung, Nahrung und Gerätschaften.

David Göbel und Friedrich Münch waren beeindruckt und bekannten, von dieser Geschichte nichts gewußt zu haben. Natürlich sahen sie jetzt die Probleme der Gießener Gesellschaft in einem etwas anderen Licht. Sie baten aber, diese Katastrophen-Meldung nach Möglichkeit erst einmal unter Verschluß zu halten, um die Gesellschaft nicht zu beunruhigen.

Sonntagabend wurde bei Ordemann ein Brief für Friedrich Münch abgegeben:

> *„Sehr geehrter Herr Münch, bitte kommen Sie doch am Montagmorgen in mein Büro. Ich glaube, ich könnte Ihnen da eine interessante Zwischenlösung für unser Problem anbieten.*
> *Mit freundlichem Gruß, E. Delius"*

Friedrich zeigte Luise die Nachricht und war erstaunt, als diese freudig verkündete, sie würde gerne mitkommen. Warum auch nicht? Auch David Göbel wurde wieder informiert und so suchten sie dann zu dritt am Montag den Bremer Reeder auf.

Der wirkte ein wenig übernächtigt, war aber sonst ganz aufgeräumt.

„Ich kann Sie zumindest von dieser kostspieligen Hotelhörigkeit befreien und biete Ihnen ein Provisorium an." Er holte aus dem Regal eine Seekarte. „Ich bringe Sie aus Bremen hinaus, sozusagen schon ein weiteres, kleines Stückchen auf den Weg nach Amerika." Er sagte „Sssstückchen" und rollte die Weser-Karte auseinander. „Wir haben hier auf halbem Weg nach Bremerhaven ein kleines, idyllisches Eiland mitten im Strom, den Harriersand. Dorthin könnte ich Sie kostenlos mit ein paar Kähnen verholen. Es gibt dort nur ein Gehöft mit einem großen Ökonomiegebäude, das wir für Sie vorbereiten könnten. Eigentlich ist es mehr ein Ssstall. Die Miete übernehme ich und ich sorge auch für Proviant. Schiffsproviant natürlich, – so, wie ssspäter an Bord auch.

Ihr seid dort alle hübsch beieinander und niemandem etwas schuldig. Ich halte das für eine fixe und reelle Lösung. Schon morgen Abend könnten die Kähne hier am Kai liegen."

Die drei Besucher sahen sich an, waren sich einig und Luise übernahm die Antwort: „Wir sind mit dieser Lösung einverstanden. Bitte sagen Sie uns, wann wir uns wo einfinden sollen und was mit unserem Gepäck wird."

Der Reeder lächelte sie verschmitzt an: „Das kriegen wir schon klar." Luise wußte, daß diese Lösung seine Antwort auf ihren Besuch am Freitag war und sie bedankte sich. „Dafür nicht!" sagte Delius und grinste.

Auch die Versammlung der Auswanderer am Nachmittag wunderte sich nicht schlecht, fand aber diese Zwischenlösung ebenfalls interessant und akzeptabel.

Eine Insel in der Weser – auf halbem Weg zur Küste? Nur raus aus Bremen! Eine erholsame Besinnungspause für alle gemeinsam? Gar nicht übel!

Dort wären sie erst einmal unter sich. Niemand würde die Hand aufhalten. Sie könnten sich beschnuppern und in Ruhe auf ihre gemeinsame Zukunft vorbereiten. War es nicht auch ein Probefall für die zukünftige Republik? Wer übernimmt welche Funktion in der Gemeinschaft? Wie lebt man eigentlich „Demokratie"?

Und Luise sagte noch: „Es wäre auch eine Gelegenheit, sich stärker um unsere Kinder zu kümmern. Bis jetzt haben wir sie wie Bagage mitgenommen."

„Vielleicht schaffen wir eine Möglichkeit, intensiv Englisch zu lernen," meinte Henriette.

„Wer hat denn Lust, gemeinsam zu kochen?" fragte Juliane Bekker.

Die Abfahrt vom Kai der Bremer Schlachte wurde für Dienstagnachmittag verabredet. Hochwasser würde gegen 16 Uhr sein.

Aber selbst um 18 Uhr standen erst zwei Weserkähne zur Verfügung. Dann war auch bald das Wasser abgelaufen. Es würde wohl noch bis in den nächsten Tag dauern.

Delius ließ der Gesellschaft ausrichten, daß ihr Kundschafter Wilhelm Müller sich wieder bei ihm gemeldet habe. Er würde ihn zum Wochenende auf den Harriersand schicken.

Bremen, Samstag, d. 26. April 1834

Liebste Lotte!

In Eile eine kurze Nachricht für Dich:

Sieben Tage haben wir gebraucht, um mit dem Leiterwagen nach Bremen zu rumpeln.

In Göttingen mußten wir erst einmal die Kinder von den Frieseln kurieren. Schrecklich!

Letztlich aber sind wir wohlbehalten im schönen Bremen angekommen. Doch dann kam die Hiobsbotschaft. Dieser allmächtige Delius hat kein Schiff für uns!? Das ist bitter, denn hier in Bremen ist alles wahnsinnig teuer. Die Gesellschaft murrt.

Für unbestimmte Zeit müssen wir nun auf einer einsamen Insel in der Weser warten. Einige sehen darin eine willkommene Ruhepause und Chance zur Besinnung. Andere fürchten hingegen, daß wir dort versauern. Abgeschoben und vergessen.

Auch mir wird etwas bang. Was wird mit unserer Auswanderung? Findet Delius ein geeignetes Schiff für uns? Werden wir noch vor dem Herbst nach Arkansas kommen?

Jedenfalls werde ich in den nächsten Tagen Zeit genug haben, Dir ausführlicher zu berichten.

Bis demnächst von der Insel. – Ich freu mich schon auf die Lektüre des „Robinson".

Alles Liebe von Betty und grüß' Deine Eltern und Madame St. Just und Wisnia und die Lahn. Pegasus haben wir verkaufen müssen. Ich hab' geheult.

P.S. Jubel! Ich hab ihn wiedergetroffen. Er ist so süß. Wir wollen ganz viel zusammen machen. Morgen werden wir Nachtwache beim Gepäck halten. Und dann ab auf die Insel.

Stück für Stück stapelte sich die Bagage am Kai. Aus den Packhäusern der Reederei kamen Kisten und Reisekörbe, aus den Hotels wurden Koffer und Taschen gebracht. Langsam wuchs eine Gepäcklandschaft, die rund um die Uhr bewacht werden wollte.

Friedrich Münch organisierte einen Wachtdienst, der alle drei Stunden wechseln sollte. Andreas und Bettina verabredeten, daß sie zusammen eine Wache um Mitternacht übernehmen wollten.

In der Abenddämmerung kamen noch zwei Weserkähne und legten sich zu den anderen ins Päckchen. Ein fünftes und größeres Schiff wurde für den nächsten Morgen erwartet.

Die Nacht wurde kühl und feucht. Das Pärchen saß auf einer schweren Werkzeugkiste, mit der Aufschrift *Schmiede Johann Dressel, Coburg.* Sie hatten sich in eine große Decke gekuschelt. So ließ es sich aushalten. Die nötige Wärme kam von innen und von dem Pfeifchen, das Andreas unbedingt rauchen mußte. – Es war dunkel und still in den Straßen.

Nur von St. Ansgari schlug es einmal.

Sie hörten das Glucksen des Wassers und rochen den süß-modrigen Weserschlick. Wenn die rasch ziehenden Wolken eine Lücke ließen, kam auch der Mond über dem Teerhof zum Vorschein.

Die beiden hatten sich viel zu erzählen, von ihrem Leben in Thüringen und Hessen, und sie malten sich ein glückliches Leben in Amerika aus. Andreas erzählte von seinem Bruder Ludwig, der Kontakte zu Weidig und Büchner geknüpft hatte und entschlossen war, gegen die Adelsherrschaft in Deutschland zu kämpfen. Andreas liebte und bewunderte seinen Bruder sehr.

Morgen würden sie zu ihrer Insel segeln – ein Stückchen weiter auf dem Wege nach Amerika – und sie freuten sich darauf.

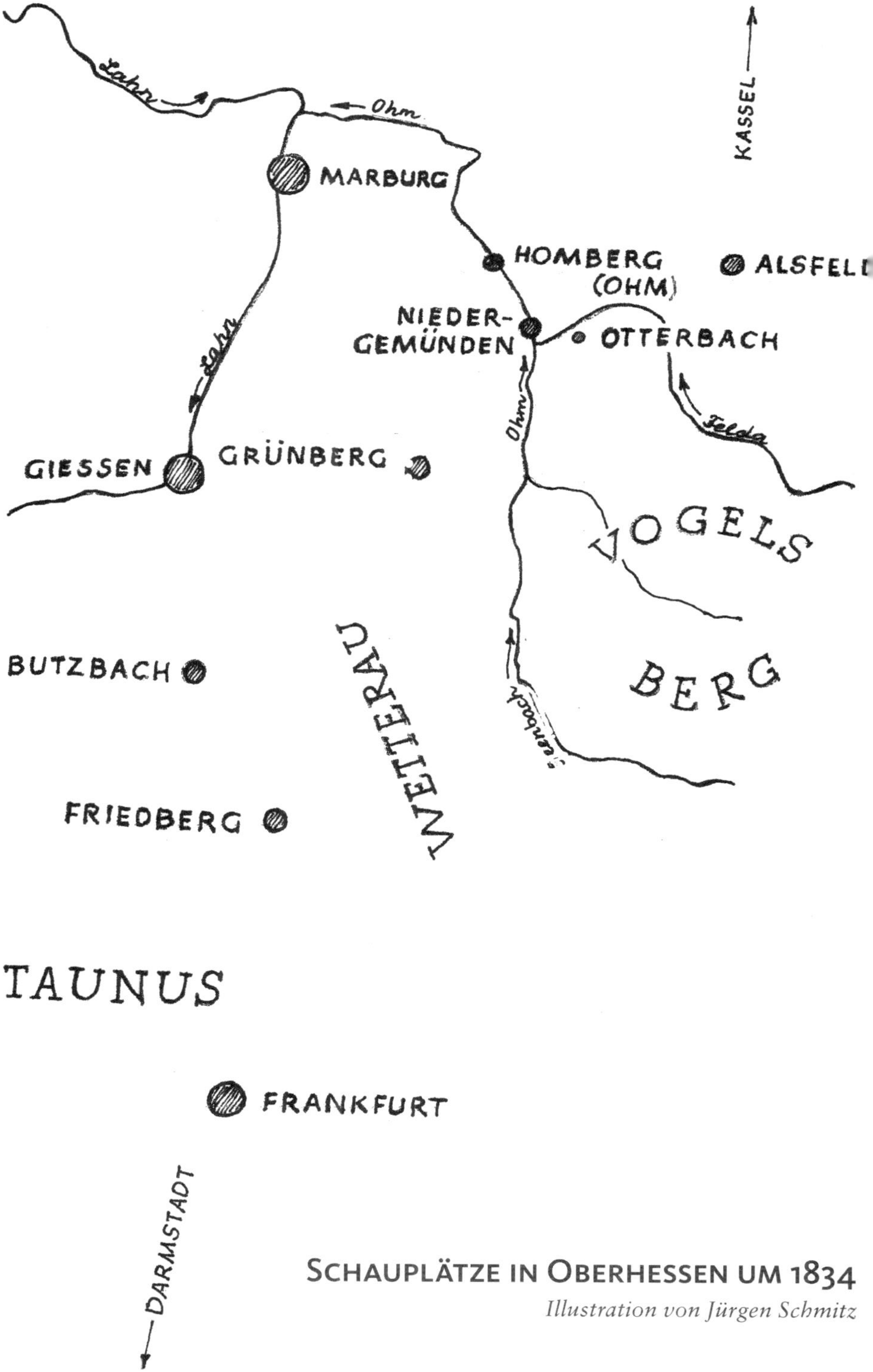

KASSEL →

Lahn

← Ohm

MARBURG

HOMBERG
(OHM)

ALSFELD

NIEDER-
GEMÜNDEN

OTTERBACH

Lahn

Ohm

Felda

GIESSEN

GRÜNBERG

VOGELS

BERG

BUTZBACH

WETTERAU

Seenbach

FRIEDBERG

TAUNUS

FRANKFURT

DARMSTADT →

SCHAUPLÄTZE IN OBERHESSEN UM 1834
Illustration von Jürgen Schmitz

NACHWORT

Die Romantrilogie über das Schicksal der Giessener Auswanderergesellschaft hat eine seltene und seltsame Entstehungsgeschichte.

Was einmal nur als historische Heimatgeschichte von der Weserinsel Harriersand gedacht war („Warten auf die Flut"), fand plötzlich seine Fortsetzung mit der Intensivierung der Nachforschungen durch die „Reisende Sommerrepublik". Unsere Kontakte zu amerikanischen Nachfahren und Historikern brachten Stück für Stück das Material für eine Fortsetzung zusammen. „Der Auszug" entstand.

Schließlich blieb, besonders bei den Amerikanern, nur noch die Frage offen: Wie hat das Ganze eigentlich einmal angefangen? Warum mußten diese Menschen damals aus Deutschland fliehen?

Bei deren Beantwortung halfen mir vor allem Dr. Ludwig Brake vom Stadtarchiv Gießen, Marina Gust (Hessischer Rundfunk), Thomas Schill und Ursula Kadelka, Pfarrer/in in Niedergemünden, Dr. Dieter Booß (Leiter der Kinderchirurgie Bremen) und – wie immer – mein Mentor und ehemaliger Schüler Peter Roloff (Maxim-Film).

Nicht zu vergessen: Ulla Schmidt, die in bewährter Güte beratend und gestaltend dafür sorgte, daß ein Buch daraus wurde. Jürgen Schmitz war auch diesmal bereit, in seiner akkuraten Art eine grafische Orientierungshilfe zu geben. Und schließlich half mir Roland Albrecht, Stadtarchivar in Homberg, in die historische Szene der kleinen Stadt an der Ohm zu finden.

Ihnen allen gilt mein herzlicher Dank!

So ist der erste Teil der Trilogie zuletzt entstanden und er folgt in besonderem Maße den historischen Quellen (Berichten, Briefen, Tagebüchern und Presseartikeln). Ich habe mehrfach auch wörtlich daraus zitiert. Die Daten und das Personal sind historisch verbürgt und nur vereinzelt und zaghaft mischen sich ein paar fiktive oder heute noch lebende Figuren in das Geschehen, - wie es sich für einen historischen Roman gehört.

Historische Zeittafel

1814 – 1815... Wiener Kongreß Neuordnung Europas und Restauration der alten Herrschaftsverhältnisse

18. 10. 1817... Wartburgfest Demonstration von über fünfhundert Gegnern der Restaurationspolitik des Deutschen Bundes (Organisiert von Burschenschaftlern)

August 1918... Karlsbader Beschlüsse zur Verfolgung „demagogischer Umtriebe"

Februar 1832... Heirat Friedrich Münch und Luise Fritz

Winter 1831/32... „Polendurchzug", Gründung von Polenvereinen in Hessen.

27. 5. 1832... Hambacher Fest Demonstration von ca. 30 000 Liberalen und Demokraten an der Maxburg bei Hambach für Einheit und Demokratie in Deutschland

3. 4. 1833... Frankfurter Wachensturm. Misslungener Versuch von etwa 50 radikalen Demokraten, die Polizeiwachen in Frankfurt (a.M.) zu stürmen

Frühjahr 1833... Druck der „Aufforderung" bei Johann Ricker in Gießen
... Entsendung von Kundschaftern nach Amerika

Juli 1833... Verhaftung Ludwig Weidigs. 50-tägige Haft in Butzbach

1. 9. 1833... Gründungsversammlung der Giessener Auswanderer-Gesellschaft in Friedberg

25. 11. 1833... Geburt Richard Münchs

Mitte November 1833... Einweihung der Kirche in Otterbach

15. 1. 1834... Versteigerung von Haus, Garten, Hausrat und Büchern im Gießener Gasthof „Zum Rappen"

Anfang März 1834... „Entlassung aus dem Untertanenverband" (der Familien Follenius und Münch)
... Georg Büchner u.a. gründen die „Gesellschaft der Menschenrechte)
... Vorbereitungen zum Aufstand in Hessen („Hessicher Landbote")

19. 3. 1834... Aufbruch der Familie Follenius nach Bremen

31. 3. 1834... Abreise der „Olbers" aus Bremerhaven

10. 4. 1834... Schiffbruch der „Shenandoah" in der Wesermündung

14. 4. 1834... Spendenaufruf der Gebrüder Delius in der Presse für die Opfer der „Shenandoah".

15.-23. 4. 1834... Reise der Familie Münch nach Bremen
... Zusammentreffen der 2. Abteilung der Auswanderer-Gesellschaft in Bremen.

30. 4. 1834... „Auslagerung" der Gruppe Münch auf der Weserinsel Harriersand
... Unterbringung in einem „elenden Kuhstall"

April 1835... Endgültige Verhaftung Ludwig Weidigs. Kerkerhaft bis zu seinem Selbstmord Februar 1837